EEN ERFGENAAM VOOR DEO GLORIA

Catalijn Claes

Een erfgenaam voor Deo Gloria

Westfriesland

Voor Guusje.

ISBN 978 90 205 3004 9
NUR 344

© 2011 Uitgeverij Westfriesland, Utrecht
Omslagillustratie: Jack Staller
Omslagontwerp: Bas Mazur

www.uitgeverijwestfriesland.nl

HOOFDSTUK 1

Vroeg in januari, buiten vriest het dat het kraakt, binnen in een flauw verlichte kamer, ligt Iet Bartels op een vlug-vlug neergeworpen kermisbed en lijdt het leed aan een vrouw opgelegd: 'Met smart zult gij kinderen baren.' Haar lichaam kromt zich in barensweeën, een snerpende pijnscheut doet haar naar adem happen, zweetdruppels staan op haar voorhoofd, ze lijdt pijn, de geboorte gaat niet vlot.

Moeke Kooy – de vroedvrouw van het dorp – wist met een doekje het klamme zweet van Iets voorhoofd en mompelt: 'Arme sloer, de kerels hun pleziertje en wij de pijn...'

Maar er komt nog iets bij: Iet Bartels is een knappe, vlotte meid, die in de kraam ligt, en misschien een ietsje te vlot, want van wie? Er wordt gefluisterd, namen worden genoemd, want Iet is een warmbloedige vrouw, dus... Maar Iet zelf gaat er met opgeheven hoofd aan voorbij, want wat weten zij ervan?

Nu is die hooghartigheid nergens te vinden, ze kromt, lijdt, schreeuwt als een dier in stervensnood, maar het kind komt niet. Uitgeput, met gesloten ogen ligt ze achterover in de kussens.

'Kind toch... kind toch...' mompelt Moeke, die er zenuwachtig van wordt, en al nam Iet Bartels het met de liefde niet zo nauw, zo'n kraambed mag je geen vrouw toewensen. Ze schuift haar arm onder Iets schouders, heft haar hoofd een ietsje omhoog, houdt een beker aan haar lippen.

'Hier, kind, drink een beetje water.'

Donkere ogen waarin een dankbare blik, een zachte fluistering: 'Dank je, Moeke.'

'Geen dank, kind.' Ze zet de beker neer, schudt het hoofdkussen wat op. 'Ligt het zo beter?' Ze haalt een washandje over Iets gezicht. 'Frist het wat op, kind?'

'Ja, Moeke.'

Een hand op haar voorhoofd, een streling door haar haren: 'Het komt wel goed, kind.'

Een hulpeloze en angstige blik: 'U bent de enige hier die naar me omkijkt.'

Hoe goed begrijpt Moeke de strekking van die woorden. Ze stopt een los gesprongen haarlok onder het gehaakte haarnetje en zegt: 'Jezus sprak: 'Hij die zonder zonden is, werpe de eerste steen', en daar houd ik me aan.'

En Iet Bartels, met heel haar gedachten bij zichzelf, zegt: 'Dus u praat nooit kwaad over een ander?'

Het gezicht van de bijbelvaste Moeke trekt een beetje strak wanneer ze zegt: 'Er staat geschreven: 'Plaats een wachter voor mijn mond.' Maar ook ik glij wel 's uit, vooral als je in het vuur van het gesprek wordt meegetrokken.' Want in al die maanden dat Iet Bartels zo liep, was roddel en achterklap niet van de lucht, want eenmaal een schandvlek op een vrouw, da's niet meer af te wassen, en Iet zelf deed er het zwijgen toe, en droeg haar hoofd hoog.

Moeke schommelt in haar breedte heen en weer tussen de tafel en het kermisbed, en laat haar gedachten gaan over de jonge vrouw die – zoals de vrome kwezels hier in het dorp zeggen – niet tussen het loophek bleef, en dan... Ja, wie niet horen wil en die regels aan zijn laars lapt, gaat er meestal aan onderdoor, en dan word je met de vinger nagewezen en is het afwachten of er hier of daar nog een 'ouwe' Jozef voor je opduikt, en dat ziet zij, Moeke, voor Iet Bartels niet zitten, die haar eer niet hoog kon houden, en haar rokken niet naar beneden.

Maar Iet zegt: 'Het is mijn leven, en aan niemand hoef ik verantwoording af te leggen.'

Da's sterk gesproken voor een vrouw die een scheve schaats heeft gereden. En al is het tegen haar, Moekes, zuivere gevoelens in, in stilte bewondert ze Iet wel een beetje, want ondanks het onheil dat ze over zich heeft afgeroepen, zit er karakter in die meid, en een van die kerels hier in het dorp moet toch de vader van dit kind zijn, maar het sterke geslacht zwijgt, en ook Iet houdt de lippen stijf op elkaar.

Een zacht gekreun dat uitschiet in een felle kreet van pijn. Bezorgd buigt Moeke zich over Iet heen, schudt meewarig haar hoofd en zegt: 'O... kind, de kerel die jou dit aandoet, verbreek het zegel van het zwijgen toch.'

Iet Bartels schudt haar hoofd, een grimmig lachje glijdt over het pijnlijke gezicht onder de warreling van de wilde, zwarte haren. Moeke dringt aan: 'Kind, neem me toch in vertrouwen, misschien kan ik je tot steun zijn, straks sta je er met alles alleen voor.'

Iet bijt op haar lippen, houdt een kreet in en zwijgt, en Moeke staat zich te verbijten, die halsstarrigheid van die meid, en die kerel die haar dit aandoet. Plotseling valt ze driftig uit: 'Die fielt, die…'

Maar Iet valt haar in de rede: 'Dat mag u niet zeggen, Moeke, hij is geen fielt en al zou ik het je vertellen, je zou het niet begrijpen.'

'Welja, verdedig hem nog maar, dwaas kind dat je bent! Wat? Krijg je kramp in je benen? Hier, een kussen voor in je knieholte en deze achter je rug, dan heb je wat stevigs. En nu persen, meid. Wat, heb je geen puf? Proberen en persen, des te eerder heb je het gehad. Ja, kind, het gaat er lachende in en het komt er huilende uit… Niet verslappen, persen!'

'Jij hebt makkelijk praten, jij hebt nooit kinderen gekregen.'

Geen kinderen, da's Moekes stil verzwegen leed en zachtjes gaat ze erop in. 'Omdat de ware Jakob nooit is komen opdagen. Persen!'

Moeke krijgt angstige vermoedens. Ze heeft in het dorp veel kinderen gehaald, maar zo'n zware bevalling heeft ze nimmer meegemaakt.

Buiten komt de zon op in het oosten en kleurt de hemel met een klare brand die rood kleurt door het kleine venster van het achterhuis, waar een jonge vrouw kreunend achterover in de kussens ligt. En opnieuw nemen de weeën af. Moekes zorg neemt toe. Tien uur ligt Iet Bartels al in de arbeid, en nog is het kind er niet.

Ze poetst haar brillenglazen schoon, buigt zich over de jonge vrouw heen en controleert: ruim tien centimeter ontsluiting. Het kind had er al moeten zijn. Er is iets mis, hier moet een dokter bij. Ze klopt Iet bemoedigend op de hand en zegt: 'Ik ben zo terug, kind, even de dokter halen.'

Even later komt ze met de arts weerom. Hij overziet in een oog-opslag de gehele situatie: een jonge vrouw op een kermisbed,

die naar hem prevelt: 'As-je-blieft, help me, dokter.'
En Moeke voegt eraan toe: 'Het is d'r eerste, ze ligt al van gisteravond, daarom heb ik u gehaald, ik durf het niet langer aan.'
Een vriendelijk knikje. 'Daar heeft u goed aan gedaan. Waar kan ik mijn handen wassen?' Hij heeft vertrouwen in de vrouw, die in de hele omgeving bekendstaat als een eersteklas vroedvrouw, maar deze klus is haar te zwaar. Het lijkt hem een stuitligging, het moet gekeerd worden en dan gehaald. Snel verricht hij een onderzoek. Net wat hij dacht, en volgens hem heeft het al een ietsje te lang geduurd. Dan, geassisteerd door Moeke, richt hij zich met al zijn vakkennis op Iet. Een hartverscheurende kreet, als de dokter het kind uit haar vandaan trekt, en een iel kreetje als van een jong verschrikt geitje, dat overgaat in het schreien van een nieuw leven dat begint te ademen.
Moeke neemt het kind van de dokter over en zegt: 'Een flinke zoon, meid, je hebt eer van je werk.' Ze legt het kind in de weegschaal en zegt vol verwondering: 'Tien pond, schoon aan de haak. Geen wonder, meid, dat je er zo'n 'houw' an had.'
'Een bokser in de dop,' vult de dokter lachend aan, en met een blik op de kalender: 'Verhip, het is zeven april, eerste paasdag, het feest van de opstanding,' en tot Iet: 'Vertel 's, wat voor naam krijgt die kleine?'
'Atze,' is het antwoord. 'Atze Bartels.'

'Dat wordt sneeuw,' bromt Atze Bartels, met een blik op de dichte grijze hemel. Hij staat even stil, loopt dan in gedachten verzonken over zijn erf, dat grenst aan het halve bundertje grasland, dat hij voor een redelijke prijs van Piet Braaf heeft gekocht. Piet Braaf, zijn naaste buurman, die na een leven van hard werken nu toe is aan een rustig bestaan. Daarom gaf de verkoopovereenkomst tussen hen geen enkel probleem of conflict, en waren koper en bieder het volmaakt met elkaar eens. Sindsdien hoeft Piet niet meer op een paar centjes te kijken en woont hij in het bejaardentehuis, waar hij sinds kort met meer dan gewone belangstelling naar de weduwe Aaltje Zwiers kijkt, een pittig vrouwmens, die ook een aardig centje heeft geërfd van wijlen haar man.

Op bezoek bij Piet zat Atze het tafereeltje tussen die twee eens aan te kijken en zei verwonderd: 'Man, man, jullie lijken wel een stel tortelduiven.'

Aaltje lachte wat verlegen, deed een greep naar haar tas. Piet snoot zijn neus en zei met een blik op de weduwe Zwiers: 'Het is te accepteren of niet.'

En zij, geagiteerd, met een blos op haar ronde koontjes: 'Hoor daar, hoe ouwer, hoe gekker.'

Hij, met een blik op de beide oudjes, vroeg zich af: wat moet ik ervan denken? Een spelletje voor de een, een plagerijtje voor de ander? Lachend nam hij afscheid en dacht: de tijd zal het leren. Trouwens, wanneer zou hij zijn gezicht eens tegen een blozende vrouwenwang duwen?

Na de onverwachte dood van zijn moeder kwam hij alleen te staan, een kind van vijf jaar zonder een dak boven zijn hoofd en de vader onbekend. De burgemeester zelf bemoeide zich met het 'uiterst droevige' geval, want de voor Atze onbekende familieleden stonden niet te trappelen om het kind van de schande bij zich in huis te nemen. Toen, als door een wonder, kwam plots een verre achternicht van zijn moeder opduiken. Een lange, magere gestalte in het zwart gekleed, op het grijze haar een velours hoedje, met aan de zijkant een groen veertje dat trillend bewoog bij iedere beweging. Maar het meest opvallend was haar lange, scherpe, iets gebogen neus, en Atze dacht bij zichzelf: juffrouw pikneus. Ze stelde zich aan de 'burry' voor als een verre nazaat van Iet Bartels, ze was op de hoogte van de hele geschiedenis en wilde zich over het kind ontfermen.

De burgemeester, spelend met zijn horlogeketting, scheen diep na te denken, en kwam daarbij tot de conclusie: 'De opvoeding van een jong kind eist inzicht en soms opoffering. Kunt u dat wel opbrengen?'

Die woorden maakten geen enkele indruk op haar; ze had wel voor hetere vuren gestaan. Ze drong opnieuw aan, kletste als het ware de burgemeester van zijn stoel en hij zwichtte.

Meteen greep ze Atze bij de hand en commandeerde: 'Kom, kind, ga mee.'

En daar ging hij, met een schamel koffertje kleren, aan de hand van het 'aangewaaide' familielid, het onbekende tegemoet.

En nu, na al die jaren dat hij erop terugziet: een moederlijke liefde heeft hij van haar nooit gekend, wel zorgzaamheid en begrip. Ze was nooit getrouwd geweest – aan haar lijf geen polonaise – en ook haar naaste familie bleek bij haar dood te zijn 'uitgestorven'.

Katrien Wameling werd grafwaarts gedragen door zes mannen uit het dorp, en hij was de enige die achter haar kist liep en haar de laatste eer bewees, de oude vrouw die hem tot zijn achttiende jaar had grootgebracht. Ze liet hem duizend gulden en haar huisje na. In de dorpsgemeenschap nam hij als het ware haar plaats in, want de dorpelingen hadden hem nooit anders gezien dan als de pleegzoon van Katrien Wameling.

Piet Braaf was nu zijn naaste buurman. Piet, een wandelend nieuwsblad, wist van alles en iedereen wat. Ook van Katrien Wameling, en ze mocht nu wel zeggen 'aan mijn lijf geen polonaise', maar hij wist meer. Katrien had in haar jonge jaren verkering gehad met een varensgezel. Maar een zeeman, je weet hoe dat gaat: in elk stadje… vul maar in. Op een dag kwam hij niet meer opdagen. In een keer had Katrien er tabak van; geen kerels meer. Dan liever een vrije meid, en dat was ze haar verdere leven lang gebleven.

Maar de jaren verstreken en Katrien werd een ouwe vrijster, en het vrouwenhart verloochent zich niet. Ze hield van kinderen, deelde nogablokken, wijnballen en veterdrop aan hen uit, en de kinderen plukten bloemen in de wei en langs de slootkanten en vlochten een bloemenkrans voor haar. Maar 's avonds zat ze moederziel alleen, vooral tijdens de lange winteravonden. Misschien dat ze zich daarom later alsnog met medewerking van de burgemeester, tevens ambtenaar van de burgerlijke stand en de notaris, over Atze had ontfermd, en zich aan hem hechtte in de wetenschap van een jong leven – dat hij een ouderloos kind was – dat zorg behoefde, waarover ze moest waken.

Katrien Wameling had ondanks haar houterige figuur iets liefs en elegants over zich, vooral als ze zich 's zondags kleedde voor de kerkgang. Knap van gezicht was ze evenmin, wel had ze een gave, stevige, gladde huid, waarin ondanks haar leeftijd geen rimpeltje te zien was. Ze leefde sober, was zuinig met licht en stoken, en 's winters leek de kachel meer op een gloeiende spijker dan dat hij brandde, en 'tante', een en al bezorgdheid, zei: 'Kleed je warm aan', en legde op voorhand een extra jaegerhemd voor hem klaar. Over het geld repte ze met geen woord, en na haar dood erfde hij, naast het huisje en duizend gulden, twee poezen, een pratende ekster, twee ganzen plus een melkgeit. Op het geld is hij zuinig en voor de dieren is hij goed.

Na Katrien Wamelings afscheid van het tijdelijke was Atze een alleenstaand maar geen eenzaam mens. Hij werkte als losse knecht hier en daar, maar hij liet zich nooit strikken voor vast. In het najaar bewerkte hij achter het huis het stukje grond, spreidde hij met de riek de vette stalmest erover uit, spitte die twee steken diep in de grond, die hem opnam voor haar vruchtbaarheid. In het vroege voorjaar pootte hij aardappelen, zette hij kool en andijvieplanten, plaatste stokken voor snij- en slabonen, en als laatste langs de slootkant een regeltje tuinbonen, die hem zo lekker smaakten met uitgebakken spekvet. In het stalletje in het schuurtje staat een geit met haar lange, geelwitte haren, goed voor het verorberen van koolstronken en aardappelschillen, die hem haar dankbaarheid toont met een romige melkgift. Zo leeft hij dag in, dag uit zijn vrijgezellenbestaan. Hij spaart zijn centjes op, voelt zich rijk en dankbaar, eet elke dag zijn buikje rond, is gehecht aan zijn 'spulletje' en in hem zindert de stille jubel en de overtuiging dat hij het in het leven nog niet zo slecht getroffen heeft.

Op een stralende dag, waarop een merel in de bloeiende vlier in een jubelzang uitbarst, de katten bedelend langs zijn benen strelen voor een schotel melk, ontvangt hij een brief van de gemeente waarin hij op het raadhuis wordt ontboden. Hij vraagt zich af: wat heb ik met die lui van doen?

Eenmaal in het raadhuis komt hij er snel achter. Nauwelijks heeft hij een voet over de drempel gezet of Vlaming, de gemeentebode, schiet hem aan, en brengt hem met zijn uitgestreken gezicht – alsof hij al weet van de hoed en de rand – naar de kamer van de gemeentesecretaris. Aan Vlaming, tussen hen is het nooit verder gekomen dan 'Goedendag en goeienavond', vraagt hij verbaasd: 'Zeg 's op, Vlaming, wat moet ik daar?'

Vlaming knijpt een oog dicht en zegt op een geheimzinnig toontje: 'Ik heb het een en ander opgevangen.'

Vlaming is in zijn doen en laten altijd een beetje gewichtig. Atze vraagt: 'En dat is?'

Vlaming zegt: Je zult het wel horen.' Hij geeft een tikje op de deur waarop in sierlijke letters 'gemeentesecretaris' staat, opent de deur en zegt op een zalvend toontje: 'Meneer, hier is Bartels.'

Een ietwat harde stem zegt: 'Kom verder, Bartels. En jij kunt gaan, Vlaming.'

Daar zit-ie dan, tegenover gemeentesecretaris Cronjee, import van buiten, over wie de mare de ronde doet dat hij een aantal jaren les heeft gegeven op de HBS, maar het beroep van gemeentesecretaris boven dat van leraar ambieerde, met misschien in zijn achterhoofd de stille wens eens hier of daar te worden beroepen als burgemeester, en misschien ziet hij het dorp hier als een springplank naar die hogere functie. Wie zal het zeggen? De gemeentesecretaris verlegt wat paperassen op zijn bureau en zegt: 'Ik wil 's een paar woordjes met je wisselen, Bartels.'

Cronjee is een lange, schrale man, met een sierlijk snorretje en een sikje aan zijn onderlip, en een paar ogen met daarin een ijzige blik.

Atze zegt: 'Laat maar 's horen.' Burgemeesters en ambtenaren, de meesten van hen bekakte lui, hij loopt er niet hoog mee.

Cronjee schraapt zijn keel en steekt van wal. 'Kijk, de reden waarom ik je hier heb ontboden, is deze, Bartels. Uit heel de regio komen klachten over een ware mollenplaag. Met hun gegraaf veroorzaken ze veel schade in de opschietende tarwe en jonge aanplant, en op de laatste vergadering waren de boeren het onderling eens dat er een mollenvanger moet worden aangesteld. Ik dacht meteen: dat is in zijn vrije uren een mooi baantje voor Bartels. Heb je er oren naar?'

Of-ie er oren naar heeft? Eerlijk gezegd overvalt het aanbod hem; in zijn vrije uren het land in, tegen de wind in molshopen opsporen, klemmen zetten, de volgende dag weer op sjouw, de klemmen controleren, dode mollen afleveren achter het raadhuis, waar Vlaming ze met een vies gezicht telt en hem uitbetaalt. Een mol, een gulden. Je wordt er niet rijk van en het slijt je schoenzolen af. Een eigen huisje, volop eten uit eigen tuin, elke dag een litertje romige geitenmelk; tel je zegeningen, Atze Bartels. En dat doet hij, iedere dag weer, en hij is een tevreden mens.

Cronjee duurt dat bedenkelijk zwijgen te lang en hij dringt aan. 'Je lijkt me de juiste man ervoor, Bartels, als er een veel van de natuur weet, ben jij het.'

Gaat Cronjee met stroop smeren? Hoe goed kennen ze elkaar? Ja, van verre en van horen zeggen, maar verder?

'Wie zegt dat?' bromt Atze.

'Maar man, dat is toch algemeen bekend? Je moet de boeren eens horen waar jij gewerkt hebt: een en al lof over je. Ze juichen het idee alleen maar toe.'

Juist de boeren; bij velen heeft hij een seizoen gewerkt en stuk voor stuk zijn het beste bazen. Maar toch, boeren… En wat is feitelijk een boer? Iemand die met hard werken zijn bedrijf in stand houdt. En een zoon – de opvolger – die in zijn vaders voetsporen treedt, en met het boeren nog rijker wil worden dan zijn vader al is. Met zwaar werk en grote verantwoordelijkheid, en voor het slapen gaan gauw-gauw een kind verwekken, een opvolger die weer in de voetsporen gaat van zijn voorgeslacht. Is dat het leven en de bestemming van een boer?

In een vertrouwelijk moment heeft hij weleens bij een van hen geïnformeerd naar het hoe en waarom. Waren ze innerlijk zo, of deden ze naar buiten toe zoals die ander deed, wilden ze wat aanzien betreft voor elkaar niet onder doen?

Een verwonderde blik, een verbaasd gegrinnik, een hand vertrouwelijk op zijn schouder en een stem die had gezegd: 'Het is je goed recht daarnaar te vragen, Bartels, maar ik weet daar echt geen antwoord op. Gewoon, een boer is een boer en door de eeuwen heen doet hij wat hem is opgelegd.'

'Opgelegd?' had hij verbaasd herhaald. Wat bedoelde die jonge boer? De vader van Arie Kaan is diaken, en hij gaat trouw elke zondag naar de kerk, en ook hierin gaat Arie junior in zijn vaders kielzog mee.

Arie, leunend met beide onderarmen op de rand van de hooi-wagen, had zijn ene been over het andere gekruist, was ervoor gaan staan en had gezegt: 'Luister, Bartels, God legt eenieder op aarde een taak op de schouders en die luidt voor de boer als volgt: de boer, hij ploegt voort, bij mooi of slecht weer, bij onrust of politieke omwentelingen. De boer ziet nooit op of om en onverstoorbaar ploegt hij voort, en brengt het voedsel voort dat de mens moet eten. Een taak hem van hogerhand opgelegd. De boer staat aan de bron van het leven door de eeuwen heen, van geslacht op geslacht, daar valt niet aan te tornen en dat is hij zich bewust.' En hij had zijn relaas beëindigd met: 'Begrijp je het, Bartels? Zo moet je het zien.'

En Atze, nadenkend over de kalmte en zekerheid waarmee Arie het vertelde, had niet anders weten te zeggen dan: 'O, is dat het? Zie je, ik ben niet kerks, en sommige fijnen hier in het dorp noemen me een atheïst.'

'Zeggen ze dat?' De jonge boer was in de lach geschoten. 'Atheïst, da's een zwaar beladen woord, het betekent dat je in God noch gebod gelooft, zogezegd een Emmäusganger.'

Plots had hij het gesprek tussen hen ondergaan als een pijnlijk gebeuren, ook al om wat Arie daar had beweerd, en hij had het gevoel niet van zich af kunnen zetten dat Kaan junior hem wat hardhandig had aangepakt, en hij was nors uitgevallen: 'Hou die preektoon maar voor je. Ik zie Hem als de natuur, da's voor mij de serene waarheid.'

Arie had ernstig gezegd: 'Als jij dat zo ziet. Maar dan wel een waarheid vol kwaadaardige vragen en uitroeptekens. Enfin, we zullen het zo maar laten, in dit dispuut komen we geen stap ver-der.'

Maar is het dan toch zo wat die vrome tegen hem had gezegd? Het heeft hem tot nu toe niet losgelaten, woorden waar hij nog dagelijks aan denkt: over de eeuwigheid, de schepping, leven en dood, maar bovenal het woord 'Emmäusganger' kan hij niet kwijtraken.

En die lange sladood van een gemeentesecretaris kwebbelt maar door en praat zich warm. 'Denk 's in, Bartels, mollenvanger! Een prachtbaantje waarin je eigen baas bent, je je eigen tijdsindeling heb en alle dagen in de vrije natuur doorbrengt.' Cronjee strijkt weer 's langs zijn snorretje, en eindigt met de veelzeggende woorden: 'Een prachtbaantje, zou ik denken, en je bent eigen heer en meester.'

Ja, dat kan Cronjee wel beweren, maar Atze denkt er anders over en met het gewichtige toontje van Cronjee nog in zijn oren, zegt hij: 'Als ik u zo hoor, vraag ik me af: als het zo'n prachtig baantje is, zoals u beweert, waarom lopen anderen daar dan niet warm voor?'

'Nou ja,' antwoordt de gemeentesecretaris wat onthutst, want doe varkens goed dan krijg je spek, maar helemaal ongelijk heeft Bartels niet. Cronjee heeft al eerder een paar mannetjes gepolst, maar zij hadden geen belangstelling, en met een blik op de man die strak voor zich uit staart, zegt hij op een gezaghebbend toontje, alsof hij nog enige indruk wil maken: 'Denk nog 's goed over mijn aanbod, Bartels,' en met een ingehouden zucht: 'Je weet het toch net als ik: een teveel aan mollen is een ware plaag.'

'Da's het zeker,' antwoordt Atze. Hij strijkt met zijn hand langs zijn rasperige wang en vraagt zich af wie hierin het voortouw neemt, Cronjee of de boeren? Het zullen de laatsten wel zijn, want leer hem de boeren kennen: een kauw, een kraai, een mol, een haas op het land, en ze blèren al van wildschade.

Cronjee zegt gebiedend: 'Je kunt gaan, Bartels, je besluit hoor ik nog wel.'

Zo, dus het gesprek is ten einde, maar als die opgepoetste gemeentesecretaris denkt dat Atze zich zo de laan laat uitsturen, heeft-ie het mis, en hij norst: 'Wat weten de schreeuwlelijkerds nu werkelijk over mollen? Ja, als ze blijven graven, dan blijft de vorst uit, maar dat is het dan ook.'

Een verbaasde blik. 'Wat weet jij er dan van, Bartels?'

'Dat ze niet zoveel schade toebrengen als wordt beweerd.'

'Zo, zo, is dat jouw mening? Laat ik je dan zeggen: ik heb ze niet graag in mijn tuin.'

O, wacht even, de tuin van Cronjee wordt bijgehouden door een mannetje van de plantsoenendienst, dat oogluikend wordt toegelaten door de 'burry'. De burry, opgeklommen door zijn contacten, met meer belangstelling voor zijn volière met zangvogeltjes dan voor gemeentebelangen. Enfin, daar heeft-ie zijn secretaris voor. Cronjee en de burry als een Siamese tweeling. Dan is Atze weer volop met zijn gedachten bij wat Cronjee net zei, en hij zegt: 'U moet begrijpen, een tuin is geen hectare en dan kan een mol een plaag zijn, maar één mol in het tarweveld en er wordt meteen aan de bel getrokken.'

Cronjee knippert een paar maal met de oogleden en schampert: 'Als ik je zo hoor, heb je een zwak voor die gravers?'

Atze schudt zijn hoofd. 'Dat niet direct, maar ik heb wel respect voor de natuur. Mollen... Ik zeg maar zo: er zijn ergere dingen.'

'Misschien vanuit jouw standpunt, maar hierin sta ik aan de kant van de boeren. Mollen zijn en blijven een plaag.'

Hoor daar, vooral die Verbrugge. Verbrugge, de heer en meester van de kapitale hoeve de Deo Gloria, een kerel als een paasos en zuipen als een walvis en... centen. En geld is een machtig bezit, het geeft aanzien, en het is bekend dat Verbrugge er niet zuinig mee is, vooral als er iets krom is dat moet worden rechtgebreid. Zwijggeld, liefst buiten hem om zodat hij in de ogen van velen de mooie meneer is en blijft. Maar Atze heeft daar zijn eigen mening over, en het is beter te zwijgen dan te praten.

'Wat zie jij dan voor moois aan een mol?' Tot zijn verbazing gaat Cronjee erop door. Schat Atze de man dan toch verkeerd in?

'Nou, laat 's horen.' Cronjee gaat ervoor zitten en valt een tikkeltje geërgerd uit: 'Ze zullen van mij niet kunnen zeggen dat ik een natuurhater ben.'

'Nee, u niet, maar Verbrugge denkt er anders over, en hij is altijd uit op eigen gewin.'

'Laten we ons bij het onderwerp houden. Vertel, wat weet je over die kleine gravers? Je hebt me nieuwsgierig gemaakt.'

Plots staat het beeld van zijn kleindochter op zijn netvlies, ze had lege flessen tot de hals in de tuin begraven. Hij had verbaasd gevraagd: 'Kindje, waar is dat voor?'

'Voor de mollen, opa.'

'Mollen?'

'Ja, opa, u heeft toch zo'n last van een mol in uw tuin?'
'Jawel, en die lege fles zal…?' Want wat had hij niet geprobeerd om die last uit zijn tuin te krijgen! Wat had Annabet nu beweerd?
'Ja, opa, de wind blaast in de flessenhals, een geluid waar-ie niet tegen kan, zo verjaag je hem uit je tuin.'
'En ze zeggen dat een mol blind is en doof?'
'Hij voelt de geluidstrillingen.'
'Eerst zien, dan geloven.'
Zij had vol overtuiging geantwoord: 'Heus, opa, het is echt waar.'
Hij had zijn twijfels gehad. Mollen, daar is geen werken tegen, en hij had gezegd: 'En dat dier is doof.'
Zij had de kant van de kleine graver gekozen, had van geen opgeven geweten, en vol vuur was ze erop doorgegaan: 'U moet het zo zien, opa, geluid bestaat uit trillingen en daar is-ie gevoelig voor. En dat praatje dat ze doof en blind zijn, is niet waar.'
'O, nou…' Maar waar of niet waar, hij had met de ergernis gezeten dat dat mormel steeds weer de jonge aanplant eruit had gewroet en de wortels open en bloot waren komen te liggen; de doodsteek voor elk jong gewas, daarom ook had hij zich de bezwaren van Verbrugge wel kunnen indenken.
Gisteren nog had de man met een rooie kop van kwaadheid tegenover hem gezeten en had hij stoom afgeblazen. 'Iedereen is het met me eens, Cronjee, we moeten van die plaag verlost worden, desnoods met vergif.'
Iedereen, dat waren de overige boeren in de achterliggende polder en die waren op de hand van Verbrugge, de machtigste boer onder hen en die had daar zogezegd als 'afgezant' gezeten.
Maar vergif, dat was Cronjee toch een tikkeltje te ver gegaan, en enigzins geërgerd had hij gezegd: 'Vergif, al is het een mol, het is wel een levend dier, Verbrugge.'
Verbrugge had minachtend gesnoven. 'Welja, neem het maar op voor dat ongedierte. Dood is me liever.'
Denkend aan zijn kleindochter, druk bezig met het ingraven van lege flessen, was het Cronjee ontvallen: 'Het is niet mijn gewoonte uit de school te klappen, maar ik heb gisteren

Verbrugge op bezoek gehad, en die denkt er heel anders over dan jij.'

'Die griezel?' Annabet had haar sproetenneusje opgetrokken en haar hart gelucht: 'Die vent met zijn kapsones, ik mag hem niet.'

'Dat kan wel zijn, maar Verbrugge is een machtig man en er kan niks zijn of hij heeft de boeren op zijn hand.'

Een verontwaardigde blik. 'Wat krijgen we nu? U laat zich toch door Verbrugge niet de wet voorschrijven? In dat geval bent u hier toch de baas? En als…'

'Ho, ho, kindje,' hij had haar woordenstroom getemperd. 'Weet wel, het is hier een agrarische gemeenschap en een boer is en blijft de baas op zijn eigen land.'

'Dus u buigt voor die man? Dat valt me van u tegen, opa.'

Annabet was een felle natuurfanaat, wel 's een beetje té. Hij had gezucht en toegegeven: 'Vergif, ik ben het hierin met Verbrugge niet eens, maar de mol staat niet op de lijst van beschermde diersoorten, integendeel, en dat weet hij ook, dus staat de man sterk in zijn schoenen.'

'En u met gebonden handen, dat wilt u toch zeggen?'

'Juist.'

Zij had vol vuur gezegd: 'Maar dat hoeft toch niet, opa? Stel een mollenvanger aan!'

Een mollenvanger, een idee waar hij nog niet op was gekomen, maar zo makkelijk was het niet en hij had gezucht: 'Lieve kind, als ik het voor het zeggen had… maar uiteindelijk beslist de gemeente hierover.'

'Het is toch te proberen? Niet iedereen is zo'n bullebak als Verbrugge.'

Hij had geantwoord: 'Goed, tijdens de eerstvolgende gemeenteraadsvergadering zal ik een balletje opgooien. Wie weet…'

'Opa, je bent een schat.'

Hij had twee armen om zijn hals gevoeld en een klapzoen op beide wangen. En hij had gedacht: zo spontaan en fijn begrepen van dit kind, en geen betere troost in deze ongemakkelijkheid dan die twee welgemeende klapzoenen, en of er zegen op zou rusten?

Maar het voorstel werd aangenomen en als Cronjee een geschikt iemand wist, gingen zij akkoord, maar voorlopig alleen op proef, zodat zij de macht in eigen handen hielden.

De daaropvolgende dagen had hij in zijn geest alle bekenden de revue laten passeren. Niet een... Ten einde raad had hij bij de gemeentebode geïnformeerd. Vlaming was hier geboren en getogen, hij kende jan en alleman, en: raak.

Vlaming had enthousiast geantwoord: 'Atze Bartels, meneer! Da's de juiste persoon, die verstaat de kunst van mollen steken, want dat is eenieder niet gegeven, da's een vak apart. Je moet het in je vingers hebben.'

Zo, dus je moest het in je vingers hebben, en Cronjee had gezegd: 'Laat die man maar 's opdraven.'

De week daarop was de heer Bartels per brief formeel uitgenodigd tot een gesprek op het gemeentehuis. En nu zit hij tegenover die stugge landman, die net als Cronjees kleindochter zijn hand boven de mollen houdt, en dan te weten dat het juist Vlaming was die hem deze man aanraadde. En met het beeld van de donderende Verbrugge nog steeds op zijn netvlies zegt hij: 'Verbrugge kwam hier praten uit naam van alle boeren.'

Een ironisch lachje. 'O, waait de wind uit die hoek. En toen dacht u...?'

'Mis, mijn kleindochter kwam op het idee. Voel je iets voor die job, of niet? Kom er maar recht voor uit.'

Ja, in dat opzicht zal hij er niet omheen draaien, maar of hij voor dat baantje zo warmloopt...? En Cronjee moet niet denken dat-ie met vergif gaat werken, dan is-ie bij Atze Bartels aan het verkeerde adres.

De gemeentesecretaris strijkt voor de zoveelste maal langs zijn sierlijk gekweekte snor. Zo makkelijk als hij dacht Bartels voor dit baantje te strikken, gaat het toch niet. Het is bekend dat Atze Bartels een doener en geen prater is, en hij zucht en zegt: 'Uiteraard zit er een kleine beloning aan vast.'

Een spottend lachje. 'Dat neem ik direct aan, u zit hier ook niet voor liefdewerk oudpapier.'

Even voelt de gemeentesecretaris zich uit het veld geslagen. Het is voor het eerst dat iemand zo'n opmerking tegen hem maakt en vlug zegt hij: 'Het tarief is een gulden per mol, maar goed, ik maak er twee van. En laten we nou 's uitgaan van twintig mollen per week, me dunkt, dat levert je een aardig zakcentje op.'

Atze Bartels richt zich wat op en gaat erop in. 'Kijk, nu kunnen we praten, meneer Cronjee. Ten eerste hoef ik het voor die centen niet te doen, en als ik het doe, dan op mijn manier, en niet zoals Verbrugge voorstelt.'

Cronjee slaakt een zucht van verlichting, gelukkig, een beetje contact! Bartels is niet meer zo stug als in het begin en Cronjee zegt: 'Als ik je zo hoor, werk je liever met klemmen.'

'Met klemmen?' Hij schudt zijn hoofd. 'Ik heb u al gezegd: wat weet u van mollen? Een mol vangen in een klem, dan moet je die uitbranden voor je hem weer gebruikt, anders kun je het wel schudden. Een mol heeft trilharen en een sterk ontwikkeld reukorgaan, die bedot je geen tweede keer, en het woord vergif komt in mijn woordenboek niet voor.'

'In het mijne ook niet,' ontvalt het de gemeentesecretaris. 'Dus hierin staan we op een lijn.' En op een vertrouwelijk, toegeeflijk toontje: 'Mijn kleindochter werkt met lege flessen, ze plaatst ze met de hals op de wind, het geluid weerkaatst in de flessen en doet de mollen op de vlucht slaan. Althans, dat beweert ze.'

'Uw kleindochter?' Atze schiet in de lach. 'Bakerpraat! Een mol laat zich niet verlinken, net als ratten, het zijn slimme jongens.'

Cronjee voelt dit als een rechtstreekse aanval op zijn kleindochter en norst: 'Ze had op haar eindexamen een tien voor biologie.'

'Op papier ja, maar in de natuur werkt het anders.'

'Hoezo anders?'

'Wilt u tekst en uitleg?'

Cronjee zegt spottend: 'Ja, als jij het beter weet.' Het kriebelt hem: Atze Bartels, met net als vele dorpers hier alleen een lagereschoolopleiding, meer niet, die het hier wel eventjes zal zeggen…

En Atze zegt het ook, maar niet voor hij erbij is gaan zitten, en met de pet op zijn knie steekt hij van wal: 'Luister 's, meneer

Cronjee, die kleindochter van u is een pittige meid en ze zal d'r weetje wel weten, maar het is alles lettervreterij. Staat er ook in dat boekje te lezen dat mollen, net als slakken, zo territorium-bewust zijn? In eigen tuin zullen ze niks doen, maar de tuin van de buurman is hun jachtterrein; de een woelt de grond om, de ander vreet de boel kaal. Niet leuk, ik geef het toe. En nog 's wat, weet u dat een mol er een mollenkamer op na houdt, met daarin een slaapplaats, een kraamkamer, plus een voorraadkamer, waarin hij wormen en insecten bewaart, je kunt wel stellen, zijn wintervoorraad? Nou, meneer Cronjee?'

Nee, met al zijn geleerdheid weet hij daar niets van, hij weet meer van gemeentebelangen en bouwvergunningen en wat al niet meer, en dat het niet altijd gaat zoals hij graag zou willen, en dan de kwestie-Verbrugge, die hem als een angel in zijn vlees prikt, en kribbig valt Cronjee uit: 'Mooi gezegd, Bartels, maar al die molshopen in mijn tuin en ga zo maar door.'

'Natuurlijk, molshopen betekenen voor de mol lucht en zuurstof.'

'Kan zijn, maar ik ben het meer dan zat, steeds weer die jonge aanplant eruit. Wat dat allemaal niet kost. Daarom heb ik begrip voor de boeren.'

'Pleit u nu voor uzelf, of voor de boeren?'

Een straffe blik: 'Voor beiden, Bartels, voor beiden.'

'Het is maar dat ik het weet.' Hij komt overeind van zijn stoel, plant de pet op zijn hoofd en zegt: 'Weet wel, meneer Cronjee, voor het geld hoef ik het niet te doen, en wat Verbrugge betreft: hij kan van mij doodvallen. Nou, u hoort nog wel van me. Goeiendag.'

Maar even vlug houdt Cronjee hem staande. 'Vertel 's Bartels, waarom die antipathie tegen Verbrugge?'

Een paar felgrijze ogen, een doordringende blik. 'Vraag het hem zelf.'

Verbrugge, een herinnering uit zijn jonge jaren, die niet is uit te wissen. Atze, een jochie van vijf, plukte boontjes in de tuin, een auto stopte, nieuwsgierig gluurde hij door een kiertje, Verbrugge stapte uit. Verbrugge, een beer van een kerel, liep rechtstreeks naar het huisje, een oud werkmanshuisje met rode dakpannen en aangroeiend mos in de dakgoot en waarvan Plompert, de aannemer in het dorp had gezegd: 'Dat de gemeente het verhuren toestaat, afbreken dat krot.' Waarop Nelis, de vrachtrijder, had gereageerd met: 'Daar heeft de gemeente niks over te zeggen, dat ouwe kavalje is eigendom van Verbrugge en het staat op zijn grond.'

'Ja, die denkt ook, goed genoeg voor een gevallen vrouw.' Dat was Plompert weer geweest.

'Een gevallen vrouw', een paar opgevangen woorden waar hij niks van snapte, maar ze bleven hem bij en hij zag Verbrugge door de lage deur naar binnen gaan. Verbrugge, de rijke boer van de Deo Gloria, die altijd voor Atzes moeder wat meebracht, een flesje odeur, een geurig stukje zeep, een doos bonbons, en de laatste keer een mooie sjaal, bestikt met gouddraad.

'Mooi?' had hij gevraagd, zwaar puffend aan zijn sigaar.

Moeder vouwde de sjaal op, legde hem terug in de doos en zei: 'Zeker in de uitverkoop?'

Dat moeder dat zei, vond Atze heel niet leuk, want zoiets moois kreeg je niet iedere dag.

Verbrugge blies op de as van zijn sigaar, keek naar moeder en zei: ''t Kost me anders een lieve duit.'

'Ik vraag er niet om.' Dat was moeder weer.

Verbrugge zei: 'Meid, kijk niet zo goor, de melk wordt er zuur van.'

Daar had Verbrugge gelijk in, moeder trok een gezicht als een oorwurm en altijd als Verbrugge wegging, streek-ie met zijn hand door Atzes haren en zei met een knipoog: 'Wees lief voor je moeder, jong.'

Maar de dorpers zeiden in die dagen heel wat anders. ''t Is geen waarom maar een daarom dat die kerel daar over de vloer komt.'

En moeder, met tranen in haar ogen: 'Vreselijk, ik weet het wel, maar ze moesten maar 's in mijn schoenen staan.'

Hij, als 'kakkebroek', begreep er niks van, dat kwam pas jaren later. Hij bleef door het kiertje gluren, voor het raam zakte het rolgordijn en hij dacht: zeker last van het zonlicht, moeder kan er niet tegen, dan krijgt ze pijn in haar ogen, en daarom draagt ze in de zomer altijd een zonnebril.

Plots vloog de buitendeur open, Verbrugge kwam naar buiten, hield een zakdoek tegen zijn wang gedrukt en schreeuwde: 'Je hebt je vonnis getekend, Iet Bartels, voor de volgende maand het huis uit!'

Moeder verscheen in de deuropening, haar blouse leek wel gescheurd – ze hield hem vast onder haar kin – en zei: 'Daar pas jij wel voor op, Verbrugge, naar buiten toe hou jij de schijn wel op, al was het alleen voor je eigen vrouw.'

Verbrugge toomde in, scheen na te denken, wreef een paar maal met zijn hand door zijn stekelige haren en zei: 'Goed, ze zullen van mij niet kunnen zeggen dat ik een schoft ben, je kunt in het huis blijven zitten, maar dan wel voor dertig gulden huur in de maand.'

'Schoft!' siste moeder. 'Probeer jij zo je gram te halen?'

Een achteloze handzwaai. 'Graag of niet, Iet Bartels, je hebt het in je eigen hand.' En weg was Verbrugge.

's Avonds tijdens het eten, onder de veiligheid van eigen dak, gluurde hij naar haar bleke en bedroefde gezicht. Instinctief voelde hij dat het met het tafereeltje van vanochtend te maken had, en hij vroeg: 'Is het zo erg, moe?'

Ze zuchtte en zei op bezorgde toon: 'Ik vraag me af hoe ik maandelijks die dertig gulden bij elkaar krijg.'

In hem groeide een afkeer van die bullebak van een boer die zijn moeder dat aandeed en hij vroeg: 'Heeft Verbrugge ermee van doen, moe?'

Een kneepje in zijn wang. 'Je bent veel te wijs voor je leeftijd.' Moeder schoof haar stoel achteruit, stond op, pakte de vuile borden bij elkaar, zuchtte en zei: 'Kind, de wereld is zo slecht.' Hij zag een glimp van droefheid in haar ogen en vroeg: 'Ook Verbrugge, moe?'

Moeder zei op een korte, gebiedende toon: 'Ik wil er geen woord meer over horen, begrepen? En weet wel: niemand is volmaakt.'

Het incident werd niet meer genoemd, ze waren in het huis blijven wonen en Verbrugge zagen ze niet meer.

Een aantal jaren later, toen Atze achterom de hos binnenkwam,

23

wachtte moeder hem op. Aan de kapstok hing een korte blauwe bonker met koperen knopen en een pet met glimmende klep. Hij zei verbaasd: 'Is er visite, moe?'
Moeder knikte en commandeerde: 'Handen wassen en kam door je haren en straks beleefd met twee woorden spreken.'
Hij zei onthutst: 'Ja, moe.' Plensde onder de kraan zijn handen schoon, kamde zijn haar, keek in de spiegel… Verhip, nu zag hij het pas, moeder was op haar zondags.
'Klaar?' Moeder duwde hem naar binnen. In de leunstoel bij de kachel zat een breedgeschouderde, forse man, gekleed in een blauwwollen trui, een zwarte manchester broek, en glimmende werkschoenen aan zijn voeten.
De man richtte zijn blik op hem en vroeg: 'Is dat je zoon, Iet?'
Moeder knikte. 'Dat is hem, Arie.'
Atze, verbaasd, keek van de een naar de ander, zo te horen scheen dat tweetal elkaar te kennen.
De man stak zijn hand naar hem uit: 'Geef me de vijf, jong. Ik ben Arie Meier en ik zit op de binnenvaart.'
Dacht-ie het niet, die pet, die korte bonker, en Atze vroeg: 'Bent u schipper?'
Een spontane lach. 'Nee, zover heb ik het niet gebracht, dekknecht, en hoe heet jij?
'Atze.'
'Zo, Atze, ik hoop dat we het goed met elkaar kunnen vinden.'
Dat konden ze, en elk weekend kwam hij op bezoek en was het gezellig thuis. Moeder neuriede zachtjes terwijl ze koffiezette, Meier trakteerde op gebak, rookte een pijp en vertelde over zijn werk. Dat ging een aantal maanden zo door, maar opeens kwam hij niet meer opdagen. Een paar weken later kreeg moeder een brief met daarop in forse letters haar naam en adres. Moeder scheurde hem open, las met gefronste wenkbrauwen, scheurde de brief aan snippers en gooide ze in de brandende kachel.
Atze vroeg verbaasd: 'Wat nou, moe? Komt Arie niet?'
Moeder antwoordde met een wit weggetrokken gezicht: 'Ik heb het je al eerder gezegd: de wereld is door en door slecht, en het ergste is, we trappen er telkens weer in.'

Hij vroeg aarzelend: 'U ook, moe?'
Moeder antwoordde op het snauwen af: 'Als je later groot bent,
vul je het zelf maar in.'
Jaren later kreeg hij zijn vermoedens. Zijn moeder een lichte-
kooi? Gedachten die hem pijn deden. Hij schoof ze van zich af
en probeerde met de vermoedens te leven. Plots stierf ze aan
een acute hartstilstand. Op het dorp kwamen de tongen los en
het geroddel was drie dagen lang niet van de lucht. Toen ze
werd begraven, was hij de enige die achter de kist liep, een bos
bloemen en een schep zand op haar kist gooide. Uit... afgelopen. De overledene werd aan de schoot der aarde toevertrouwd, de vrouw onder wier hart hij had gewoond, die hem
met pijn en moeite op de wereld had gezet, wier melk hij uit
haar borsten zoog, die hem kracht en leven had gegeven. Zijn
moeder, wat een ander ook van haar zei, zijn hart kromp, zijn
ogen bleven droog. De plechtigheid was afgelopen, geen rouw-
beklag, geen handen schudden, wat verloren liep hij naar de
uitgang. Plots schoot van achter een heg een gestalte op hem
toe. Het was Verbrugge. Hij condoleerde hem, en voegde eraan
toe: 'Je moeder was een goede vrouw, wat ze ook van haar zeggen.'
'Ja,' zei hij, worstelend met zijn gevoelens.
'Daarom ben ik hiernaartoe gekomen, begrijp je, Atze, de laatste eer, en voor haar heb ik me in het net gestoken.'
'Ja,' zei hij, en met een blik op zijn eigen sjofele kleding en toen
op het zwart glimmende lakense pak van de boer, die met de
pet in zijn hand er wat verlegen bij stond: 'Het is van goede
kwaliteit.'
'Mijn trouw- en rouwpak,' was het antwoord. 'Voor de rest
hangt het in de kast.'
'Maar nu heeft u het aan.' Verbrugge, wie had dat gedacht.
Trouwens, de man werd er ook niet jonger op.
De boer knikte en dacht: hoeveel jaren resten mij nog? Een
vraag die eenieder kwelt, en na elke begrafenis blijven de nabe-
staanden bedroefd en ellendig achter, en hij wist niet anders te
zeggen dan: 'Je moeder is er geweest, jong. Enfin, gaan doen
we allemaal. Ajuus, en houd je haaks.'

Door de jaren heen had hij zich haaks gehouden, en het beeld van zijn moeder en Klazien Wameling zit in zijn hart gegrift.

'Nou, Bartels.' Het is de stem van Cronjee, die zijn gedachten op de vlucht jaagt. 'Vertel 's, wat zit jou zo dwars wat Verbrugge betreft?'

Verbrugge... Als Cronjee eerlijk is, ziet hij ook liever 's mans hielen dan zijn tenen, maar Verbrugge en de burry zijn jagersvrienden, en gaan samen naar de veemarkten in de omtrek. Zodoende kan Verbrugge een potje breken, en boks daar als gemeentesecretaris maar 's tegen op.

'We dwalen af, meneer, we hadden het over mollen.'

Aha, ze zijn weer op het oude punt beland, en Cronjee voelt zowaar opluchting. Zou Bartels dan toch...? Hoe zei Vlaming dat ook weer: 'Bartels is een harde, meneer, maar als je hem voor je weet te winnen...'

Hij had twijfelend gezegd: 'En zo'n man beveel jij me aan?'

Vlaming had met een schouderophaling geantwoord: 'Ik zou op dit moment geen beter mannetje weten.'

Juist dít moment: Verbrugge schreeuwt moord en brand, en de burgervader gaat erin mee, en hij, Charles Cronjee, voelt van beide heren de hete adem in zijn nek, en met die verdraaide Bartels schiet het ook niet erg op, die ziet de dieren, waaronder de mollen, ook als een schepping van Gods hand. Verbrugge is een geheel andere mening toegedaan, die ziet die kleine gravers liever nooit weer, en Cronjee voelt zich door al die tegenstrijdige meningen in een hoek gedrukt, en plots kleintjes zegt hij: 'Wil je soms een hogere beloning? Zeg het maar.'

Atze grijnst. 'Zit u zo in het nauw?'

'Dat mag je wel stellen, ja,' en, denkend aan het gegraaf van die mol in zijn eigen tuin: 'En laten we eerlijk zijn, Bartels, helemaal ongelijk heeft de man niet.'

'Nee,' gromt Atze met het beeld van Verbrugge op zijn netvlies. 'En als ik in zijn schoenen stond, zou ik ook puur de pee in hebben, maar werken met gif, nooit!'

Cronjee voelt dat hij terrein wint, Bartels is niet meer zo onwillig als voorheen. Hij mompelt in zichzelf een schietgebedje en zegt: 'Dus toch maar liever klemmen?'

Opgelucht gaat hij erover door. Wat Atze een kriebelig gevoel geeft, al die import van buiten, en ook in de ogen van menige boer waardeloos. En Verbrugge met zijn leepheid speelt daarop in en slaat er een slaatje uit, mits-ie er kans toe ziet, dat wel.

En Cronjees geratel staat niet stil, het is van artikel zus en artikel zo en vandaag de dag is alles aan regels gebonden, en dat mollen op ingezaaid tarweland heel wat schade kunnen aanrichten, dat moet Bartels toch weten…?

Ja, vertel hem wat, dat is algemeen bekend. Maar Verbrugge plakt wel heel gauw het etiket 'wildschade' op, vooral als het in zijn kraam te pas komt, maar wat die mollen betreft staat die kerel in zijn recht. Hè, dat geouwehoer over die Verbrugge, alsof zijn kont van goud is, en die slaafse navolging als het die vent betreft. Plots valt hij scherp uit: 'Genoeg, Cronjee, nu weet ik het wel. Ik neem het baantje aan, maar wel op mijn manier.'

Eindelijk… de gemeentesecretaris slaakt een zucht van verlichting, hij heeft moeten praten als Brugman, maar nu lijkt de overwinning nabij. Toch vraagt hij nog enigszins wantrouwend: 'Je bedoelt?'

'Steken en geen gif.'

'Steken,' herhaalt Cronjee, 'vertel 's, wat is steken?'

Kritisch glijdt Atzes blik over de keurige gestalte van Charles Cronjee – een buitenstaander – van hem kun je zo'n antwoord verwachten, en dat komt hier de lakens uitdelen. Een schamper lachje glijdt over zijn gezicht als hij zegt: 'Een dorper weet het wel.'

'Maar ik ben geen dorper,' antwoordt Cronjee, en hij voelt hoe een blos zijn wangen kleurt, Bartels moet niet denken dat hij… En een tikkeltje autoritair laat hij erop volgen: 'Iedereen zijn weetje op eigen gebied, is 't niet? En weet wel: het is Verbrugges land waar je als eerst naartoe moet, en als jij niet doet zoals hij het bedoelt, heb je de poppen aan het dansen.'

De donkere stem van Atze Bartels: 'Verbrugge is een dorper, en hij weet bliksems goed wat ik met steken bedoel. En met dreigementen laat ik me niet overbluffen, d'r benne wel anderen.'

Cronjee heeft het gevoel alsof met dat antwoord op de deur wordt geklopt, tast in eigen boezem en zegt: 'Een goed verstaander heeft een half woord nodig, je bedoelt mij?'

'Als u zo over uzelf denkt, da's uw zaak. Ik maak me aan dat soort praat niet schuldig,' en, met een ironisch lachje: 'Nou, wat wilt u, steken? Zeg het maar, graag of niet?'

Stug klinkt het: 'Je kunt maandag beginnen.'

HOOFDSTUK 2

Met grote, bedaarde stappen loopt Atze Bartels over de weg, met over zijn rechterschouder een steekschop en onder zijn linkerarm een in elkaar gefrommelde, oude, rafelige gonjezak. Hij is op weg naar zijn eerste klant voor mollensteken, en die klant is… Verbrugge.

Gisteren in de namiddag stond Vlaming plotseling bij hem in de tuin.

'Wel, wel,' lachte hij. 'Kijk 's wie we daar hebben. Vlaming, vertel 's op man, wat heb je op je lever?'

'Ik kom met een boodschap van meneer Cronjee.'

'Ach zo, en die luidt? Zit het Cronjee zo hoog dat-ie zijn schoothondje stuurt?'

'Dat je maandag het eerst naar Verbrugge moet.'

Dat is hem bekend, ja. Maar moet Vlaming hem daaraan herinneren? Hij polst: 'Vertel 's, wat is de ware reden?'

'Omdat-ie, zelfs nog op zondag, op Cronjees huisadres geregeld aan de telefoon hangt.'

'Rustig laten hangen, het kan geen kwaad.'

Zo'n antwoord kun je van Bartels verwachten, die trekt zijn eigen plan en zwicht voor niemand. Maar meneer Cronjee heeft het er lelijk mee, want Verbrugge houdt het vuurtje wel warm en de burry tikt de secretaris op de vingers, en meneer Cronjee is zogezegd het pispaaltje.

'Vlaming,' vertrouwde hij hem vorige week plots toe, nadat Verbrugge foeterend en scheldend door de telefoon voor de zoveelste keer zijn hart had gelucht, 'horendol word ik van die vent, steeds opnieuw hetzelfde gezeur. Loop jij 's bij Bartels aan, en zeg alsnog dat-ie maandag het eerst naar Verbrugge gaat.'

Ja, dat zei meneer Cronjee, en hij streek met een nerveus gebaar zijn snorretje weer 's glad, en met heel zijn gedachten bij die vent zegt Vlaming: 'Cronjee wordt gek van die kerel.'

'Cronjee laat zich gek maken.'

Vlaming stuift op. 'Jij hebt makkelijk praten, maar de burry is er ook nog.'

Juist, de burry, die meer met zijn zangvogeltjes opheeft dan met zijn gemeentesecretaris die half suf wordt gebeld, door de boer van de Deo Gloria, en die af en toe denkt dat-ie onze lieve Heer zelf is. Maar het moet gezegd, Verbrugge betaalt zijn arbeiders goed: elke dag gratis een litertje melk mee naar huis, en om de veertien dagen een Edammerkaasje, en als klap op de vuurpijl met de najaarsslacht gratis een half varken voor in de kuip. Daartegenover staat dat hij geen pardon kent voor zijn werkvolk. Hij laat hen werken dat hun ribben kraken, zodat ze op zaterdagavond geradbraakt in de leunstoel zitten. Dat weet iedereen in het dorp en ze noemen hem 'de Buffel'. Verbrugge weet dat en toont zijn harde grijns, houdt zijn kop hoog, en voelt zich meer dan ooit de onderkoning van de boeren, en vooral van het volk. Want wie betaalt zijn arbeiders zo'n hoog loon? Hij. Wie geeft vijf gezinnen te eten? Hij. Wie geeft zoveel in natura? Hij. Alles danken ze aan hem, tot hun dagelijks brood aan toe. En zijn ze er dankbaar voor? Kun je begrijpen, als ze de kans krijgen, drukken ze hem nog in een zekere vloeistof, en zo zie je maar weer: dankbaarheid onder de mensen is ver te zoeken. Zo praat en denkt Verbrugge, en als hij maar even kans ziet, handelt hij daar ook naar. Verbrugge, die met zijn gejank en gezever Cronjee half gek maakt. Maar een gemeentesecretaris… dan zou je toch denken? Maar als je erover doordenkt, krijg je toch medelijden met die man. De burry blijft buiten schot en Cronjee krijgt de volle laag, maar Cronjees tuin wordt gratis gemaaid en geschoffeld door een mannetje van de plantsoenendienst, en zo houdt het een het ander in evenwicht.

En Vlaming dringt aan met het gekwelde gezicht van de gemeentesecretaris voor zich: 'Nou, Bartels, wat kan ik meneer Cronjee zeggen?'

Verhip, da's waar ook, in eigen gedachten verdiept is hij de man een ogenblik vergeten. Vlaming, al heeft-ie het af en toe hoog in de bol, is de kwaadste niet, en Atze zegt: 'Dat-ie zijn zorgen overboord moet gooien. Maandagochtend is Verbrugge de eerste.'

En nu loopt hij door een wereld die verdronken ligt in een grauwe mist, die in een grijze damp laag over de weg hangt. Een weg die vorig jaar herfst kapotgereden is door de te hoog opgeladen bietenwagens van Verbrugge, maar die doet net alsof-ie gek is en probeert het onderhoud in de schoenen van de gemeente te schuiven, en de gemeente schuift het weer af op het waterschap; een soort kat-en-muisspel. Zo houdt het gesteggel tussen de heren aan, en Atze is benieuwd hoe dat zaakje zal aflopen. Verbrugge wijst met de vinger naar de gemeente, de gemeente wijst naar het waterschap, dat wijst weer naar Verbrugge en de cirkel is rond, en de gemeenschap zit opgescheept met een weg als een gatenkaas.

Het ratelen van een kar die hem achterop komt rijden. Ra, ra, wie? Hij hoort hem wel, maar ziet hem niet; alles gaat schuil onder die nevelwade. Voor alle zekerheid schuift hij een beetje aan de kant. Het geluid van paardenhoeven, geknars van ijzeren wielbanden; scherp omlijnd komt een platte bakwagen uit de mist tevoorschijn, met op de bok Dirk Glim, vrijgezel en opkoper in de regio. Hij runt een winkeltje in de Trompsteeg en handelt in tweedehands spullen die hij met listig gepraat en een vrolijke kwinkslag bij de boeren 'losweekt', zoals oude kasten, kisten, aardewerk, een gril of een haam, en vooral koper en tin. Daar is-ie tuk op en hij verkoopt ze met een staalhard gezicht door als 'antiek', hoewel hij van antiek geen snars verstand heeft. Maar Dirk, met een spotgrijns van plezier, zegt: 'Zij die het kopen evenmin, anders kochten ze het niet.'

'Ho…' Dirk trekt de teugels aan, houdt het paard in, en met een blik op de steekschop en de rafelige gonjezak zegt hij: 'Op weg om mollen te steken, Atze?'

'Ja, en Verbrugge is de eerste klant. Als je hem hoort, wordt een deel van zijn tarweland ondergraven.'

Dirk gnuift. 'Houdt-ie nog een ander deel over.'

Atze schiet in de lach om Dirk, een gladjanus die met zijn slimmigheid menig boer te glad af is, en zegt: 'Je moest 's weten, hij kan er niet van slapen.'

'Ach, arme, slecht voor zijn spijsvertering.'

Hij grijnst. 'Jij hebt overal wat op.'

'Behalve op mijn boterham.'

'Zo slecht met de handel, Dirk?'

'Het loopt er niet aan over. Een sneetje met bruine suiker, het andere sneetje met tevredenheid.'

'Och, och, ik zou haast medelijden met je krijgen.' Dirk is een linkmiechel. Als je die te glad af bent, heb je een stoel in de hemel verdiend. En toch mag Atze dat sjofele mannetje wel.

Dirk vat vlam. 'Ik mag op slag de koorts krijgen als het niet waar is, vandaag de dag gaat het niet zo vlotjes.'

'Je bedoelt?'

'Opkopers.'

'Opkopers? Waar heb je het over?'

'Opkopers uit de stad, de zogenaamde antiquairs, die zeggen dat ze d'r verstand van hebben. Ze struinen de boeren af. Laatst was er zo'n snuiter bij Kaan op het erf en die bood vijfentwintig gulden voor een schaal waar de hond uit stond te vreten, een oud-Delftsblauwe schaal met een scherf eraf, nou vraag ik je... Het zei Kaan niks, maar die vijfentwintig piek wel,' en, op een wat treurig toontje: 'Een schijntje voor zo'n mooi stukje aardewerk.'

Hoor daar: Dirk, die evenmin het verschil ziet tussen aardewerk of porselein en zijn klantjes met een uitgestreken gezicht beduvelt waar ze bij staan. Atze zegt: 'Vertel 's, Dirk, je praat wel over Kaan, maar had jij het geweten?'

Dirk omzeilt de vraag. 'Ik zeg maar zo: eten en weten is twee.'

Hij tovert uit zijn jaszak een pakje shag tevoorschijn, rolt een sigaretje en biedt gul: 'Ook een sjekkie, Atze?'

'Op de vroege ochtend? Nee, dank je.'

'Dan niet.' Dirk frommelt het pakje shag weer in zijn jaszak, ritst een lucifertje af, steekt de brand in zijn sigaret, inhaleert, blaast uit, zucht voldaan en zegt: 'Hè, hè, dat smaakt, en een mens mag toch wel wat hebben, met al zijn gesappel, vind je ook niet?'

'Nog effe, en ik krijg medelijden met je.'

'Ja, ja, dat zeg je nu wel,' pareert Dirk, 'maar het moet toch raar lopen als jij met die mollenstekerij er niet een paar stuivers bij scharrelt.'

'Vanzelf, maar rijk word ik er niet van.'

'Rijk zijn is weinigen gegeven,' bromt Dirk, en hij denkt aan zijn handeltje, dat terugloopt. Vroeger ja, toen was er een aardig centje mee te verdienen, maar vandaag de dag, met al die stadse kapers op de kust, wordt de spoeling wel heel dun, en dan kan hij straks zijn zaakje sluiten. En met een blik op die lange, breedgeschouderde kerel die er zo nonchalant en losjes bij staat, voegt hij eraan toe: 'Mag wezen zo het is, maar elke gulden is er een, waar of niet waar?'

'Waar,' geeft Atze grif toe, 'maar dat geldt voor iedereen, en ben je daarom zo vroeg op pad?'

'Wat dacht je, met al die haaien op de kust, en het moet raar lopen als ik vandaag niks opscharrel.'

'Doe je best, Dirk, en als je hier of daar een goeie melkkruk op de kop weet te tikken, ben ik je man.'

Dirk ruikt verdiensten, een melkkruk, jawel, en het beeld van Akkers, een kleine koeboer achter in de polder, verschijnt op zijn netvlies. Akkers, die op een omgekeerde melkemmer zat en zijn leed klaagde: 'Geloof me, Dirk, het is sappelen, dag in, dag uit, tot de deksel op je neus valt, met al die opgelegde regeltjes vandaag de dag. Daar draaien ze een vrije boer de nek mee om, en het is dat ik zo oud ben, anders ging ik emigreren. Bah, wat een rotland.'

'Klop aan voor steun,' raadde Dirk aan.

'Wat steun? Niks steun. Altijd alleen geploeterd en gescharreld en eigen broek opgehouden, maar hier geldt: eigen patroon, eigen werkgever, en komt het water tot je lippen, dan steken de heren geen poot naar je uit; mag je zwemmen tot je verzuipt.'

Ja, wat moest Dirk daarop zeggen? Dat hij in hetzelfde schuitje zit, en dat de paarden die de haver verdienen nog altijd worden overgeslagen? Verrek, nu hij over paarden denkt, op de terugweg moet hij langs de meelmaalderij van Rezelman voor wat haver, anders heeft zijn eigen knol vanavond niks te vreten.

En met zijn gedachten weer bij de dingen van de dag, zegt hij: 'Het komt voor mekaar, Atze. Saluut en werk ze. Vort knol!' De teugels trekken strak, de bakwagen zet zich in beweging.

'Hé Dirk, wacht 's effe!'

Dirk houdt de teugels in. 'Ja, wat is er?' Bedenkt Atze zich alsnog over die melkkruk?

'Heeft Piet Scheer nog een bok?'

'Hoezo, wordt je geit een tikkie te weelderig?'

'Wat heet, zelfs 's nachts houdt ze me met haar geblèr uit de slaap.'

'Man, man, wat doe je toch met een geit?'

'Ik heb dat beest nu eenmaal.'

'Verkoop 'r en neem kippen, ik weet een mooi koppeltje te zitten.'

Listig gaat Atze erop in: 'Dan kun jij me geen melkkruk verkopen.'

'Maar aan een koppeltje kippen verdien ik meer dan aan zo'n tweedehands kruk.'

Hij zegt stroef: 'Nou, je durft anders wel te vragen.'

'Ach, man, klets niet. Ik kan de boel toch niet cadeau geven?'

Atze schiet in de lach. 'Jij en cadeau geven,' zegt hij, en, nog een oog dichtknijpend: 'Ons kent ons, maar om op Piet Scheer terug te komen, bezit-ie nog een bok, dan gaat mijn geitje een tijdje uit logeren.'

'Gaat je geld kosten, man. Trouwens, weet je dat de weduwe Bakker drie maanden terug bij hem is ingetrokken?'

Wat, Martha van het Achteromme? Martha, een stevige, uit de kluiten gewassen vrouw, wier man zich van de ene op de andere dag had verhuurd bij Krijn Groot en met diens ploeg was meegegaan om kanalen te graven in het nieuw gewonnen land dat werd ontgonnen, met om de veertien dagen een weekend naar huis? Martha, die was achtergebleven met vier koters, zag het niet zitten. Haar mening: beter wat minder salaris bij de boer, dan je vent daar in den vreemde als polderwerker, en gezelligheid in huis was ook wat waard. Maar Martha kon praten als Brugman, Willem was niet te vermurwen. Zijn vrouw moest niet zo zeuren, trouwens, de tijd van 'zwoele nachten' was tussen hen allang voorbij.

Een halfjaar ging het goed, kwam er voor twintig gulden per maand wat meer welstand in het gezin Bakker, en Martha begon al een beetje aan het idee te wennen. Toen sloeg het noodlot toe: Willem kwam onder een kiepkar terecht en was op slag dood. Of Martha er een voorgevoel van had gehad? De hele buurt beklaagde haar; daar zat ze als vrouw alleen met d'r vier koters, hoe moest dat gaan in de toekomst? Iedereen gaf welgemeende raad: je moet zus, je moet zo. Martha echter liet al het kletserige beklag over zich heen gaan, putte kracht uit haar wanhoop en verdriet en nam het heft in eigen handen. Naast een karige uitkering van de gemeente – daarvoor zorgde meneer Cronjee – nam ze werkhuizen aan, verkocht groente uit eigen tuin, en hield het 'spul' van Piet Scheer schoon. Piet woont op een klein bedrijfje aan het eind van de Schinkeldijk, hij houdt geiten en kweekt kalkoenen en konijnen voor de kerst. Feitelijk een scharrelaar, net als Dirk, maar Dirk zit op zijn welverdiende centjes, en Piet denkt daar heel anders over. Hij loopt over zijn erf als een pauw en sparen is hem vreemd. Op zaterdagavond laat-ie in De Nadorst zijn centjes rollen en is het lang leve de lol.

En bij die man is Martha ingetrokken? Niet te geloven. Weer met zijn gedachten bij het gesprek zegt Atze: 'En de kinderen?' 'Mee. Of dacht je dat ze hen had achtergelaten in dat krot, waar de eigenaar al jaren niet meer naar omkijkt?'

'Eigenaar? Ik dacht dat het van Willem zelf was?'

'Dan dacht je dat verkeerd, Atze Bartels, Verbrugge heeft het jaren geleden gekocht van Brakel, die oude rietdekker.'

Brakel, hij ziet hem zo voor zich: klein, kromgebogen en zijn geruite petje op een kransje grijze haren. Hij hield sierduiven en had een gitzwart kooikerhondje dat zich de keel schor blafte als je op het erf kwam. In het dorp zag je Brakel nooit, alleen 's zondags in de kerk, waar hij met toestemming van de dominee zijn hondje mocht meenemen, dat tijdens de preek voor Brakels voeten lag te slapen. Dat veroorzaakte in de kerkenraad een fel dispuut. Zo kon je iedereen zijn gang wel laten gaan, maar dominee Bosgra, een goed mens van aard en fijn van draad, nam het op voor de oude Brakel, want wat had de man anders dan zijn hondje? En tijdens de dienst had niemand last van het diertje. Daarom moesten de heren hun hand maar 's over hun hart strijken en wat door de vingers zien. Dat deden de heren, er viel geen hard woord meer, en Brakel en zijn hondje werden gedoogd.

'Dat jij het niet wist,' verbaast Dirk zich.

'Ach.' Atze haalt zijn schouders op. 'Een mens kan niet alles weten.' Hij staart in een muur van damp en nevel, waarin hij het beeld van zijn moeder ziet, een voorbij leven, onbereikbaar ver weg. Ze geloofde diep, had er houvast aan, en toch had ze een scheve schaats gereden. Niet alleen met Verbrugge, daar is-ie wel achter, en in Atze is soms dat diep beklemmende gevoel van somberheid, vooral als hij over zijn afkomst piekert. Dan voelt hij wel dat hij zich ergens van de andere dorpers onderscheidt, maar hoe of wat, niemand die het weet.

En nooit heeft zijn moeder met een woord over zijn vader gesproken. Een vader die hij graag de hersens had ingeslagen als hij hem gekend en ontmoet had.

'Piet Scheer is gek met die koters.' Dat is Dirk.

Hè? Wat? Koters? Van Piet Scheer en zijn bok naar Martha en haar bloedjes.

En Dirk, met het beeld van Martha in zijn achterhoofd, klakt waarderend met zijn tong. 'Potdorie, wat is dat toch een stevige tante, daar heeft Piet houvast aan.'

'Hoe weet jij dat nou?'

Dirk vat vlam. 'Dat zie je toch zo, daar heb je geen bril voor nodig. Een vrouw als een juweel, en Piet is ook niet gek.'

Dirk gaat mee in het geklets van de gemeenschap, die de dorpelingen in twee helften verdeelt: de braven en de vuilakken. Martha behoort tot de braven en Piet tot de laatsten.

En Atze, hoe wordt hij beoordeeld? Soms is hij verbaasd en voelt zich verstoord bij hun geroddel en boze gepraat, en dan kan hij het gevoel niet van zich af zetten dat hij tegenover een grimmige vijand staat, die oordeelt over goed en kwaad, en Dirk is daarop geen uitzondering. Heel de dag langs de straat met een spiedend oog en een luisterend oor. Stroef valt hij uit: 'Jij hoort en ziet veel, hè?'

'Wat heet. Meer dan de dominee en de pastoor samen. Farizeeërs en kwezels, Atze, en het zijn vooral de eersten die de katjes in het donker knijpen. Maar om op die bok terug te komen: als je klaar bent met steken, loop effe door naar Piet

Scheer, dan weet je waar je an toe bent, en denk nog 's over die kippen na, een prachtkoppeltje, man, je bent er niet aan bekocht.'

Onwillekeurig schiet Atze in de lach. Dirk, de linkmiechel, hij kent diens handel en wandel en zegt: 'Goed, ik zal er nog 's over nadenken.'

'Doe dat, Atze. Ajuus, vort knol.'

Staande in het wazige licht van de straatlantaarn kijkt hij de bakwagen na, die schommelend in de mist verdwijnt. Zou het waar zijn wat Dirk zei, over Piet en Martha?

Verdomme, wat is dat nou, Atze Bartels? Ga je nu met je eigen gedachten aan de haal? Nijdig zet hij zijn kraag op, hij drukt de pet wat dieper over zijn ogen en zet de stap erin. Eens kijken hoeveel mollen hij vandaag kan steken. Vanuit de onzichtbare hoogte klinken de doffe slagen van de kerkklok tot hem door. Wat? Acht uur? Heeft hij zijn tijd mooi staan te verkletsen met Dirk, en straks een grote bek van Verbrugge, dat kan leuk worden. Rond halfnegen stapt hij het erf van de Deo Gloria op.

De Deo Gloria, met haar rieten dak, ligt in de dichte mist als een donkere schim op het erf, door een paar vensters straalt licht, dat rossig schemert in de grijze nevel. Door de stilte klinken bekende geluiden tot hem door: het stampen van paardenhoeven, het rinkelen van een bongelketting, het ratelen van een aker in de regenput, het plenzen van water in emmers, een stem die wat roept in de stal, een koe die loeit.

Plots schiet vanuit de stal de waakhond woest blaffend op hem af. Een schop en een flitsende reactie: 'Hou je bek, hufter!'

'Hé, trap je mijn hond niet dood? Hier, Kazan!'

Daar heb je meneer zelf, breeduit in de staldeur, de armen in de zij. 'Je bent laat, Bartels.'

'Precies op tijd, Verbrugge, want vroeg in de ochtend wroeten de mollen.'

'O, noem jij dat vroeg?' En, met een blik op zijn zakhorloge: 'Het is bij halfnegen.'

'Zeg eerst 's goedemorgen, Verbrugge.'

Zie hem staan, de onderkoning, alsof de hele wereld van hem

is. Maar de dictator heeft gelijk. Hij, Atze, heeft zijn tijd staan verkletsen met Dirk, maar dat tegenover die kerel toegeven? Nooit.

'Goeiemorgen, Bartels.'

Verrek, hoor daar: Verbrugge op een wat menselijker toontje, en voor de boer iets kan vragen of zeggen, voegt hij er vlug aan toe: 'Vertel 's, Verbrugge, waar kan ik beginnen met mollen steken?'

Verbrugge komt op hem toelopen. Wat toch een grofbonkige kerel: een buik als een bierton, een korte gedrongen stierennek met armen als een gorilla en een stem als een scheepstoeter. Zo'n vent zou je naast je in bed hebben, dan ben je als vrouw diep te beklagen. En vrouw Verbrugge? Atze kent haar amper, behalve die paar keer dat hij haar per toeval heeft ontmoet. Een lange, statige vrouw, duur gekleed, het donkerblonde, ietsje grijze haar in een zware wrong in haar nek. Maar haar ogen waren hem opgevallen: groot, grijs, met donkere puntjes om de iris, en juist die ogen gaven iets jongs aan het ietwat verwelkte gezicht.

'Loop effe mee, Bartels.' Dat is Verbrugge.

'Meelopen?' verwondert hij zich. 'We moeten het land in.'

'Eerst een bak warme koffie, dat gaat er wel in na vanochtend vijf uur.'

'Zo vroeg uit de veren, Verbrugge?

Een minachtend gesnuif. 'Wat weet jij d'r nou van? Een tachtigtal koeien is niet zomaar gemolken, en om halfnegen komt de melkwagen het erf op rijden.'

Wat weet hij ervan? Hij weet genoeg, hij is hier grootgebracht, kent het wel en wee van de boeren, en dat ze het vandaag de dag niet makkelijk hebben, is hem ook bekend. Maar Verbrugge heeft vaste arbeiders, dat mag je toch veronderstellen, en hij zegt: 'Maar, man, je hebt toch vast personeel?'

Verbrugge fronst zijn zware wenkbrauwen. Jawel, hij heeft personeel dat elke ochtend om zes uur het erf komt opsloffen, als hij, Verbrugge, al een uur in de stal is. Personeel dat zijn bloed wel kan drinken en achter zijn rug om over hem roddelt. De Buffel dit, de Buffel dat, en meer van dat fraais. O, hij weet het heel goed, maar ze zullen voelen en weten wie er de baas is op de Deo Gloria. Dat is hij, Arien Verbrugge, en al wat ze over hem zeggen, laat hem koud. Hij werpt een blik opzij en zegt: 'Je vat het niet helemaal, Bartels. Personeel, jawel, maar opgepast, anders nemen ze een loopje met je en lachen ze je in je gezicht uit.'

Een schamper lachje. 'Jou, Verbrugge? Dat zal zo'n vaart niet lopen.'

'Vanzelf niet, dan sla ik ze met de hooiriek het erf af.'

"t Zijn mensen en geen vee,' antwoordt Atze verstoord, want hij acht de man ertoe in staat.

'Het zal ook niet zo gauw gebeuren,' gromt de eigenaar van de Deo Gloria, 'maar ik laat me door niemand de wet stellen, daar kan Cronjee over meepraten.'

'Dat is me bekend, ja, anders liep ik hier niet.'

Een tevreden gegrom. 'Heeft-ie je achter de broek gezeten?' En, op een triomfantelijk toontje: 'Ja, ja, de aanhouder wint, en je moet maar zo denken, Bartels: jij hebt een baantje.'

Wacht even, de grote boer ziet zich als de weldoener, dat zint Atze niet. Nors valt hij uit: 'Nou zal ik je 's een ding vertellen, Verbrugge, om die paar rotcenten zit ik niet verlegen, en op dat baantje zit ik niet te wachten. Ik doe het voor Cronjee, en voor de boeren, die hun waffel tegenover jou niet durven open te doen, maar anders…'

'Met al die boeren heb ik niks te schaften, wel met jou. En die grote bek van je neem ik zolang voor lief.'

'En daarna, Verbrugge?'

'Daarna?' Verbrugge zwijgt, kijkt voor zich uit, de zware wenkbrauwen overschaduwen de ogen, met daarin een starende blik, hij schudt zijn hoofd en herhaalt: 'Daarna? Wie of wat kan zeggen wat daarna komt. En neem van mij aan, Bartels, alleen de waarheid kan het onrecht tarten.'

Waarheid, onrecht, de woorden toveren een beeld voor zijn ogen: hij, een snotjochie, glurend door een gaatje in de heg, zijn moeder staand in de deur, met een hand haar gescheurde blouse bij elkaar frommelend, terwijl ze met een rood hoofd een verwensing naar Verbrugge slingert, die dat niet slikt en dreigt haar uit het huis te zetten. Zover is het nooit gekomen, maar vanaf die tijd kwam Verbrugge niet meer bij hen over de vloer. Zou Verbrugge...? Hij gluurt naar de man, die er zo plots verloren bij staat, alsof hij door een of andere herinnering is overmeesterd, en vraagt: 'Vertel 's, Verbrugge, wat bedoel je daar precies mee?'

'Ach...' De man haalt zijn schouders op, gaat er niet op door, trekt op het straatje zijn klompen uit, opent de deur en noodt: 'Kom erin, Bartels, zet je schop maar tegen de wand.' En hoofdschuddend: 'Steken, ik zie 'r geen heil in, ik hou me vast aan vergif.'

'Jij, niet ik,' norst Atze. 'Maar als je niet wilt...'

Verbrugge gaat er niet op in, duwt hem in de richting van de keukendeur en bromt: 'Eerst koffie, dan praten.'

Daar zit hij dan, voor het eerst van zijn leven in de grote, betegelde woonkeuken van de Deo Gloria, en hij bewondert de met Delftsblauw betegelde schouw met daarop de bijbelse afbeelding van de verloren zoon.

Op de rijk gedekte tafel staat van alles: beschuit, sneeën wit en bruin brood, kaas onder een glazen kaasstolp, gerookte ham en spek op vleesschalen en een keur aan fruit. Een weelde die voor hem en menigeen niet is weggelegd.

Aan tafel zit de boerin in een zwarte japon, aan de hals en mouwen een witte ruche, een gouden broche op de borst, met daarin een rood koralen steen als een bloeddruppel. Het is voor het eerst dat Atze met haar in één vertrek is.

Verbrugge staat naast haar, streelt even haar wang en zegt: 'Goedemorgen, lieve,' en vervolgt, wijzend op Atze: 'Dat is Bartels, hij komt mollen steken. Ik heb het er gisteravond nog met je over gehad, weet je nog?'

Ze kijkt naar hem op met een vaag dromende blik, alsof ze het zich tracht te herinneren. Ze knikt en zegt: 'Ik ben het vergeten, vind je het erg?'

'Welnee, lieve, zolang het daarbij blijft.' Hij trekt een stoel onder de tafel uit en noodt: 'Ga zitten, Bartels,' en, wijzend op de tafel: 'Als je honger hebt.' Tot de meid die bij het aanrecht staat, zegt hij: 'Schenk jij Bartels 's een bakkie koffie in, Marie, hij heeft al een hele tippel achter de rug.'

Marie Nuyens, Atze kent haar, ze komt uit hetzelfde dorp als hij en haar vader is schoenmaker. Een aardige meid, met een vriendelijk en open gezicht en met een paar lachende ogen die je frank en vrij aankijken. Hij is precies één keer met haar op stap geweest, en bij het afscheid was het een handje en een zoentje. Daar was het bij gebleven. Maar dat het bij haar dieper zit, daar is hij van overtuigd.

Ze reikt hem zijn koffie aan, kijkt hem vragend aan en zegt: 'Zo, Atze Bartels, hoelang is dat geleden?'

Verdomme, dat ze daar nu over begint waar die twee anderen bij zijn, wat moeten ze niet denken. Hij haalt zijn schouders op en norst: 'Ik hou er geen boek van bij.'

Terstond gaat Verbrugge erop in: 'Wat? Hebben jullie wat met elkaar gehad?'

Marie voelt hoe ze kleurt onder de vragende blik van de boer en zijn vrouw, maar niet zo diep als Atze, hij zit met zijn figuur verlegen, zou wel door de grond willen zakken, en grauwt: 'Dat zou ze wel willen.'

'Wat niet is, kan komen,' antwoordt Verbrugge onverstoorbaar, en hij hapt in een snee brood, dik belegd met gerookt spek, dat hij vermaalt met kauwende kaken en wegspoelt met slokken koffie, en plots zegt hij tot Marie, in een opwellend gevoel van passie waarvan hij dacht dat hij het niet meer in zich had: 'Verdorie meid, als ik niet getrouwd was, dan wist ik het wel.'

Hoor daar die bolle-wangen-hapsnoet met zijn spekbuik, een remedie tegen de liefde, en lachend gaat Marie erop in: 'En ik weet het ook, u bent een getrouwd man, daar haal je geen avontuurtjes mee aan.' En ze denkt: nu mag eenieder zeggen dat Verbrugge een bullebak is, maar als ze na een vrije dag terugkomt uit het dorp, is het van: 'Zo, meid, alles goed thuis?' en een enkele keer als ze wel 's helpt met melken en met een volle emmer sjouwt, pakt hij die emmer uit haar hand vandaan, beknort haar vriendelijk: 'Da's veel te zwaar voor je, ga jij maar naar de vrouw.'

De vrouw… Gesien Verbrugge, een koele vriendelijkheid en door haar man op handen gedragen, maar ondanks dat hij haar in alles tegemoet komt, kan hij haar niet aan zich binden, en juist daardoor maakt hij een enkele keer een slippertje en gaat hij naar de stad om zich te 'amuseren'. Gesien Verbrugge weet dat, en ook dat zij daar de oorzaak van is. Maar juist haar koele vriendelijkheid kapselt hem in van alle kanten, waardoor hij zich niet van haar wil of kan losmaken.

En dan doet er nog een wonderlijke mare de ronde over een zoon van Verbrugge, het meest raadselachtige, want nooit heeft iemand een zoon op de Deo Gloria gezien. En ook Marie, als meid hier in huis, heeft nooit een foto of een rondslingerend stukje mannengoed gezien, en mocht het zo zijn, dan is het van de boer. Tja, die zoon... Het aan Verbrugge vragen durft ze niet, en helemaal niet aan de boerin, die – indien het haar niet zint – je met zo'n ijzige blik aankijkt dat je het gevoel krijgt dat je bevriest.

Daar gaat de keukendeur open, en wie stapt daar binnen? Josientje, het dochtertje en tevens het nakomertje in de familie. Josientje, een opvallend mooi kind, blond springerig haar om een mat blank gezichtje, een mooi gevormde mond en grote blauwe kijkers onder fraai getekende wenkbrauwen. Josientje, een deftig juffertje in het klein, in haar gesmokte jurkje met pofmouwtjes en een blauwzijden strik in het goudblonde haar. Dus dat is Verbrugges dochtertje, denkt Atze, die haar voor het eerst ziet. Een mooi kind, dat zal opgroeien tot een jonge, mooie, rijzige vrouw en enig dochter uit een rijk boerengeslacht, met een zonnige toekomst.

Midden in het vertrek blijft ze staan, richt haar blik op hem, neemt hem op van top tot teen, fronst haar smalle wenkbrauwen, en helder klinkt haar stemmetje: 'Wie ben jij?'

Voor Atze iets kan zeggen, klinkt het koeltjes: 'Zeg meneer eerst 's goeiedag, Josientje.' Het is Gesien Verbrugge.

'Meneer?' Verbrugge mengt zich in het gesprek. 'Wat krijgen we nou? Gewoon Bartels.'

Prompt schiet Marie in een hoog zenuwlachje en in haar is een stille triomf. Net goed voor die Bartels, die draagt zijn kop zo hoog, voelt zich te goed voor iedere meid in het dorp. Maar Maries grootmoeder zegt altijd: 'Wie hoog kijkt, zal laag vallen,' en een spreekwoord is een waar woord.

'Komt er nog wat van, Josientje?' Gesien Verbrugges koele, gebiedende stem. En Atze, haar koele en strakke gezicht ziend, denkt: het is een krachtmeting tussen moeder en dochter, en die kleine heeft een willetje waar ze op de Deo Gloria nog plezier aan zullen beleven.

'Nou?' Gesien dringt aan, en Josientje aarzelt nog steeds, trekt diepe denkrimpeltjes in haar voorhoofd, of ze alles nog 's goed moet overdenken, stapt dan op hem af, steekt haar hand naar hem uit en zegt: 'Ik heet Josientje Verbrugge, hoe heet jij?'

'Atze Bartels.' Een kleine, tere kinderhand in de zijne, en weer dat stemmetje vol diepe ernst. 'Jij steekt mollen, hè?'

O, wacht... kleine potjes, grote oren.

'Hoe weet jij dat?'

Haar ogen dwalen af, keren terug, en ernstig staat het snuitje als ze zegt: 'Ik weet nog veel meer.'

'Wat weet je dan?' Hij is zelf verwonderd dat hij zo op haar kinderpraat reageert, maar dat vastberaden gezichtje en die snelle, soepele beweging als ze zich wendt of keert, een klein kindvrouwtje dat hem boeit en tegelijk irriteert.

Het stemmetje ratelt door: 'Dat mensen zielen hebben en dieren niet, en mollen zijn doodgravers.'

Hij, verwonderd en tevens nieuwsgierig, vraagt: 'Wie zegt dat?'

'Onze dominee, hij zegt: 'In de naam van Onze Vader, en dieren hebben geen ziel.' Maar hij is een stommerd, hij weet niks.'

Een verbijsterde stilte na die woorden, en iedereen kijkt naar het doen en laten van dat vroegwijze kind. Verbrugge verbaasd, Gesien koeltjes geërgerd, Marie zich verkneuterend, want ze vindt Josientje maar een verwend nest waar af en toe niks mee te beginnen is.

En Josientje, die aan de dominee denkt, lang en mager, zegt vol ernst: 'De dominee weet niks, en jullie weten ook niks. Maar ik wel. We hebben een zolder vol zieltjes.'

Verbrugge zit verstomd, en met een blik op zijn dochtertje, wier praat hem als zotterij in de oren klinkt, valt hij geërgerd uit: 'Zieltjes... op zolder? Welke zolder?'

Josientje, met een dromerige blik in de ogen, alsof zij iets ziet waar niemand weet van heeft, zegt: 'Op de hooizolder, honderden zieltjes.'

'Wat voor zieltjes? Van mensen?' Verbrugge worstelt met een onbehaaglijk gevoel, het is voor het eerst dat Josientje zo praat, en dat waar die Bartels bij zit, dat zit hem niet lekker. Wat zal die kerel wel denken. Op de Deo Gloria hebben ze een halvegare dochter?

Josientje draait op een been in het rond, ze voelt de ergernis. Grote mensen zijn nog stommer dan stom, en stellen nog stommere vragen. Op een minachtend toontje zegt ze: 'Nee, natuurlijk niet, gewoon kinderzieltjes.'

Kinderzieltjes… het woord vult heel de keuken, en vier volwassen mensen richten een vragende blik op het kind. Josientje leunt tegen de tafel, trekt met haar nagel lijntjes in het tafellaken, en gluurt door haar nauw toegeknepen oogharen naar die stommerds van mensen, die denken dat ze alles weten, maar ze weten niks niemendal, en dan zegt ze met een ernstig snuitje: 'Ja, zieltjes van al mijn kinderen.'

'Kinderen?'

'Ja, al mijn poppenkinderen,' en ze telt af op haar vingers. 'Eén, Lotje, die huizenhoog blèrt als ik haar haren kam.'

Dat doe jij ook, denkt Gesien, elke dag weer, en ze vraagt zich af of Josientje haar pop spiegelt aan zichzelf.

Josientje telt door en is bij vijf beland. 'Da's harlekijn, altijd is hij de bellen van zijn muts kwijt.'

En weer denkt Gesien: jij ook, of je wanten of je das.

Het stemmetje ratelt door: 'En Gofie is een viezerik, wil nooit in bad en altijd maar slaan en schreeuwen.'

En Gesien denkt: hetzelfde beleef ik met jou als je onder de douche moet.

Josientje ratelt door, lucht haar hart over haar opstandige poppenkinderen, en Verbrugges diepe gorgellach schalt door de keuken. Kinderzieltjes, hoe komt het kind erop. Hij buigt zich naar haar toe en zegt: 'Kom 's hier, kleine fantast, wat jij allemaal prakkiseert…'

Gesien reageert heel anders, ze voelt geen opluchting, eerder angst. Josientje leeft in haar eigen wereldje, ziet weinig verschil tussen goed en kwaad, windt haar vader om haar vinger en is hem met al haar listigheidjes te glad af, en als Gesien niet oppast, drijft Josientje op een onschuldige, geraffineerde manier een wig tussen haar en Arien. Josientje, haar door Arien opgedrongen na een verkrachting, soms kan ze het kind erom haten, en scherp valt ze dan tegen het tweetal uit: 'Laat dat, Arien', en tot Josientje: 'Vooruit jij, aan tafel en eten.'

Josientje pruilt en het wordt eten met hindernissen. Geen kaas, wel jam. Nee, toch maar kaas, maar niet die pitjeskaas, die stinkt naar zure dweilen. En ook geen ei, met zo'n vies glibbertje erin, dan wordt ze misselijk.

Gesien zegt: 'Dat verhaal ken ik. Eten.'

Josientje draait op haar stoel heen en weer. Het is alles op- en aanmerkingen en eten, ho maar. Plots schiet het Gesien in het verkeerde keelgat, driftig zet ze Josientje recht op haar stoel en zegt: 'Jij altijd met je kuren. Als je nu niet dadelijk je brood opeet, ga je van tafel en voor straf de hele dag naar bed.'

Een vuurrode trek van woede glijdt over het kindergezichtje, en Atze denkt: dat zit de jongedame niet lekker. Plots glijdt ze van haar stoel, loopt naar haar vader, drukt haar gezichtje tegen zijn arm, barst in snikken uit en zegt: 'Ik lust geen ei, met zo'n vies glibbertje erin.'

Gesien houdt zich in, maar beeft over al haar leden, het schemert haar voor de ogen. Als vanouds: zij alleen tegenover die twee, en dat waar die Bartels bij is. Die man zal wel denken: het huishouden van Jan Steen.

Maar Verbrugge kijkt haar kant niet op, duwt Josientje zachtjes naar haar plaats terug, streelt troostend de blonde haren en zegt: 'Kom, kom, niet huilen, mama heeft gelijk, netjes je brood opeten als een grote meid.'

Josientje, die nog wat nasnikt, wrijft de tranen van haar wangen, zwicht en begint te eten.

Gesien kijkt naar haar man, een klein ogenblik is ze hem dankbaar dat hij haar niet afvalt tegenover het kind, haar die vernedering bespaart. Koeltjes en vriendelijk zegt ze: 'Als je naar buiten gaat, Arien, doe een das om, het is koud.'

Alsof hij dat niet weet. Hij komt overeind van zijn stoel, richt stuurs zijn blik op Atze en zegt: 'Kom op, Bartels, we gaan het land in, mollen vangen.'

Niet prettig, flitst het door Atze heen, een pottenkijker op mijn handen. Liever ga ik alleen.

HOOFDSTUK 3

Na een wandeling van een uur valt Atze Bartels met zijn geit aan een touwtje de schuur van Piet Scheer binnen, die bij het zien van zijn bezoeker zijn hoedje wat achteroverschuift en zegt: 'Kijk nou 's wie we daar hebben, de mollensteker. Met de geit aan de wandel?' Hij schuift hem het hakblok toe en noodt: 'Ga zitten, man, het is een hele tippel naar de Schinkeldijk.'
Bom, Atze zit en valt met de deur in huis. 'Ze is willig, ze moet onder de bok.'
Piet zelf zet zijn achterste op de zaagstoel, slaat een blik op de mekkerende geit en zegt: 'Ik hoorde al zoiets van Dirk, je hebt hem laatst gesproken.'
Vanzelf. Dirk, goed of slecht nieuws, hij kraait het over de polder uit, en Atze bromt: 'Mits jij en ik het eens worden over het dekgeld.'
'Een riks, dat vraag ik voor elke geit.'
'Wat? Een riks, kom nou, één stoot en het is gebeurd. Ik vind twee piek meer dan zat.'
'Jij vindt, maar ik moet het ook vinden. Enfin, dan niet. Laat ik Gerrit op stal, en ga je met je geitje weerom.'
'Ben ik daar heel het eind voor komen lopen? Nou, vooruit, twee twintig.'
Piet krabbelt onder zijn hoedje, maar houdt voet bij stuk: 'Een riks. Hier, draai een sjekkie.' Hij reikt Atze een vale, leren tabakzak aan, waar je de kleur niet meer van kan onderscheiden, en licht toe: 'Nog van mijn overgrootvader.'
'Je overgrootvader zeg je, man, die komt haast weer terug.' En om Piet niet teleur te stellen, draait hij een sjekkie, al gaat het niet van harte. Piet houdt zijn sigarettenaansteker bij en hij spot: 'Ook van je overgrootvader?'
'Ben je mal, die deed het af met een lucifertje. Nee, Bart kwam ermee aansjouwen.' Bart, de oudste van Martha en het rechterhandje van Piet. Bart, net uit school thuis, en Piet in zijn kielzog. Trouwens, Piet kan het best met de koters van Martha vinden. In dat geval heeft ze het getroffen met die scharrelaar. Zwijgend roken beide mannen, de wind waait om de schuur, de

47

geit mekkert en kwispelt met haar staartje. Piet zegt: 'Ze is willig genoeg.'

En Atze zegt vlug: 'Twee twintig.'

Piet puft aan zijn sigaretje, vindt dat-ie met dat financiële aanbod zichzelf tekort doet, en houdt voet bij stuk. Een riks, zijn schoorsteen moet ook blijven roken, en sinds Martha met de kinderen bij hem is ingetrokken, moet-ie vijf monden – met de zijne erbij zes – voeden, en praat nog niet over de stapel rekeningen die nog betaald moet worden, dus elke cent is er een.

Atze schiet in de lach. Als je de man zo hoort, zou je medelijden met hem krijgen. Piet Scheer, een type als Dirk, met het verschil dat Dirk met paard en wagen de boerenhoeves afstruint, en Piet het een beetje linker doet; hij houdt zijn handel thuis en wie hem nodig heeft, kent zijn adres. Een oud huis onder een laag dak dat nodig moet worden geschilderd, een schuur waar het door de gaten en kieren heen trekt, met daarachter een stukje weiland waar een aantal geiten loopt, geiten met zware uiers en volle melkgift, waar Piet, bijgestaan door Martha, kaas van maakt. Beter of slechter dan die uit de stad, wie zal het zeggen, maar Piet is met zijn kaas stukken goedkoper en er is nog nooit iemand ziek van geworden. Net zo min als van de jonge bokken, die hij op een afgezet stukje weiland slachtrijp maakt, vilt, slacht en het vlees verkoopt aan zijn vaste klantjes, dat zijn de minder draagkrachtigen die elk centje moeten omkeren voor ze het een keer uitgeven. De boeren hebben hun eigen slacht, een zware pink of een vetgemeste koe die ze laten slachten door slager Groen, die breeduit staand achter zijn toonbank zijn gal spuwt over Piet Scheer, die uitgekookte scharrelaar met zijn clandestiene slacht, die Groen voelt als oneerlijke concurrentie, tot hij het niet meer pikt en er werk van maakt.

Zo praat slager Groen, en Piet zegt laconiek: 'Hij doet zijn best maar.'

Maar sinds kort heeft hij zich ook de woede van de dierenarts op de hals gehaald, en dat zit zo. Piet is ook een beetje een wonderdokter, hij geneest met zijn eigen gemaakte kruidendrank varkens, geiten, koeien en schapen. Maar vorige week deed hij wel iets heel bijzonders: hij hielp het kreupele schillenpaard van Gielings van de pijn af, en vijlde en passant ook het bit bij, tot woede en ergernis van de dierenarts, die zijn pas geopende praktijk belaagd ziet door die kwakzalver die hem met zijn wondermiddeltjes voor de voeten loopt. Als die charlatan ermee doorgaat, zal hij daar werk van maken. En Piet zegt weer: 'Hij moet doen wat-ie niet laten kan.'

Maar tot nu toe doet Groen noch de dierenarts iets, en Piet houdt zich de laatste tijd op de vlakte.

Piet, die zijn opgebrande peuk op de grond gooit en met zijn klomp uitwrijft, schuift de zaagstoel opzij en zegt: 'Nou, Atze, wat doe je? Twee vijftig is de prijs, en van die dertig cent word jij niet rijker of armer,' en, op een wat amicaler toontje: 'Vooruit man, doe niet zo benauwd, we zijn toch vrienden? En je maakt je geitje gelukkig.'

Hoor daar, vrienden… Heeft Atze wel vrienden? Echte vrienden? Hij heeft er zo zijn vraagtekens bij.

En Piet heeft ook zijn gedachten: verdomme, die Atze, altijd dat benauwde, al plukt hij het ook niet van de bomen, maar sinds kort gaat het die knaap toch voor de wind, verdient-ie met die mollenstekerij er een aardig centje bij. Het was al gauw van 'hoort, zegt het voort', en dat door Verbrugge, die kraait het van alle daken. Petje af voor Atze Bartels, want sinds die knaap op zijn land mollen heeft gestoken, is-ie na jaren van die plaag verlost. Ja, ja, en hoe, meneertje, laarzen uit en op wollen sokken tegen de wind in, en met een steek, raak. En sindsdien steekt Atze bij alle boeren in de regio. Op voorspraak van de boeren verlengde Cronjee Atzes contract, waarin de clausule werd opgenomen van gedeelde onkosten tussen de boeren en de gemeente. Iedereen blij en tevreden, en Atzes aanzien steeg. Dat bleef niet onopgemerkt bij het waterschap; Hoenson de heemraad stak zijn licht op bij Cronjee. Nog geen week daarna kwam Cronjee bij Hoenson en beide heren waren het met elkaar eens: Bartels is een natuurmens en hij is uit het goede hout gesneden. Hij ziet en leest de sporen van konijnen, hazen, otters en ratten, en diens lieve neefje, de muskusrat. Wat de laatste betreft, die is in de hele regio nog niet gezien. Let wel, nóg niet, want wat niet is, kan komen, dus beter voorkomen dan genezen, en voor het goed en wel tot Atze doordrong had hij ook een voorlopig contract van het waterschap in zijn zak, en zwerft hij van de vroege ochtend tot de late avond over akkers, langs dijken, vaarten en sloten.

Maar een beetje enthousiast, niks hoor. Atze Bartels is een stille en een binnenvetter, die het onverwachte meevallertje stoïcijns aanneemt of het hem van rijkswege toekomt.

Plots schiet Piet een listig plannetje te binnen, als het even meeloopt slaat hij uit deze situatie een handeltje, en hij zegt: 'Luister, Atze, ik weet het goed gemaakt, jouw geit gratis onder de bok, en komt er een bokkie van, dan is het voor mij, wordt het een geitje, dan is het voor jou; betalen we elkaar met dichte beurs. Lijkt het je wat?'

Piet, de linkmiechel, die is op eigen voordeel uit. Een bokje vertegenwoordigt de waarde van zes, zeven keer het dekgeld, en als Piet het slacht – en waarom zou hij dat niet – verdient hij aan het vlees nog 's zoveel, en Atze zegt: 'Goed uitgekiend, makker, maar stel je voor dat het een meissie wordt, wat moet ik met twee geiten?'

Piet, teleurgesteld dat zijn plannetje in rook opgaat, hijst zijn broek wat hoger, zucht en zegt: 'Dan zal ik me toch aan die twee vijftig moeten houden.'

En Atze denkt: misschien heeft Dirk wel gelijk, is het beter dat ik die geit verkoop, met die twee contracten op zak kom ik amper aan het beest toe en het dier mekkert soms d'r keel schor, en al is hij erg aan het beestje gehecht, de kogel moet maar een keer door de kerk. Hij zegt: 'Ik heb een beter voorstel: als jij mijn geit 's koopt. Je krijgt er een beste aan.'

'Kopen? Man, al zou ik willen.' En, met een allesomvattende armzwaai: 'Alle ruimte hier heb ik hard nodig. Daar de konijnen en kalkoenen, daar de bok en in het najaar het ophokken van de geiten, en dan praat ik nog niet eens over al de andere spullen. Nee, zet dat maar uit je hoofd.'

'Je zou een wat grotere loods kunnen kopen. Wat hier staat, is een oud kavalje.' En, op de vele kieren wijzend: 'Je tocht hier weg, da's ook niet goed voor je geiten.'

'Welja, toe maar, een houten loods. Alsof het niks kost.'

'Een goede tweedehands, is dat wat?' En plots verschijnt in zijn geest het aanplakbord bij het gemeentehuis: 'Kalis de vrachtrijder houdt ermee op, volgende week is er een veiling, wordt alles bij opbod verkocht, en wat ik weet is dat er een pracht van een houten loods bij zit.'

'Ja, jij weet, en ik weet het ook,' en, met duim en wijsvinger: 'Eerst van dattem.'

'Ach, kom op, man, tweedehands is niet zo duur.'

'Kan wezen, maar kom 'r 's om.'

'Man, bekijk het toch 's anders. Laat het je wat kosten, maar denk 's aan je geiten, een betere stal. Heus, die loods werpt zijn vruchten af.'

Piet schudt zijn hoofd. 'Al zou ik willen, ik kan het niet. Bart en Aagie moeten nieuwe schoenen, Martha moet hoognodig een mantel, en er ligt nog een rekening van elektra en als ik die binnen drie dagen niet betaal, worden we afgesneden en zitten we in het donker.' En, met een diepe zucht: 'Verdomme, alles komt ook altijd tegelijk.'

En dat zegt Piet Scheer, die – zover hem, Atze, bekend – uit alles wat in zijn handen komt, winst maakt. Hij zegt gekscherend: 'En ik maar denken dat je miljonair bent.' Maar, de zorgen van Piets gezicht aflezend: 'Vrienden zei je toch? Nou vooruit, laat ik je dan uit de puree halen. Jij gaat naar die veiling en koopt die loods. Ik schiet je het geld voor en jij betaalt me in maandelijkse termijnen terug. Ga je ermee akkoord?'

Een prachtaanbod. Toch aarzelt Piet en zegt: 'Ik geef toe, ik zou ermee uit de brand zijn, maar als de handel 's tegenzit? Wie zegt jou dat je je centen krijgt?'

'Wie dat zegt? Dan verkoop ik desnoods het huis onder je kont vandaan, maar mijn geld zal ik hebben.'

Piet schiet in de lach. 'Nou, nou, jij durft, en ik met Martha en de kinderen naar het Leger des Heils.'

'Ben je op je achterhoofd gevallen? Ik heb ook nog een huis, maar zover zal het tussen jou en mij niet komen. Vrienden zei je toch?'

Hoor wie dat zegt, maar als hij diep in zijn hart kijkt… Enfin, hij mag Piet wel, al is het af en toe een rare, maar de man is goudeerlijk, en mocht het zo zijn dat hij het niet zou kunnen betalen, nou, aan die paar honderdjes valt Atze zich geen bult, de stekerij legt hem geen windeieren en het waterschap trekt ook de knip open, ergens is hij toch een geluksvogel, als je het maar wilt zien.

En Piet begint ook het voordeel in te zien van een nieuwe loods, en Kalis onderhield zijn spulletje goed; elk jaar van boven naar beneden een lik met de teerkwast: het beproefde recept tegen boktor en ander ongedierte, dus het weegt niet zo zwaar als Piet het een jaartje overslaat, dat scheelt weer een paar centjes, dat steekt-ie in tweedehands hout, waarvan hij hokken timmert, en ganzen gaat vetmesten voor de jaarmarkt, het hele zaakje komt best voor elkaar. Hij geeft Atze een klap op zijn schouder en zegt met een brede grijns: 'De eerste vette gans is voor jou.'

'Ganzen, naast de kalkoenen, nou, nou, je bent heel wat van plan.'

'Wat heet, ik zie het allemaal voor me.'

'Eerst de schuur, Piet,' tempert Atze diens enthousiasme. 'Dan plannen maken, maar om nog 's op die geit terug te komen: kopen of niet?'

'Wil je van d'r af?'

'Nou, willen… willen… de zorg schiet erbij in. 's Morgens vroeg melken, naar buiten aan het zeel, maar gisteren kreeg ze een volle hoosbui over d'r heen; zeiknat en maar blèren, en jij weet net zo goed als ik dat een geit niet tegen regen kan, en dat allemaal bij elkaar, dat is de reden, zie je.'

'Nou, vooruit, dan moet het maar,' beslist Piet. 'We kunnen het beessie niet ziek laten worden.'

Dat wordt handjeklap en voor vijftien harde guldens worden ze het eens en Piet belooft op voorhand dat hij in de nieuwe schuur een mooi plekje voor haar uit zal zoeken, en hij voegt er enthousiast aan toe: 'En nu gaan we een bakkie halen bij Martha.'

Maar daar komt voorlopig niks van, want wie stopt daar in zijn glanzende, spiksplinternieuwe slee, stapt uit en komt het erf op lopen? Verbrugge!

'Wat komt die hier rondsjouwen?' verwondert Piet zich.

'Dat kom je zo aan de weet,' antwoordt Atze, en zijn blik hecht zich aan Verbrugge, die met een paar schapenvachten over zijn arm naar hem toe komt.

Verbrugge, de man die hij de laatste maanden beter heeft leren kennen, en hij is er meer en meer van overtuigd geraakt dat de man niet zo kwaad is als menigeen denkt. Verbrugge, een rijk en machtig man, en hij denkt eraan terug hoe ze samen door het land liepen. Voor de zoveelste maal bedankte Verbrugge hem dat hij hem van die mollenplaag had verlost.

Hij zei: 'Geen dank, Verbrugge, ik word ervoor betaald.'

Het leek wel of Verbrugge hem niet hoorde, de man staarde stilletjes voor zich uit, schopte tegen een aardkluit, en zei: 'Josientje heeft nog steeds d'r mond vol over je.'

Verbluft keek hij de man aan, wat kletste-ie nou? Josientje? Josientje is een mooi en lastig kind, dat met haar eigen fantasie aan de haal gaat, en hij zei: 'Klets, ze kent me amper.'

Verbrugge schudde zijn hoofd. 'Daar vergis je je lelijk in, Bartels, die kleine duvel schat de mensen naar waarde in, en ze zegt soms dingen die je de haren te berge doen rijzen, neem alleen die zolder.'

'Zolder? Sorry, Verbrugge, ik kan je even niet volgen. O... dat...' Hij schoot in de lach. 'Kinderpraat.'

'Ja, ja.' Verbrugge schudde zijn hoofd. 'Kinderpraat, je moest 's weten. Josientje, wat was ik blij toen ze werd geboren, mijn gebed was verhoord: een dochtertje, maar naarmate ze ouder werd, kapselde ze zich in tegen alles en iedereen, ze trok zich terug in haar eigen wereldje, dwaalde meer en meer van ons af, door iets wat mijn vrouw en ik tot op de dag van vandaag niet kunnen verklaren.'

Verbrugge zweeg en staarde weer voor zich uit. Atze zag diens strakke gezicht, met daarin de verbeten mond, de gebalde vuisten, alsof hij iets wilde vermorzelen, wat het ook mocht zijn. Verbrugge, rijk met aanzien en zo onverschillig tegenover anderen, voelde zich klein en hulpeloos tegenover zijn eigen dochtertje. Plots hoorde hij hem weer zeggen: 'Ik was zo blij, mijn gebed was verhoord, een dochter...'

Maar niet: wíj waren zo blij, en voor hij erbij nadacht rolde over zijn lippen: 'En uw vrouw, hoe aanvaardde zij Josientje?' Gesien Verbrugge, over wie de mare de ronde deed dat ze Verbrugges tweede vrouw was. Maar horen zeggen heeft duizend monden.

'Mijn vrouw?' herhaalde Verbrugge langzaam. 'Vanzelf houdt ze van dat lieve, blonde kind. Maar liefde is een complex geheel van aandoeningen van geest en hart, vooral moederliefde.'

'En zo denkt uw vrouw er ook over?'

'Mijn vrouw? Wie raadt de gedachte van een vrouw? O ja, in het begin is het zo eenvoudig, je vindt elkaar aardig, dan lief, alles gaat vanzelf, zonder erbij na te denken. Je stapt in het huwelijksbootje en alles is vrede en geluk. En dan... onverwachts zit je in de moeilijkheden, zijn er over beide kanten kwesties, die met de beste wil van de wereld niet zijn op te lossen. Je kunt niet voor- of achteruit. Pats, het deurtje valt in het slot en je zit in de val.' En, hoofdschuddend: 'Trouwen? Je kunt nog altijd je kop in de strop steken, begin er maar niet aan, Bartels, denk maar zo: vrijheid, blijheid.'

Trouwen? Hij heeft nog niet eens een meid, laat staan trouwen. Ja, Marie Nuyens, die wil wel, maar hij wil haar niet. En als je Verbrugge hoort... maar overal is wel iets dat de boel bederft, de glans verdooft of het geluk verstoort, maar meestal blijft het bij vlagen en waait het over. Lachend ging hij ertegen in. 'U zegt dat nu wel, maar het is nu eenmaal de bestemming van een mens, nietwaar?'

Verbrugge haalde zijn schouders op. 'Trouwen is houwen, enfin, ik heb je gewaarschuwd.'

Waarschuwen, waarvoor? Zou de man hem... En Atze zei: 'Is het allemaal zo erg, Verbrugge?'

Maar Verbrugge gooide het opeens over een andere boeg, hij klaagde dat voor de boeren de lasten van het waterschap weer met twintig gulden waren verhoogd. 'Die Hoenson doet maar.'

'Ja,' zei hij. 'Hoenson weet waar-ie de centen moet halen.'

Een verontwaardigd gegrom. 'Ja, ja, en als vanouds zijn de boeren de pineut.'

'Kom, kom, Verbrugge, het waterschap doet ook veel voor de boeren, al is het alleen maar het schoonhouden van de duikers en het uitbaggeren van de boezem.'

'Niet meer dan hun plicht, er wordt genoeg aan betaald.'

'Da's overal, Verbrugge, en voor niks gaat de zon op.'

'Ja, zo lust ik er nog wel een.' Hij tastte in zijn zak en hield hem zijn sigarenkoker voor. 'Rokertje, Bartels?'

Dat was toen. Nu is er de Verbrugge die zegt: 'Wil je wat kleingeld aan mijn vrouw vragen? Scheer kan niet wisselen, en ik heb het niet in de knip.'

Zo, dus Piet slaat toe, krap bij kas, maar wie daarop let... Schapenvachten en een geit, een beste geit, goed voor elke dag een liter romige melk, waar Martha van zegt: 'Melk waar zoutigheid in zit en de smaak van de natuur, m'n kinderen zijn er groot mee geworden.'

'Hoor je me, Bartels?' Het gebiedende toontje van Verbrugge: 'Loop effe naar mijn vrouw.'

Verdomme, wat is dat nu, opzitten en pootjes geven? Hij loopt naar Verbrugges nieuwe aanwinst, een juweel van een auto, glanzend in het zonlicht, en zo zie je maar: heb je geld, doe je wonderen, heb je het niet, is het donderen. Hij tikt tegen het raampje. 'Mevrouw.'

Het raampje gaat open, een koele blik: 'Is er iets, meneer Bartels?'

Gesien Verbrugge, een blauwe mantel met bontkraag, een fluwelen hoed met daarop een dot veren, het haar in een zware wrong achter in de nek. Of er iets is... bijna zou hij zeggen: 'Mens, haal die dooie haan van je kop', maar hij zegt: 'Of u uw man kunt helpen aan wat kleingeld.'

'Ach zo, is het weer zo laat?' Ze rommelt met haar hand in haar tas, een slanke, blanke hand, ze draagt een trouwring met een knots van een steen erin, die schittert over alle kanten.

Briljant, diamant; hij heeft er geen snars verstand van. Zijn moeder droeg geen ring, noch andere sieraden. 'Pracht en praal is voor ons mensen niet weggelegd,' zei ze altijd. Moeder, hoelang is het geleden, haar beeld vervaagt, soms moet hij zich inspannen om zich de lijnen van haar gezicht voor de geest te halen. Hij buigt zich wat voorover en zegt: 'Da's een mooie ring, die u draagt.'

Een verwonderde blik: 'Dat u dat ziet.'

'Als je dat niet ziet, ben je stekeblind.'

Ze kijkt op de ring neer, knikt en zegt: 'De briljant is mooi geslepen. Heeft u verstand van juwelen?'

'Ik?' Hij schudt zijn hoofd. 'Niet van briljanten, wel van mollen.'

Een goedkeurend knikje: 'Da's me bekend, ja. Eindelijk, na jaren, is de Deo Gloria van die plaag verlost.'

Haar antwoord ergert hem, bij Verbrugge is alles wat niet in zijn kraam te pas komt, al gauw plaag of wildschade. Scherp neemt hij haar op: Gesien Verbrugge is een knappe vrouw, al moet ze over de vijftig zijn, want hier en daar glinstert een zilveren draad door de nog dikke haardos, en op haar hoge, blanke voorhoofd en langs haar neus zit hier en daar een sproet, maar het mooie aan haar zijn die grote grijze ogen, waarin een koele, rustige blik ligt. Haar stem is een tikkeltje spottend: 'Wat kijkt u naar me, gewogen en te licht bevonden?'

Alsof hij een zweepslag krijgt – hij staat haar aan te gapen, alsof ze van een andere planeet komt, en stamelt: 'Mevrouw, ik… eh…' Hij zoekt naar de juiste woorden, maar vindt ze niet, en voelt dat hij bloedrood wordt.

Ze legt haar hand op de zijne en glimlacht. 'Til er niet te zwaar aan, Atze Bartels, voel het niet als een belediging noch als een vernedering, maar ik mag je toch wel een klein tikje op je vingers geven, kalmpjes en niet te hard?'

'Hé, moeten die munten nog geslagen worden?' klinkt de harde stem van Verbrugge.

Een schaduw van vermoeidheid glijdt over haar gezicht als ze zegt: 'Eeuwig zwijgen en silentium is hier geboden.'

'U bedoelt?' vraagt Atze verbaasd.

Haar droeve glimlach, een ruk aan zijn hart als ze zegt: 'Wat ik bedoel: een dubbel slot op de mond. Hier heb je wat kleingeld, breng het maar gauw, en vraag aan Verbrugge of hij het niet te lang maakt.'

Hij denkt na over hoe ze het zegt: 'Verbrugge', niet 'mijn man'.

Maar voor hij iets kan zeggen, barst de boer los: 'Moest het zo

lang duren, Bartels? Al dat wachten, ik zou er stalpoten van krijgen.'
'Alstublieft, het geld,' antwoordt hij. 'Met de complimenten van uw vrouw, en of u het niet te lang maakt.'
'Wijven,' gromt Verbrugge, 'wijven… hier heb je je geld, Scheer,' en hij loopt met grote stappen het erf af.
'Dat wordt mot tussen die twee,' voorspelt Piet, die Verbrugge nakijkt. 'Daar kun je vergif op innemen.'
'Weet je niks anders?' gromt Atze met het beeld van de vrouw in de blauwe mantel voor ogen. Gesien Verbrugge, de boerin van de Deo Gloria.
Van de dijk dringt de stem van Verbrugge tot hem door: 'Hé, Bartels, Josientje vraagt wanneer je 's een keertje langskomt.'
Josientje, het kind van welstand, en het lieflijke juweeltje van de Deo Gloria. Josientje en haar zolder vol zieltjes.
'Wat kan ik haar zeggen, Bartels?' vraagt Verbrugge, met een stem als een scheepstoeter.
'Wanneer ik tijd heb.'
'Dan maak je toch tijd?'
Hoor daar, de onderkoning, en bevel is bevel. Maar hij roept: 'Dat maak ik zelf wel uit, Verbrugge.'
'Wacht daar niet te lang mee, Bartels, Saluut.' Klap, het portier slaat dicht, de auto rijdt weg, de wielen zoeven over het asfalt.
Piet, die de auto nakijkt, lucht zijn gemoed: 'Voor ik me zo door mijn dochter op m'n kop liet schijten.'
'De een niet, de ander wel.'
'Laat ik die ene dan maar zijn, en ga je mee voor een bakkie? Martha weet niet waar we blijven.'

'Hè, hè, daar is meneer,' pruilt Martha als ze de behaaglijk warme keuken binnenstappen. 'Ik dacht dat je nooit kwam.'
'Dan dacht je verkeerd, meid, en zet een kom bij, we hebben visite.'
'Ik heb ogen in mijn hoofd. Dag Atze, da's een poos geleden, wat brengt jou hier? En ga d'r bij zitten.'
Hij zit. 'M'n geit.'
'Een geit? Man, ik wist niet dat je een geit had.'

'Niet meer, hij is nu van Piet, en als het even meezit heeft die straks ook een houten loods.'

'Een loods?' Met een vragende blik op haar eega zegt ze: 'Wa's dat voor flauwekul, je hebt toch een schuur? En ga 's bij het fornuis vandaan, dat ik de koffiepot pak.'

Piet wrijft zijn handen. 'M'n vingers lijken wel ijspegels.'

'Blijf dan niet zo lang buiten hangen, en maar kletsen, en maar kletsen. Wie was het?' Martha zwaait met de koffiepot over de tafel, schenkt de kommen vol.

'Verbrugge, met een paar schapenvachten.'

'O, die rijke stinkerd, praatte hij je een loods aan?' En dan, fel: 'Er is amper ruimte op het erf, wat moet je met dat ding?'

Piet gaat in de verdediging: 'Die ouwe is rijp voor kachelhout. Wat, een pindakoekje? Nee, dank je, de nootjes gaan onder m'n gebit.' Hij trekt een stoel onder de tafel uit, gaat zitten, slaat twee handen om de kom, slurpt genietend van de hete koffie, en met een knipoog naar Martha zegt hij: 'Je zet ze weer best, meid.'

'Hoor daar: stroop, stroop, lekkere stroop. Wat, jij ook geen koek, Atze? Dat spaart centen uit.'

Stilte tussen hen, en Piet gluurt naar zijn 'aangewaaide' vrouw en overpeinst zijn geluk. Martha, een beste vrouw met een goed hart, en schoon, schoon! Voor die tijd was het hier een zwijnenstal, maar nu kun je bij hem binnenkomen. Schone gordijntjes voor de ramen, een lopertje in de gang, een bloemetje op de tafel en zuinig op de centjes. En hij mag de Heer wel duizendmaal op zijn blote knieën danken dat ze met haar koters bij hem is ingetrokken, maar aan elk voordeel zit ook een nadeel. Martha met d'r grote kwek, of-ie niet handelen kan, ze denkt soms dat hij een klein ventje is en dat zit hem dwars. O, daar begint ze weer.

'Een loods erbij, jawel, maar de centjes, hoe denk je dat te versieren?'

'Schenk liever nog 's een bakkie in, in een hotel zetten ze het niet beter.'

Martha doet een greep naar de koffiepot. 'Jij denkt ook, klets er maar overheen.'

'Ik denk niks,' en, wijzend op Atze: 'Als je het dan weten wilt, die meneer daar staat borg.'

Martha snuift: 'Hij is ook geen Rothschild.'

Atze schiet in de lach. 'Nee, mollensteker, en maak je over dat geld geen zorgen, Martha, dat komt wel rond, en armoe hoef ik niet te lijden.' Hij mag Martha wel, een resoluut, proper wijf met twee rechterhanden, dat had ze bewezen voor ze bij Piet introk, en voor die tijd: niet klagend, niet vragend, en moedig dragend, en Piet Scheer mag zijn handjes dichtknijpen met zo'n vrouw. Piet en Martha, hij mag ze graag, mensen van de goede soort, vrolijk en eerlijk van hart, en hartelijk voor eenieder die bij hen aan de deur komt, tot Verbrugge aan toe.

Trouwens, de laatste tijd is Verbrugge naar buiten toe wat veranderd, ondanks zijn dominantie is hij een ietsje menselijker, ook tegen hem, Atze, vooral toen ze samen over de akkers liepen en Verbrugge praatte over de groei van de vele gewassen die op het veld stonden, en waar hij in het najaar van hoopte te oogsten. Hij verwonderde zich over Verbrugges zachte stem, nam hem zijdelings op en zag in de gloed van de ondergaande zon diens harde gezicht ontspannen in zachtere trekken. En Verbrugge praatte zachtjes door: 'Dit moment onderga ik als een droom, de kracht en schoonheid van de natuur, de intense gloed van de ondergaande zon, dit alles is een gave Gods die we in ons hart moeten koesteren. Ben je het hierin met me eens, Bartels?'

Hij knikte vaag, maar bleef hem het antwoord schuldig, want het paste geheel bij de stemming van het moment, maar dat het juist Verbrugge was die hem dat zei, ontroerde Atze op ongekende wijze.

Bij het bedrijf aangekomen noodde Verbrugge: 'Kom even binnen voor een bakkie, kun je gelijk een babbeltje met Josientje maken,' en, met een vaag lachje: 'Dat kleine ding lijkt wel een beetje verliefd op je.'

Dat Verbrugge zo praatte, zinde Atze niet en hij voelt het als een smet op zijn naam. Hij, een vent van vierentwintig, en Josientje, nog een kind. Josientje, een kindvrouwtje met haar grote, blauwe ogen waarin een verterend vuur lijkt te branden, er trekt

een rilling van weerzin door hem heen, Josientje, even ongrijp-
baar als onbegrijpelijk. Hij norste: 'Verbrugge moet niet zo raar
praten.'
'Maar ze meent het!' riep Verbrugge uit. 'En wat is daar voor
gemeens aan, als ze van je houdt?'
Omdat Verbrugge zo volhield, zei hij: 'Geef d'r een draai om d'r
oren, dan frist ze op.'
Verbrugge, koeltjes: 'Dan ken jij Josientje niet.'
Nee, hij kende Josientje niet, op die ene ontmoeting na in de
keuken. Josientje, met haar zolder vol zieltjes, en allen zaten
perplex. En nu vroeg Verbrugge hem te komen.
En Piet zegt tegen Martha: 'Je kunt het geloven of niet, maar
Verbrugge nodigde Atze bij hem thuis uit.'
'Jou?' Martha richt haar volle aandacht op hem, en vol minach-
ting zegt ze: 'Wat moet jij bij die kerel thuis?'
Piet, spottend: 'Hij ziet wel wat in die mollenvanger, misschien
wil hij hem als opperknecht op de Deo Gloria.'
Martha roept verontwaardigd: 'Dat doe je toch zeker niet? Hij
is nogal een lekkertje, hij buffelt zijn volk af.'
Piet antwoordt laconiek: 'Hij is de enige niet, en zijn schapen-
vachten zijn zwaar en goed van wol, hij mag ze mij brengen.'
'Waar slaat dat nu op?' kift Martha.
Piet antwoordt met een brede grijns: 'Op Verbrugge, en schenk
nog 's in, meid, op een been kan een mens niet lopen.'
Martha zwaait weer met de koffiepot over tafel, richt nu haar
blik op hem: 'Het zou me van je tegenvallen, Atze Bartels, als je
op zijn aanbod ingaat.'
Hij weert: 'Ach meid, je vent jaagt je op stang, Verbrugge staat
erbuiten. Het gaat om Josientje.'
'Josientje?' Pats, de koffiepot staat op het treefje, en in opperste verbazing vraagt ze: 'Hij vraag jou om Josientje?'
Daar heb je het al, wat zal Martha wel van hem denken?
Daar komt hij snel achter. Martha, vol verontwaardiging: 'Die
kattenkop, het ene moment engelachtig lief, het andere
moment volkomen onhandelbaar, schreeuwen, schoppen, bijten,' en, met haar gedachten bij haar eigen kinderen die ze
heeft opgevoed met altijd met twee woorden spreken en voe-

ten vegen als je ergens komt: 'Ik moet nog zien of daar wat van terecht komt.'

Piet zegt: 'Ach wat, kinderruzies, daar moet je niet zo zwaar aan tillen, waren wij vroeger zulke lieverdjes?'

'Kinderruzies?' valt Martha heftig uit. 'Was het maar waar, d'r zit kwaad bloed in dat kind.'

Verbaasd kijkt Piet haar aan: Martha, die zich zo doet gelden, zich zo over een kind uitlaat, trouwens, hoe goed kent ze Josientje? Van die ene keer dat ze met Verbrugge meekomt, en in de overhangende wilg naar rupsen zoekt, die ze in een jampotje verzamelt? Hij zegt: 'Nou, nou, Martha, is het zo erg?'

Martha, fel: 'Wat heet, vorige week heeft ze Jansie Been met haar vurige nagels in het gezicht gekrabd, de vellen hingen erbij neer. Janus op hoge poten naar Verbrugge, en wat dacht je? Die zwaaide meteen met een paar briefjes van vijfentwintig, en het leed was gesust.'

Piet: 'Ja, wat dacht-ie? Geld doet wonderen.'

Martha, nog steeds obstinaat: 'En Janus, die sukkel, zegt ook nog dank je wel.'

Piet schiet in de lach. 'Dat zou ik ook doen voor twee van die briefjes.'

Martha is plots vol minachting. 'Bah, wat ben jij voor een kerel, dat je zwicht voor geld?'

Piet, onverstoorbaar: 'Martha, neem van mij aan, geld is de sleutel die op alle sloten past, ook bij Janus.'

Een minachtend gesnuif: 'Ja, zo benne kerels, maar ik zeg je: d'r zit kwaad bloed in die meid, van de week heeft ze Marietje Dekkers de keel dichtgeknepen, het kind liep al blauw aan. Nog een geluk dat d'r broer het zag, die heeft dat kleine loeder van zijn zussie afgetrokken. En dat om een spin… nou vraag ik je.'

Opperste verbazing: 'Een spin?'

'Ja, een spin, Marietje trapte hem dood, en dat nam de jongedame niet. En Verbrugge zwaaide weer met zijn flappen, maar Dekkers zwichtte niet voor het geld. Volgens zijn zeggen maakt hij er werk van.'

'Nou, het zal mij benieuwen hoe dat afloopt,'zegt Piet, met zijn gedachten bij de 'onschendbare' boer. 'Je komt van goeden huize als je die een spaak tussen de wielen weet te steken.' Hij schuift zijn stoel achteruit. 'Ga je mee, Atze, gaan we samen een kijkje bij Kalis nemen, wie weet is er nog wat meer bij van onze gading.'

Ja, misschien een melkkruk die hij niet meer nodig heeft, en hup ook naar Piet, net als de geit. Piet, met zijn prettige, ronde hartelijkheid, heel de weg staat zijn ratel niet stil, en wat hij zegt gaat Atze het ene oor in, het andere uit, zijn gedachten gaan naar Josientje, met haar zolder vol zieltjes, en Martha zei over haar: 'Kwaad bloed, dat kind van Verbrugge. Let op mijn woorden: hij en zijn vrouw krijgen nog heel wat met haar te stellen.'

Het beeld van Josientje laat hem niet los en hij worstelt met zijn gevoelens, waarbij afkeer en nieuwsgierigheid om voorrang strijden.

HOOFDSTUK 4

De lieslaarzen aan, de pet achterover op zijn kop en met de smoor in banjert Atze door de poldersloot. Hoenson heeft hem mooi bij de staart, en dat zit zo.

Vanochtend moest hij op het kantoor komen, waar meneer Hoenson hem wilde spreken.

'Waarvoor dat?' vroeg hij aan Hoensons pittige secretaresse, die in een kort rokje en op hoge hakken door de hal trippelde. Ria Schol onderscheidde zich in kleding, gestalte en spraak van al die meiden in het dorp, en hij mocht haar wel, maar Ria had d'r kop hoog, zag hem noch een ander staan, en hij beet liever alle tien zijn vingers af dan dat hij iets van zijn gevoelens aan haar liet blijken, en hij herhaalde zijn vraag.

Ria schudde haar hoofd, gooide de krullen in haar nek en zei op een hooghartig toontje: 'Ik zou het niet weten.'

'Echt niet?' drong hij aan.

'Echt niet. Ga maar naar binnen, dan zul je het horen.'

Hij hoorde het. Hoenson viel direct met de deur in huis: 'Rattenvallen zetten.'

Hij, overdonderd: 'Rattenvallen, waar en bij wie?'

'Keppel, van de Mariahoeve.'

Keppel was een kleine koeboer, pal achter de dijk, en een driftkikker. Als het hem niet beviel, gooide hij de deksel van de melkbus naar je kop. Hij had het Atze na een felle woordenwisseling ook een keer geflikt. Obstinaat greep Atze die tuinkabouter in zijn kraag en snauwde: 'Ben je helegaar bedonderd? Als je me dat weer flikt, zet ik je op je kop in de sloot, dan koel je af.' Keppel bond in, bood zijn excuses aan, en zei: 'Zand erover.' Beiden dronken ze het af met een glas prik. En Keppel, die zou...

'Zegt Keppel dat? Ik heb daar geen rat gezien.'

Hoenson, lichtelijk geïrriteerd: 'Wel of geen ratten, je zet een val.'

'Waar?' Want om met een paar rattenvallen op zijn nek door de sloot te waden, en de polder is groot...

Hoenson antwoordde kortaangebonden: 'Waar? Achter de

Mariahoeve, er zitten rattengaten pal naast de duiker.'
'Komt dat ook van Keppel af?'
'Van wie anders?' Hoenson tikte met alle tien zijn vingers op het bureau. 'Je mag het weten, ik maak me zorgen, ratten trekken ratten, en dat pal achter die dijk.'
Terstond ging Atze een licht op: 'U bedoelt muskusratten.'
Muskusratten, planteneters en gravers. Men zegt dat ze eetbaar zijn, en sommige mensen doen dat ook en noemen ze waterkonijntjes. 't Kan zijn, maar hij had liever een karbonaadje op zijn bord, en hij zei: 'Het kan zijn, maar tot nu toe heb ik daar geen rattensporen gezien.'
Hoenson, zichtbaar ongerust, commandeerde: 'Beter te vroeg dan te laat. Je zet vandaag nog een val en steekt je licht op bij Keppel.'
Zo, het was gezegd, en nog altijd beveelt de baas en de knecht gehoorzaamt, en nu is hij op weg naar Keppel, maar eerst langs die duiker, dat-ie zichzelf kan overtuigen.
Verdomd, kijk nou 's, Keppel heeft gelijk: over links en rechts twee rattengaten, waarvan een loopgang is ingestort. Dat hebben ze hem ook gauw geflikt, vorige week was er nog niks te zien, en nu? Scherp neemt hij de omgeving op rondom de duiker, afgeknaagd riet noch plantenresten, wel onder aan de slootkant sporen van rattenpoten, maar geen spoor van een platte sleepstaart, en net wat-ie dacht: geen muskusratten. Kanie Hoenson geruststellen, als de man het woord rat hoort, gieren de zenuwen door zijn keel.
Zo, wat rietstengels opzij, wat modder wegschrapen, maar voor hij de val zet, trekt hij eerst zijn handschoenen aan, want ratten hebben een scherpe reuk, zijn pienter en sociaal voelend. Er wordt wel beweerd dat er 's een rattenknoop is gevonden die bestond uit een stuk of wat vrouwtjes en een mannetje met de staarten aan elkaar gebonden, en zij zorgden voor het nageslacht in de rattengemeenschap, zogezegd een fokprogramma. Maar Atze heeft nooit zo'n knoop gevonden, en hij vraagt zich af: bakerpraat of waarheid?
Zo, da's gebeurd. De val staat. Nu afwachten, en op naar die driftkikker, reken maar dat het hem hoog zit. Hij klautert tegen

de wal op en ziet in de verte Keppel naderen, die heeft Atze gezien en kon het in huis niet uithouden.

'Ratten, hè?' begroet Keppel hem, en met een triomfantelijk lachje: 'Na wat ik van Hoenson hoor, dacht jij dat ik uit mijn nek kletste.'

O, wacht, Keppel heeft geïnformeerd, het zat hem zeker hoog. Atze ziet zijn voldane gezicht en zegt: 'Ik geef het ruiterlijk toe, je hebt gelijk, maar geen muskusratten, dan piepte je wel anders. En toom een beetje in, man.'

Keppel stuift op. 'Intomen? Ik? Wat zou je zeggen als een pink van jou met zijn poot in een rattengat blijft haken, waardoor zijn poot is gebroken? Nou, nou? Een zware pink, meneertje, direct naar de noodslachting, en wat krijg ik ervoor: een scheet en drie knikkers. En ik kan je verzekeren, dat doet pijn, Bartels.'

Het ligt op zijn tong om te zeggen: zoals alle boeren, Keppel, heb je meer pijn over het geld, dan over die pink, maar hij zegt: 'O, zit daar de knoop, dus daarom belde je Hoenson. Ratten, jawel, maar nu ik jou hoor...'

'Gaat het je dagen, Bartels? Daarom ben ik een pink kwijt, omdat zij de wallen niet goed controleren.'

Zij, de mannen van de kroosschouw. Nors valt hij uit: 'Een mens kan niet overal tegelijk zijn, maar jij denkt ook...'

Het kriebelt hem. Verdomme, Verbrugge of Keppel, alle twee met hetzelfde sop overgoten, denken er een slaatje uit te slaan, en hij zegt: 'Ik neem aan dat je toch verzekerd bent?'

'Verzekerd? Jawel, maar niet voor vee, dan worden het koeien met 'gouwe' staarten.'

'Dan zul je je verlies moeten nemen, man, het waterschap is ook niet gek.'

Keppel zucht. 'Dat denk ik ook, maar beroerd blijft het.' Hij zwaait met zijn zakdoek, tettert zijn neus schoon, kijkt naar de lucht en zegt: ''t Wordt vandaag snikheet, vanochtend vroeg stond de thermometer al op twintig graden. Nou, wat doe je, Bartels, loop je mee voor een koel biertje?'

'Dat moest ik maar niet doen, Keppel, tijdens het werk geen drank.'

'Dan hou je het van me te goed.' En weer met een blik op de lucht, waar wazige windveren langs de einder zweven: 'Dat wordt vandaag onweer, enfin, het gras kan wel wat water gebruiken, hier en daar zie je hele dorre plekken.'

Atze speelt met heel andere gedachten, iedereen denkt aan zijn eigen voordeel en hij zegt: 'De graanboeren denken er anders over, die kunnen de regen missen als kiespijn, de tarwe is rijp, ze moeten nodig maaien.'

'De graanboeren, die piepen en janken altijd; als de zon schijnt willen ze regen, en als het regent, willen ze mooi weer, een geluk dat ze het niet voor het zeggen hebben, dan werd het touwtrekken.'

'Ja, jij hebt makkelijk praten met je vee, zon of regen, dat maakt niet uit.'

'O, dacht je dat? Ik moet ook hooien, de eerste snee ligt op 't zwad.'

'Jij of Verbrugge, die heeft nog vijfentwintig bunder voor zijn kiezen, da's andere praat.'

'Pff, Verbrugge… Centjes genoeg, en loopt het fout: de schade kan-ie lijen en de schande dragen.'

'Da's niet *fair* van je, Keppel, je bent boer of niet, en ieder ploetert voor zijn dagelijks brood.'

'Kan wezen, maar die praat gaat niet op. Zijn bedrijf of het mijne,' en Keppel denkt aan de vele reparatiekosten, het uitrijden van de coöperatie van de voederbieten, binnen drie dagen de rekening op de mat, en aan de maandelijkse hypotheekaflossing van die nieuwe koestal met houten legroosters, want een boer moet met zijn tijd meegaan. Maar die aflossingen, hè, die als een molensteen om zijn nek hangen, als lood zo zwaar, meneertje, en hij gromt: 'De Deo Gloria is onbezwaard.'

'Hoe weet jij dat nou?' Boeren, het lijkt wel of ze in elkaars boekhouding neuzen.

'Denk toch 's na, man. Een florissant familiebedrijf, en ruim tachtig jaar in de handen van de Verbrugges, boeren op stand, en na horen zeggen nam Verbrugges vrouw ook een aardig centje mee.'

Gesien Verbrugge, blauwe mantel, veren hoed, een glinsterende ring, hij kijkt zijn ogen uit, haar zachte stem: 'Heeft u verstand van juwelen?'

Wat kletst Keppel nu weer? 'Zij die het menen te weten, zeggen dat zij Verbrugges tweede vrouw is.'

Ze zeggen, ze zeggen, wat zeggen ze niet? Maar toch, dat geouwehoer onderling, en Keppel legt zijn oortje wel te luisteren.

Hij zegt: 'Man, ga in die kletspraat toch niet mee.'

Keppel hijst zijn broek wat hoger, spuwt op de grond. Atze Bartels is altijd een stille geweest en nooit een prater, eentje die zijn eigen weg gaat. En Atzes moeder: er deden in die dagen aardig wat praatjes over haar de ronde, die ze met een gesloten gezicht over zich heen liet gaan. Ze had nooit veel om mensen gegeven, achting noch bewondering voor hen gehad, en Atze is precies zo. Atze Bartels, wiens vader onbekend is en die door Klazien Wameling grootgebracht is. Dan is hij weer bij het gesprek tussen hem en Atze, en hij zegt: 'Het mag wezen zo het is, maar er is geen praatje zo raar of er is iets van waar, en zeg jij 's dat ik lieg, Bartels.'

Zeg jij 's... Hij piekert over die vraag. Leugen of waarheid, en de smalle weg daartussen, en Gesien Verbrugge, zal ze gelukkig zijn bij haar man? Voor het eerst spookt die gedachte door zijn kop. En wat is geluk? In Atzes ogen is geluk iets stils en teers, onvatbaar groot, en tegelijk heel klein en lief, maar daar lijkt Verbrugge hem de man niet naar.

'Nou?' Keppel zegt met een nieuwsgierige grijns op zijn gezicht: 'Zeg 's wat.'

Zeg 's wat... Moet hij zeggen dat het beeld van Gesien Verbrugge door zijn kop spookt? Keppel kennende is het beter daarover te zwijgen. Zijn blik glijdt over het land, de sterkere zonnestralen doorbreken de heiige nevel, Keppel krijgt gelijk: het belooft een warme dag te worden. In het weiland loeit een koe, ver weg blaft een hond, een volgeladen mestkar rijdt krakend over het pad. Vertrouwde beelden en geluiden waarmee Atze is opgegroeid.

Keppel tovert vanuit zijn broekzak een pakje zware shag tevoorschijn, stopt zijn pijp, steekt de brand erin, al puffend schiet zijn blik onderuit naar het strakke gezicht van Atze

Bartels, naast mollenvanger sinds kort ook rattenjager. Soms zie je hem met drie kooien op zijn nek door de sloten baggeren, en de natuurkenner Atze heeft zo zijn twijfels over de muskusrat, maar breng dat Hoenson maar 's aan z'n verstand, die knijpt hem op voorhand al voor de dijken. Atze knielt neer bij de sloot, legt wat rietstengels over de kooi en Keppel vraagt: 'Wat denk je van die hufters, Bartels?'

Hufters, dat zijn de ratten, en Hoeson moest 's weten hoe Atze met tegenzin die kooien plaatst. Goed, ratten bestrijden moet, maar bewust het dier laten sterven door verdrinking gaat hem net een streep te ver, al is het een rat, het is leven. Daar moet een andere oplossing voor komen. Daar moet hij toch 's over praten met Hoenson, en dan maar afwachten hoe de man reageert.

'Nou, jij bent de rattenvanger.' Keppel, die aandringt.

'Die val moet wennen, ratten zijn slim.'

'Maar jij bent slimmer.' Keppel, vol vertrouwen.

Hij schiet in de lach. 'Geduld, Keppel, onderschat de intelligentie van een rat niet.'

'Intelligentie? Zo zie ik het niet. Het zijn en blijven hufters.'

Hufters... Moet hij daar tegen ingaan, zeggen dat hij het hierin met Keppel niet eens is? Hij, de rattenvanger. Daar zou me een praat van komen, men verklaarde hem op slag voor gek. Beter daarover te zwijgen, en hij zegt: 'Laten we het daarop houden, Keppel. Hufters, net wat je zegt.'

'Zo is dat, weet wel, ik ben d'r een pink door kwijtgeraakt.'

'Da's me bekend, en ik stap weer 's op, over een dag of drie kom ik wel 's kijken.'

'Dan hoop ik dat al dat tuig verzopen is, ajuus, Bartels.'

'Tot kijk, Keppel, en houd voortaan je pinken bij die slootkant vandaan.'

'Wat krijgen we nou? Zal jij me boeren leren?'

Hij heeft geen zin daarop te antwoorden, het is bedoeld als een waarschuwing en niet als kritiek, maar een eigengereide boer als Keppel ziet het anders. Hij glijdt langs de wal de sloot weer in en zegt: 'Werk ze, Keppel, en tot over drie dagen.'

Met grote passen waadt hij door de sloot, stekeltjes schieten opgeschrikt met trillende vinnen naar de kant, dikkopjes trillen heen en weer tussen de rietstengels, een smient duikelt kopje onder, komt weer boven, schudt zijn veren en zwemt weg. Een paar eenden vliegt luid snaterend over en plonst verderop in de sloot. Hij staat even stil, zijn blik glijdt over de akkers in de richting van de Ora et Labora, waar Van Galen zijn land met de wentel bewerkt. De paarden trekken met gebogen koppen de zware wentel voort. Bij elke hoek van de akker, als Van Galen keert, blinkt de wentel op in het zonlicht.

De wind aait fluwelig langs zijn wangen. Hij haalt een paar maal diep adem, een blij gevoel doortrilt zijn hart, dit is zijn land, hier hoort hij thuis. Zijn thuis... Hoe komt hij daar toch bij? Hij weet het niet, maar de laatste tijd overvalt hem die gedachte wel meer. Driftig strijkt hij door zijn haren, weg ermee, daar moet hij niet aan toegeven, trouwens, het lost niets op. Hij draagt een verleden met zich mee dat niet is uit te wissen, een 'Kaïnsteken' zogezegd, alleen wat hij doodslaat is een rat, want beter doodslaan dan verdrinken, maar hoe brengt hij dat Hoenson aan zijn verstand?

Hoenson, de man leeft in angst voor muskusratten, en scheert daardoor alles over een kam. Maar als de angst je keel dichtknijpt wordt het tijd dat jij hem omhelst, dan kun je weer ruimer ademhalen.

Zo, nog een kooi plaatsen bij Kaan, dan zit voor vandaag zijn werk erop. Hé, kijk daar, een duiker, half verstopt door dikke plakken verrotte rietstengels die voor het rooster drijven. Hij bukt zich, haalt met zijn hand het rietblad weg, gooit het op de kant. Smal, groenpuntig rietblad, met een knik in het midden; in deze streek noemt men het duivelsbeet. Hij waadt weer door de sloot en door zijn herinnering, soms overvalt hem een gevoel dat hij een strijd heeft uit te vechten. Maar met wie of wat? Met zichzelf? En is dat de reden dat hij altijd de eenzaamheid zoekt, en de roep van zijn bloed volgt, maar die nog niet verstaat? Plots ziet hij het beeld van zichzelf als jochie, hij stapte de keuken binnen. 'Kijk 's mam, ik heb rietsigaren voor je geplukt.'

Moeder stond over de wastobbe gebogen, strekte zich, drukte

de hand in haar rug en klaagde: 'Die rug... die rug, ik voel me geradbraakt.'

Hij, bezorgd: 'Heb je pijn, mam?'

Moeder: 'Pijn of geen pijn, de was moet gedaan.' Ze deed de was voor de vrouw van de notaris, en zei: 'Lakens, slopen, servetten, dat soort mensen heeft van elk twaalf stuks in de linnenkast.'

'Wij niet, hè, mam?'

'Nee, wij niet.' Moeder veegde het sop van haar handen. 'Zo, dus jij hebt rietsigaren voor me geplukt?'

'Ja, mam, mooie rietsigaren.'

Moeder pakte ze van hem aan, streek met haar vinger een paar maal over het smalle rietblad, stond even in gedachten verzonken. Toen pakte ze hem bij de schouder en zei: 'Ga 's zitten, Atze.'

Hij ging zitten en keek haar verwonderd aan: 'Is er wat, moe?'

Moeder legde de rietstengels op de tafel, wees op de knik in het smalle rietblad, en zei: 'Duivelsbeet, ken je het verhaal?'

Nee, hoe zou hij? Hij wist niet beter dan dat deze stengels heetten duivelsbeet en hij zei het haar.

Moeders stem zacht en ernstig: 'Luister jongen, het ging om een weddenschap tussen God en Josje Pek. God schiep op het land de goudgele tarwearen. Josje aan de waterkant van sloten en meren de groenbruine rietstengels, en waar de mens de voorkeur aan gaf, dat zou blijven bestaan. Zeven dagen en nachten dachten de mensen erover na, toen maakten ze hun keus en kozen voor de tarwearen, want graankorrels werden vermalen tot meel, van meel bakten ze brood, en brood betekende leven. En kwaad dat Josje was! Kwaad! Hij schuimbekte van woede en beet hard in een rietstengel: de duivelsbeet, en tot op de dag van vandaag zie je nog steeds zijn tandafdruk erin staan.'

Er glijdt een glimlach om zijn mond. Die moeder toch, met een voorbeeld van goed en kwaad naast elkaar: de tarwearen met hun rijke gift van meel op het land, de rietstengels met al hun narigheid en ellende in het water van vaarten en sloten. Als het even tegenzit, verstoppen ze de roosters voor de duikers. Maar een mooi verhaal is en blijft het.

Toch 's met Hoenson over die roosters praten, een steeds terug-kerend gesprek bij het waterschap, menig woord is daar tijdens de vergaderingen aan besteed, de ene helft is voor, de andere tegen, en zo komen de heren elkaar geen stap nader.

Dat gebagger door het water dag in, dag uit, is ook niet alles, en hij zal blij zijn als hij thuis is; lieslaarzen uit, een andere broek aan, en met een glas fris buiten op de bank. Hij wrijft weer 's met de zakdoek over zijn gezicht. Broeiend heet vandaag, in het oosten zit een zware wolkenbank; Keppel krijgt gelijk, dat wordt onweer, al duurt het nog wel even; in het westen is de lucht nog helder.

Nu hij toch op weg is, ook maar even langs Oortjes, de laatste kooi plaatsen, dan is het maar gebeurd. Hé, kijk 's wie daar in de verte op een drafje aan komt hollen? Vanzelf, Oortjes, als-ie het niet dacht, die komt op zijn vingers kijken.

Oortjes heeft een humeur als een zure augurk en het is nooit goed, dan heeft hij nog liever met Keppel te doen. Maar vlug die kooi plaatsen voordat Oortjes zijn gal spuwt.

Maar zo vlug kan hij niet zijn of Oortjes, op zijn kromme benen, is vlugger, zijn krakerige stem echoot in zijn oren: 'Hè, hè, daar is meneer.'

Atze zegt: 'Klachten bij het waterschap, Oortjes.'

'Het waterschap, hoeveel maal heb ik niet gebeld? Het stikt hier van dat tuig.'

'Je bent de enige niet, Oortjes, en waar water is, zijn ratten.'

'Vertel mij wat, en schiet een beetje op dat je die sloot uit komt, die bui trekt an.'

Hij blikt omhoog: de bui trekt op tegen de wind in, en zegt: 'Daar kun je wel 's gelijk in hebben, Oortjes.'

'Ik heb altijd gelijk.' Oortjes, overtuigd van zichzelf: 'Lest nog op de vergadering van het landbouwschap, als je de heren hoort, grootschaligheid is de toekomst, en de kleine boeren gaan naar de verdommenis.'

Oortjes, heftig gesticulerend met beide armen, ratelt aan een stuk door, en Atze denkt: man, man, je kunt praten wat je wilt, maar de vooruitgang houd je niet tegen, maar dat het sommige boeren pijn doet, kan ik begrijpen.

Zo, de kooi staat en als-ie droog over wil komen, dan als de bliksem naar huis. Vlug klautert hij tegen de wal op en Oortjes geeft hem een goede raad: 'Ga over het land van Verbrugge, dan snij je een hoek af en ben je eerder in het dorp. Nou, succes, Bartels.'

Jawel, het is allemaal mooi gezegd, maar met die zware lieslaarzen aan zijn benen… Vooruit dan maar, dwars over het land van de Deo Gloria.

Plots schiet vanuit een hoge loodgrijze wolk een verblindende bliksemflits, gevolgd door een knetterende donderslag. Gelijk barst de bui in volle hevigheid los, in een oogwenk is hij doornat en hij zet koers naar de schuur van Verbrugge. En wie loopt hij daar tegen het lijf: de grote boer zelf.

'Zo, Verbrugge…' Als een natte poedel schudt hij zijn kop, wringt zijn kiel uit en zegt: 'Kreeg ik me daar toch de volle laag. Enfin, we zullen maar denken: alle zegen komt van boven.'

'Wat je een zegen noemt.' Verbrugge, voorovergebogen, tuurt door een stalraampje, en met een blik op het regengordijn: 'Alsof onze lieve Heer een sluis openzet, en dat met vijfentwintig bunder tarwe dat nog vast staat.'

'Nog vijfentwintig bunder? Da's niet zo best man, met zo'n bui lig je er minstens een week uit.'

Ja, dat weet hij zelf ook wel, daar heeft-ie Bartels niet voor nodig. Met beide handen diep in zijn zakken staat Verbrugge voor het raampje de vernieling aan te zien. Dat doet je als boer zeer en je voelt het tot in je botten. Verbrugge zucht en zegt: 'Als er nog wat van die oogst overblijft, hoe krijg ik het van het land?'

'Niet zo doemdenken, Verbrugge. Komt tijd, komt raad.'

Da's Bartels, diens werk ligt op een heel ander terrein, mollen en ratten. Zit-ie niet op het land, dan banjert-ie door sloten en vaarten, en sinds kort loopt hij ook met de mensen mee van de kroosschouw. Die knul maakt naam onder de boeren, die hem graag zien komen.

Hij slaat een blik opzij: groot, stoer, blond, open van karakter, eerlijk en geen prater maar een denker. Een vage onrust is er in hem, een snelle gedachte, voor de zoveelste maal vraagt

Verbrugge zich af: zou dat jong helemaal niks weten of doet hij alsof?

Atze lijkt op zijn moeder. Iet Bartels, in vroeger tijd een warme, levendige vrouw, die hem, Arien Verbrugge, een paar maal argeloos in vertrouwen nam, tot hij eisen ging stellen, en ze hem ongenadig terugwees. Ze kenden beiden toch de waarheid, hij moest zijn verstand gebruiken en zijn handen thuishouden. Hij wist dat ze gelijk had, wilde haar respecteren, maar hoe gaat het, het verstand staat op scherp maar het vlees is zwak. Hij was van haar begeesterd, haar beeld overheerste zijn denken en doen, en op een dag verloor hij zijn zelfcontrole, trok haar tegen zich aan en begon haar met gulzige zoenen te kussen.

Woest stootte ze hem bij haar weg, met een diep verachtelijk: 'Denk aan je vrouw, Verbrugge.'

Hij, vernederd in zijn mannelijke eer, snauwde: 'Die heeft haar eigen zoon.'

Haar stem koud en scherp: 'Dat is het 'm juist, háár zoon.'

Het duizelde hem: Iet Bartels, zo lief en zacht, maar voor hem stond een boze furie, en hij vroeg zich af hoe hij, als vrouwenkenner, zich zo in haar vergist kon hebben. Dat mollige, volslanke lijf behoorde niet aan een heilige, en opnieuw sloeg de begeerte toe. Hij trok haar tegen zich aan, snauwend: 'Jij met je 'dolorosa'-smoel, de één, dan de ander ook,' en hij scheurde in wilde begeerte haar blouse open.

Ze vocht terug als een leeuw, kon tegen zijn kracht niet op, maar net toen hij dacht: nu ga je eronderdoor, trapte ze hem hard in zijn kruis.

Verschrikt liet hij haar los, kromp in elkaar van de pijn en hijgde: 'Jij, loeder, ik krijg je nog wel.'

Dagen daarna voelde hij nog de pijn, maar haar had hij nooit gekregen. Anderen wel, waaronder die rondborstige zeeman. En hij vroeg zich af wat die kerel had wat hij niet had, en nu nog, na al die jaren, is hem dat een doorn in het oog. Maar na ruim een jaar kwam die zeeschuimer ook niet meer boven water. Was Iet Bartels hem zat? Had ze hem het huis uit gebonjourd?

Wonderlijk dat het Verbrugge plots allemaal weer door zijn kop spookt. Komt het door die donderslagen die dreigend over de schuur rollen, door de regen die in de afvoerpijn gorgelt, en die hem doet denken aan schreiende mensen of komt het door die plotselinge weersomslag en Atze die opeens op komt duiken? Weer slaat hij een zijdelingse blik op Atze, en verwijlend in zijn herinneringen vraagt hij: 'Vertel 's, is die zeeman nog bij jullie teruggekomen?'

Aha… Wacht even, Verbrugge kijkt om naar het verleden, nu wordt het oppassen geblazen en Azte antwoordt: 'Verbrugge moet zo denken, een zeeman komt, een zeeman gaat.'

Hij knikt. 'Zeg dat wel, Bartels, zeg dat wel.' Iet Bartels… waartoe had hij zich laten vervoeren, door eigen verliefd gemoed en opgezweepte zinnen? Iet Bartels, in haar dagen het bloeiende leven zelf, alles had ze van hem kunnen krijgen: geld, kleren, sieraden, ze zei het maar. Ze wilde niets, op een paar kleine snuisterijen na, die hij haar gegeven had, hoonde hem bij zich vandaan, trapte hem het huis uit. Een vernedering die door de jaren heen nog steeds aan hem vreet, en nu staat daar naast hem Atze, haar zoon, een aardige, hardwerkende knul met een scherp verstand, die anderen kalm en zelfbewust tegemoet treedt, maar in het begin tegen hem – Verbrugge – onverschillig deed, vijandig bijna. Bartels en die stroeve rust die hij uitstraalt, waarachter Verbrugge de ergernis weet als tussen hen het gesprek op Iet Bartels komt, en plots krijgt hij zin in een wreed plagerijtje en hij zegt: 'Je zou ook kunnen zeggen, in elk stadje een ander schatje.' En vraag zich af: zou die knul hem begrijpen en doorhebben? Wat zegt-ie nou?

'Misschien heb je gelijk, Verbrugge, maar al dat oprakelen, het is zo lang geleden, waar is het goed voor?'

Juist, Bartels heeft gelijk, waarom oude koeien uit de sloot halen, die allang verzopen zijn. Het leidt tot niets. Hij heeft een vrouw die zijn bed warm houdt, en een dochtertje dat 's avonds op zijn schoot klautert en haar mond vol heeft over haar zolder vol zieltjes. Luisterend naar het klaterend stemmetje gaat hij – hoewel hij er geen woord van snapt – in haar praat mee. Maar gister gleed ze plotseling van zijn schoot af, stampte op de grond en snauwde: 'Je bent een grote stommerd en een jokkerd, al wat ik zeg, daar snap je niks van.'

Pats! De hand van Gesien: Josientje kreeg een stevige muilpeer, en driftig viel ze uit: 'Is dat praat tegen je vader? Uitkleden en naar bed!'

Josientje snikkend: 'Maar jullie snappen het niet.'

'Maar wat dan, kind?' vroeg hij. 'Wat snappen we niet?' Josientje, een lief meegaand kind, en het volgende moment volkomen onhandelbaar, smeet de poppen door de kamer, en vernielde alles wat in haar handen kwam. Josientje, een kind met gebruiksaanwijzing en van wie de dominee zei: 'Een moeilijk kind, dat streng met kerk en geloof moet worden grootgebracht.'

Welja, of dat zo makkelijk gaat. Arien op zondagochtend naar de protestantse gemeente, Gesien naar de kerk van het heilig hart, en beiden luisterden op hun manier naar Gods woord. De pastoor in zijn met gouddraad geborduurde soutane toornde in zijn preek tegen geweldenaars en zondig bijgeloof. De dominee predikte vol eerbied over Christus, die duizenden mensen bij het meer van Galilea te eten gaf van een paar broden. En dat zet je als boer toch aan het denken, want die hele hongerige meute te bikken geven van vijf schamele broden, daar zet hij toch vraagtekens bij. Maar ach, er gebeuren zoveel wonderen in de Bijbel. Maar Josientje met haar fantasie over haar zolder vol zieltjes... een idee dat hem boeit en beangstigt tegelijkertijd, en als hij daarover zijn zorg uit tegen Gesien, klinkt het koud en onverschillig: 'Het is jouw kind meer dan het mijne.'

Hij, bezeerd, stuift op, want altijd weer die steek onder water: 'Het is ook jouw kind.'

Kalm kijkt ze naar hem op. 'Een opgedrongen kind, dat wel.'

Altijd weer dat verwijt dat hem breekt, goed, hij geeft toe, hij had zich tegenover haar moeten intomen, maar juist haar koele en stoïcijnse houding tegenover hem maakte hem dol en als een wild dier had hij haar vol agressie genomen, en toen ze zei dat ze zwanger van hem was, voelde hij het als een zoete wraak, maar altijd blijven haar woorden hem bij: 'Man, waar zit je fatsoen, wij, mensen van middelbare leeftijd.'

Na een zware, moeilijke bevalling werd Josientje geboren. Een dochtertje, en hij is gek met het kind, niks was hem te veel als het om haar ging. Maar de laatste tijd beangstigde ze hem, dacht hij wel eens: twee geloven op een kussen, zit daar... Josientje tussen?

Wat kletst Bartels nou? Combine, wat combine? En hij vraagt: 'Wat bedoel je, Bartels?'

'Of je van plan was een pad in de tarwe te rijden voor de combine?'

Hij knikt. 'Dat raad je goed.' En, met een knik naar het schuurraampje waar de regen in stralen langs gutst: 'Nou ligt de tarwe te verzuipen.'

'Je bent ook laat met maaien, Verbrugge, er staan plekken in die overrijp zijn.'

Vanzelf, Bartels legt meteen de vinger op de zere plek en Verbrugge gromt: 'Jij hebt makkelijk praten, maar met maaien is het zo: wie het eerst komt, wie het eerst maait, en de coöperatie heeft één combine.'

'En wat dan nog? Je hebt een zelfbinder in de schuur staan.'

'De zelfbinder, ach man, dat schiet niet op.'

'Al is het maar een paar stroken rondom, Verbrugge, wat klaar is, is klaar. Trouwens, waarom koop je zelf geen combine, dan ben je van al dat gehannes af.'

Stroef zegt hij: 'Welja, alsof het geen geld kost.' En hij slaat een blik op Atze Bartels, een gezonde kerel, gespierd en gebruind, de zware blonde lokken achterovergekamd, en één met de natuur. Het ontroert hem. Een zoon... het woord blijft haken, een beeld doorkruist zijn denken.

Gesien, met diep gebogen hoofd zat ze op haar oude plaatsje bij de haard, ze keek niet op toen hij binnenkwam, haar beeld vertederde hem. Hij legde zijn hand op haar schouder en vroeg: 'Ben je nog kwaad op me, Gesien?'

Moedeloos haalde ze de schouders op: 'Ach... kwaad...'

'Niet dus, kijk me 's an, weer mot met Josientje?'

Dieper boog ze zich voorover, een traan gleed langs haar wang. Hij drong aan: 'Nou?'

'Dat weet je wel, om alles hier en niet alleen daarom.'

Haar verwijt klonk zo moe en triest, dat hij iets in zijn keel voelde en een paar maal moest slikken voordat hij iets kon zeggen. O, hij weet het wel, hij heeft ook schuld aan al die misère hier in huis, het verleden vervloeide in het heden, waar beiden onder gebukt gingen, al was het eenieder op zijn eigen manier. Tussen hen hing een stille gedwongenheid, hij schoof een stoel bij de haard, ging tegenover haar zitten. Gesien, indien ze wilde, was ze hartelijk en aardig voor hem, maar meestal was het een koud en onpersoonlijk woord of een koel zwijgen, dat hem de deur uit joeg.

'Is er koffie?'

Ze ging op zijn vraag niet in, kwam uit de stoel overeind en zei: 'Ik ben moe, ik ga naar bed, Arien, welterusten.'

Driftig fronste hij zijn wenkbrauwen, wilde vragen: 'Moet dat nu zo?' maar hield zich in, en vroeg op een gemoedelijk toontje: 'Wij samen nog een bakkie?'

'Samen?' Strak rechtop stond ze voor hem, trok even minachtend haar lip op en zei: 'Wat is bij jou samen?' Een korte, holle zenuwkuch: 'Als je koffie wilt, in de keuken. Welterusten.'

Of er met een moker op zijn kop werd geslagen. Die nacht ging hij niet naar bed, gevoelens van woede, verachting, maar bovenal van teleurstelling streden in hem om de voorrang. O, hij wist het bliksems goed, hij ging alleen naar de stad voor af en toe een slippertje, maar net wanneer hij zich in vuur en vlam waande, zakte de begeerte in hem weg en voelde hij zich lam geslagen, wist na die teleurstelling met Iet Bartels, dat er voor hem maar een vrouw was... Gesien. Hij behandelde haar zoals zijn luim hem ingaf, en haar koele charme boeide en imponeerde hem telkens weer. Gesien, de moeder van zijn kind, maar het is zoals zij het zegt, meer zijn kind dan het hare. Vrouw en dochter, water en vuur, en hij zat daar beroerd tussen, en dan was er nog iets, dat beroerde verre verleden waar beiden niet van loskwamen.

En Bartels' mond staat niet stil over die combine, en helemaal ongelijk heeft die knaap niet, ieder jaar weer dat gedonder met de coöperatie, wat kletst-ie nou?

'Jij, meneer Verbrugge, de onderkoning hier in de polder, die geen combine kan betalen, dan ga je toch naar de bank; met de

Deo Gloria heb je overwaarde genoeg.'

Hij voelt het als een aanslag op zijn beleid en norst: 'Goed praten, maar als de Deo Gloria in vlammen opgaat, dan is het gebeurd.'

'Jij met tachtig bunder eigen land, ik zou haast medelijden met je krijgen.'

Een nijdig gebrom: 'Jouw medelijden heb ik niet nodig, trouwens, voor een combine heb ik geen volk, en het volk dat ik heb, heeft zijn handen vol aan het melkvee.'

Juist stalbokken, en niet geschikt voor het zwaardere landwerk, al rijden ze wel in het najaar de mest over het land.

Voor Atze het beseft, valt het uit zijn mond: 'Dan help ik je toch?'

'Jij wil mij…?' In stomme verbazing kijkt Verbrugge naar de man die dat zegt en hij valt kribbig uit: 'Wa's dat voor rare inval?'

'Da's geen inval, en als jij omhoog zit met volk, waarom zou ik je dan geen handje helpen?'

Wrevelig zegt hij: 'Ach, man, je kletst. Jij moet achter mollen en ratten aan, en als Hoeson of Cronjee erachter komt, hoe denk je dat ze zullen reageren?'

'Hoenson en Cronjee, lig jij daar maar niet wakker van, ik werk op een voorlopig contract en kan mijn tijd indelen zoals ik zelf wil.'

'Dus jij wilt zeggen…' piekert Verbrugge hardop. Kijk hem daar staan, die Bartels, dat komt er zomaar even uit, of hij alle dagen met die twee heren een sigaartje rookt. Twee bazen en niemands knecht, je moet het geluk toch maar mee hebben.

Heeft Bartels het geluk mee? Als Verbrugge achterom kijkt en vooruit naar het verleden en heden van Atze Bartels… Maar wat men ook van die knul zegt, dat jong blijft zichzelf trouw. Of begint er voor Atze Bartels nog eens een nieuw tijdperk en verglijdt al het oude een keer in de nevelen van de tijd? Wie zal het zeggen?

Hij strijkt 's door zijn grijze kuif, een keer, twee keer, alsof hij iets weg wil strijken dat knaagt in zijn kop. Hij zucht en een blauwe ader spant in zijn voorhoofd, elk jaar dat gedonder met die coöperatie, die hem doodgemoedereerd laat wachten, en waar hij als boer van de Deo Gloria met al zijn aanzien geen invloed op kan uitoefenen. Hij bijt een paar maal op zijn onderlip en zegt dan: 'Ik zal nog 's over je woorden nadenken. Misschien heb je gelijk, is een eigen combine beter.'

'Nadenken? Doen!' antwoordt Atze en, glurend door het ruitje waar een schraal zonnetje wat licht doorheen werpt: 'De bui is over, ik ga op huis aan.'

Maar vlak bij de dorsdeur komt Verbrugge op hem af: 'Zo in die natte plunje? Je zou een pessie op je hals halen. Eerst mee naar huis voor een warm bakkie, en mijn vrouw heeft nog wel een droge kiel voor je.'

Grimmig rechtop staat hij voor Atze, en die, onder de indruk van Verbrugges onverwachte optreden, denkt: toch wel een goede kerel, al loop ik niet hoog met hem, en koffiedrinken op de Deo Gloria, daar zal Atze niet slechter van worden, en hij ziet ook Maries mooie blauwe ogen weer.

HOOFDSTUK 5

Schafttijd, Atze zit aan de tafel in de betegelde keuken van de Deo Gloria en kijkt niet in de mooie blauwe ogen van Marie, maar in de blauwe kijkers van Josientje. Ze hangt vertrouwelijk tegen hem aan, babbelt honderduit, en hij verwondert zich erover hoe alles zo vlug in zijn werk is gegaan. Als werker in het veld heeft hij zijn werk zo ingedeeld dat hij de laatste dagen als losse kracht bij Verbrugge op de combine staat. De combine waar Josientje haar mond vol van heeft, meer dan van haar boterham met hagelslag, die vergeten op de tafel ligt.

De combine, een groot rood monster dat met zijn brede ijzeren bek in een hap een hele strook tarwe inslikt, net als de wolf met Roodkapje. En dat monster heeft haar vader zelf betaald, omdat hij niet van nachtvreters houdt. Een moment stilte als Josientje daarover nadenkt, dan klatert het heldere stemmetje weer op: 'Wat zijn dat, nachtvreters, Atze? Zijn dat de ratten die jij vangt?'

Atze, de meesten noemen hem Bartels, maar zij... En hoe vertrouwd klinkt het hem in zijn oren, juist omdat zij het zegt, en een vreemde vertedering beroert hem als hij vraagt: 'Hoe kom je daarbij?'

'Dat heb ik gehoord, dat ratten de mensen 's nachts in hun slaap in hun tenen bijten, dan word je ziek en ga je dood.'

'Wie zegt dat?'

Josientje fronst de smalle wenkbrauwen, ze schijnt na te denken, haalt de schouders op en zegt: 'Ik weet het niet meer.'

Hij, enigszins onthutst door alles wat ze daar zegt, polst: 'Komt dat van Marie af?'

Een heftig schudden van blonde krullen. 'Welnee, Marie zegt: als je dood bent is je kop stijf en je kont koud.'

'Josientje.' De koele gebiedende stem van Gesien, de praat van het kind irriteert haar. Dood... ratten... met wat voor gedachten houdt het kind zich bezig? En, wijzend op een stoel: 'Ga zitten en eet je brood op, wat moet meneer Bartels niet van je denken?'

Ja, waaraan denkt meneer Bartels? Niet aan Marie, die haar vrije dag heeft, ook niet aan Josientje, die schommelend met haar benen naast hem zit, tevreden kauwend op haar brood, en ook niet aan die onverwachte toestand waar hij plotseling in terechtgekomen is, buiten zijn werk om als losse hulp op de combine bij Verbrugge. Verbrugge, die na een heftige woordenwisseling met de directeur van de coöperatie – en het lange wachten meer dan beu – zijn brede rug toedraaide en zelf een combine kocht, en wat voor een: een Masey-Ferguson, sterk als een locomotief met een breed vlegelstel, die een breedte van vier meter tegelijk meenam.

Toen de aarde na al die regen weer warm en geurend lag te stoven onder een stralende zon, de leeuwerik luid tierelierend naar de strakblauwe hemel klom, maaiden ze de tarwe. Verbrugge als chauffeur op de combine, Atze staand bij de zakken die volstroomden met goudgele graankorrels. De warmte voelde Atze strelen tot in zijn bloed, het licht aan de strakblauwe hemel vulde zijn hart. Opgewekt floot hij een liedje, en Verbrugge floot met hem mee. Meer was er niet tussen hen, maar dat simpele fluitende liedje was genoeg.

Toen de oogst in de grove gonjetarwezakken in de schuur lag, kwamen de omliggende boeren praten, en vragen. Verbrugges tarwe was van het land, de hunne stond nog vast, en bij de coöperatie waren ze nog niet aan de beurt… Als Verbrugge nu eens met zijn spiksplinternieuwe combine bij hen… Vanzelfsprekend zouden ze hem betalen, dezelfde prijs als aan de coöperatie.

Verbrugge, door zijn naaste buren overvallen, ging op hun vraag niet direct in, hij twijfelde.

Toen stapte Ger Bakker naar voren en opperde het plan: 'Laten we het voortaan samen doen, gaan we samen op, zijn we niet meer zo afhankelijk van de coöperatie, en zit je omhoog met volk, springen we elkander bij.'

Verbrugge zwichtte, zei tot zijn eigen verwondering ja, klauterde weer op de combine, en verbaasd over zichzelf zei hij tegen Atze: 'Moet je nog peulen? Van boer tot loonmaaier, nou vraag ik je.'

Hij, gierend van de lach om de plots ontstane situatie, zei: 'Net als toen met die combine, Verbrugge: niet denken, doen!'

Verbrugge trok zijn eeuwig afzakkende broek wat hoger op over zijn zware buik en foeterde: 'Gek ben ik, stapelgek, dat ik me voor hun karretje laat spannen.'

En Atze, denkend aan Ger Bakker, dat tanige, hardwerkende boertje dat de hele ontstane situatie met een slimmigheidje had aangepakt, zei: 'Verbrugge moet maar zo denken: een goeie buur is beter dan een verre vriend.'

'Ja, ja,' gromde Verbrugge. 'Nou hoor ik je, maar ik zit er mooi aan vast.'

En Verbrugge kreeg gelijk, al veertien dagen reden ze met de combine door het wijde polderlandschap, van de ene naar de andere tarweakker. En passeerden ze op de weg de combine van de coöperatie, dan stopten ze en riep Paardenkoper, de chauffeur in vaste dienst van de coöperatie: 'Hoe ver zit je d'r in, Verbrugge?'

Verbrugge verrolde zijn sigaar van zijn linker- naar zijn rechter-mondhoek en riep: 'Nog twintig bunder bij Jan Wit.'

Paardenkoper, de man met ervaring, gaf gratis advies. 'Zware tarwe, zet het vlegelstel maar op tien.'

Verbrugge, enigszins in zijn eer aangetast: 'Je moet me vertellen wat ik niet weet. Mot je een sigaar?'

'Sigaar?' klonk het spijtig. 'Jij werkt voor je eigen, maar da's voor ons verboden. Saluut, Verbrugge, en dat we het nog maar een tijdje droog houden.'

'Zeg dat wel, man, zeg dat wel.'

De motoren werden weer aangeslagen en de combines reden als grommende monsters over de weg, en Atze dacht: niks geen vijandschap en onderlinge broodnijd, zowel Verbrugge als de coöperatie hadden maar een doel voor ogen: de oogst van het land. En Verbrugge als chauffeur op zijn eigen combine, dat had hij ook niet gedacht, toen hij dat ding kocht, een monster van een machine, gemaakt uit staalplaat, dat zal een lieve duit hebben gekost, daar moet hij – Atze – minstens twintig jaar voor werken, en zo zie je maar: heb je geld, doe je wonderen, heb je het niet, is het donderen. Maar waar Atze zich het meest over verwonderde, was dat tussen hem en Verbrugge meer en meer het standsverschil wegviel. Verbrugge, die hij niet langer zag als dat stuk schorem dat een smet op zijn moeder wierp. Naarmate hij Verbrugge beter leerde kennen, stond voor hem vast: 'Oordeel niet, er zal geoordeeld worden.'

En Verbrugge stak hem de hand toe en zei: 'Geef me de vijf, Bartels, en dat we goede vrienden mogen worden, dan komt de rest vanzelf wel.'

Hij schudde Verbrugges uitgestoken hand, en diens woorden 'goede vrienden' troffen hem wonderlijk diep. En iets in hem zei dat dit tussen hen een begin was. Ja, van wat? Dagenlang had hij daarover lopen piekeren, maar het bleef bij dat ene beeld uit zijn jeugd: wijlen zijn moeder, die letterlijk Verbrugge het huis uit schopte, en Verbrugge, die dreigde dat hij dat van haar niet pikte. Was het dat? Stond dat in verband met het verleden, of was het van voor Atzes tijd? Hoe hij ook prakkiseerde, hij vond er geen verklaring voor, liet het los, dacht er niet langer over na. Maar sinds die handdruk noemden ze elkaar bij de naam, is het Arien en Atze. En nu met het loonmaaien vertoefde hij meer op de Deo Gloria dan in zijn eigen huis. Het moest zeker zo zijn dat hij zijn geit aan Piet Scheer had verkocht. Piet, die met een grimas en een kwinkslag Verbrugge voor zich heeft weten te winnen, en sindsdien koopt hij zijn hooi en stro voor de marktprijs bij de boer van de Deo Gloria, en als tegenprestatie verkoopt Verbrugge de geschoren schapenvachten voor een redelijke prijs aan Piet Scheer, zo houdt het een het ander in evenwicht.

Maar nog altijd heeft Martha geen goed woord over voor Josientje, ze is het nog niet vergeten wat dat loeder Marietje Dekker aandeed. Verhip, nu hij daaraan denkt, zou Marietjes vader...? Hij heeft Verbrugge er niet over gehoord.

'Wilt u nog koffie, meneer Bartels?'

Gesien staat naast hem, en Verbrugge bast: 'Jij met je meneer, zeg toch Atze.'

Een licht fronsen van de wenkbrauwen. 'Als meneer Bartels daar geen bezwaar tegen heeft?'

Nee, 'meneer' vindt het geen bezwaar, en zegt: 'Meneren wonen in de stad en mannen op het platteland.' En hij houdt zijn kopje bij.

Haar blik glijdt in een vreemd aandoende bewondering over hem heen en ze zegt: 'Ik zal proberen het te onthouden.'

Hij: 'Zo moeilijk is dat toch niet?'

'Voor de een niet, voor de ander wel, wilt u suiker?'

'Mens, laat 'm het toch zelf doen,' valt Verbrugge geërgerd uit. 'Hij is geen kind meer.'

Pats, de koffiepot staat weer op het treefje, ze gaat zitten en met een vernietigende blik richting Verbrugge zegt ze koeltjes: 'U hoort wat mijn man zegt, gaat u daarin mee?'

Hij voelt haar stemming aan. Kiest hij Verbrugges kant? Nee, nee, duizendmaal nee, woede en verachting stijgen stikkend naar zijn keel, waarom praat Verbrugge zo tegen zijn vrouw waar hij bij zit, maar dat het tussen die twee niet goed zit, had-ie vanaf het begin al door.

Stilte tussen hen, Gesien Verbrugge zit kaarsrecht, een onverschillige trek ligt op haar gezicht alsof niets haar interesseert, maar geen blik of toon van Verbrugge, die opgewekt met Josientje babbelt, ontgaat haar en ze zegt: 'Laat haar eerst d'r brood opeten, Arien.'

'Ach mens, die ene boterham.'

Josientje voelt steun, glijdt van de stoel af, drukt haar neus tegen het raam en, wijzend op een koppeltje heen en weer hippende vogeltjes in de tuin: 'Kijk, papa, mussen.'

Verbrugge richt zijn blik op de tuin, waar mussen tsjilpend tussen de bloeiende planten heen en weer scharrelen en zegt: 'Ze zijn op zoek naar wormen.'

Ze keert zich naar hem toe en zegt met een flauw lachje: 'Da's nietes.'

'O, nee? Heb jij dan broodkruimeltjes gestrooid?'

Een heftig nee schudden: 'Welnee, ze zoeken naar kinderzieltjes.'

Verbrugge voelt zich onbehaaglijk, gaat ze weer op die toer? Een zolder vol zieltjes; op wat voor manier ook, Josientje komt er altijd op terug, praat die hij niet kan volgen, en die hem tegelijk nieuwsgierig maakt, en met een poging tot lollig-zijn zegt hij: 'Maak dat de kat wijs…'

De kat, die Josientje in een ballorige bui zo hard aan zijn staart trekt dat het dier luid blazend van schrik onder de canapé vlucht en de hele verdere dag daar blijft zitten.

Josientje kijkt met boze ogen naar haar vader, steekt haar onderlip vooruit en zegt stug: 'Een kat vreet kinderzieltjes.'

Verbrugge kijkt zijn dochter aan met een ongeruste blik. Het zit hem niet lekker hoe Josientje praat. Hij snapt het niet, en daarin is hij niet de enige. Sommigen denken dat er bij Josientje een steekje loszit. Hij weet wel zeker dat het daaraan niet ligt. Ze is gewoon anders, ze leeft in haar eigen wereldje. Verzamelt in haar hoofd van alles bij elkaar en maakt er haar eigen verhaal van. Wat er precies in haar omgaat, hij weet het niet. Zo vaak heeft hij haar geprobeerd te vertellen dat haar ideeën geen steek houden. Het wil er bij het meisje niet in. Het doet hem pijn dat toe te geven, maar Josientje is anders dan andere kinderen.

Gesien strijkt in een vermoeid gebaar langs haar voorhoofd, de laatste tijd worstelt ze met de vraag of Josientje in haar ziekelijke fantasie zo ver zal gaan dat het grenst aan het abnormale. Ze buigt zich naar het kind toe en zegt: 'Josientje, kom 's bij mama.'

Aarzelend gehoorzaamt het kind, ze legt haar hand op de smalle kinderschouders, voelt hoe de spieren zich verstrakken, o ze weet het wel: Josientje ziet haar niet als moeder, ze duldt haar slechts. En zij duldt Josientje als een opgedrongen kind, met iets hatelijks in haar gedrag dat ze dagelijks in Josientjes doen en laten terugziet.

'Josientje, luister, een poes eet geen kinderzieltjes. Een poes eet muizen.'

Stilte. Josientje kijkt haar ongelovig aan, een aarzelend lachje draalt om haar mond alsof ze het een tegenover het ander afweegt en ze zegt: 'Nietes.'

'Jawel, kind.'

'Nietes.' Josientje rukt zich los en ze geeft Gesien een harde schop. 'Dat lieg je.'

'Au!' Gesien wrijft met een pijnlijk gezicht over haar been.

Hevig verontwaardigd springt Verbrugge op, grijpt Josientje bij de arm, rammelt haar door elkaar. 'Ben je bedonderd? Wat zijn dat voor kunsten? Je moeder schoppen?' Hij zet haar hardhandig op een stoel en beveelt: 'Zitten blijven.'

Maar dat is er niet bij. Josientje, die met heel haar hart aan haar vader hangt, in hem haar voorbeeld ziet, glijdt van de stoel, stuift op Atze toe, kijkt radeloos naar hem op en zegt: 'Jij weet het wel dat ik niet jok. Kraaien eten lijkenvlees en mussen brengen kinderzieltjes naar de hemel.'

Lijkenvreters, kinderzieltjes, het duizelt hem, zo heeft hij een kind nog nooit horen praten. Moet hij nu op haar praat ingaan, zeggen dat hij als haar vader en moeder er net zo min iets van snapt? Maar als hij haar gezichtje ziet, dat zo smartelijk en gespannen naar hem is opgeheven, kan hij het niet, iets zegt hem dat hij beter in haar kinderfantasie mee kan gaan. Hij streelt de goudblonde krullen, en heel voorzichtig polst hij: 'Vertel 's, Josientje, wie vertelt jou dat allemaal?'

'Niemand, ik weet het gewoon.'

'Knap, hoor, Josientje. Wij weten niks.'

Dat komt aan, verwonderd kijkt ze hem aan. 'Echt niet? En de dominee zegt: 'Zie de vogels op het veld.' En als je dood bent, stoppen ze je in een kist, en als je lief bent, ga je naar de hemel.'

'Zo, Josientje…' Nu gaat hem een licht op. Vogels, dood, de ziel. Vandaar die fantasie over die mussen.

En hangend over zijn knie ratelt het stemmetje: 'En de pastoor zegt, dat als je een liegenbel bent geweest, ze je ziel in een oven stoppen, dan word je gebraden, zo heet dat, er korstjes aan je komen.'

'Zo, Josientje, hebben ze dat allemaal aan je verteld?'

Dat komt er nu van. Verbrugge protestant en zijn vrouw katholiek. Dominee en de pastoor, de staf en het kruisje, en Josientje met d'r gevoelige kinderzieltje zit daartussen.

Josientje gaat op zijn vraag niet in, draait weer 's op een been in het rond, trekt haar afzakkende kous op, kijkt van Verbrugge naar Gesien, van Gesien naar hem en zegt met een teer stemmetje dat ieder verrast: 'Ik zou best een broertje of zusje willen.'

Verbrugge reageert of hij zich aangevallen voelt en gromt: 'Da's potdomme ook wat!'
En Gesien, plots in grote verlegenheid tegenover haar man maar meer nog tegenover Atze Bartels, voelt dat ze bloost tot onder haar haarwortels en zwijgt.

Zondagochtend, de oude kasklok op de schoorsteenmantel slaat acht heldere slagen, ping... ping... ping... De heldere belslag weerkaatst in de betegelde keuken, waar de familie Verbrugge het ontbijt verorbert, op Josientje na, die kauwt met een vies gezicht op een korstje bruinbrood dat ze niet lust, maar van mama moet opeten, omdat bruinbrood gezond is. Papa zegt: 'Je krijgt er sterke tanden van.' Nou, die heeft ze al, met een knauw bijt ze een peerdrups doormidden, en Willem, de stalbok, zei vol bewondering: 'Ik doe het je niet na, meid. Het zou me m'n kiezen kosten.' Hij klapperde voor de lol met zijn kunstgebit alsof er een ooievaar stond te klepperen.
'Josientje, opschieten, en zit niet zo te teuten.' Dat is mama. Maar gemeen hoor, om dat te zeggen. Ze teut helemaal niet, maar ze lust geen bruinbrood. Ze heeft liever een sneetje wit met honing. Pss, pss, pss, zachtjes probeert ze onder de tafel de kat te lokken, maar die vlieger gaat niet op, hij ligt onder het fornuis in zijn mandje te pitten en is te lui om een oog open te doen.
'Josientje, zit niet te kieskauwen, slik door.' Mama weer.
'Ik lust geen korstjes bruinbrood, dat weet u best,' klinkt het kattig.
Gesien kent geen genade, doet een greep naar een beker melk.
'Hier, neem een slok melk.'
'Bah, melk lust ik niet, melk stinkt naar koeien.'
'Kind...' Gesiens vingers tintelen, het is weer het oude liedje: zaniken en treiteren, je zou d'r... Ze gooit het over een andere boeg: 'Laat die melk maar staan en neem een slokje thee.'
Josientje geeft zich gewonnen, en Gesien ruimt vlug de tafel af, zet de vuile ontbijtboel op het aanrecht. Straks – na kerktijd – zal ze wel afwassen. Lastig hoor, Marie op zondag vrij. Vorige week had ze er met Arien nog woorden over. Haar mening: geef

haar een extra vrije dag in de week, op zondag.

Arien zei nors: 'Ze heeft recht op een vrije zondag in de maand, daar houd ik me aan.'

Zij sputterde tegen: 'Recht, recht, het enige recht van de vrouw is het aanrecht, zoals jij altijd zegt.'

Arien: 'Dat is niet waar, dat weet je.'

Zij, in haar wiek geschoten, viel hem in de rede: 'Ja, ja, nu weet ik het wel. Marie dit, Marie dat. En jouw principes tegenover die van mij.'

Arien stoof op. 'Wat ik ook doe, in jouw ogen is het nooit goed. Ik ga naar de stal, er staat een koe op kalven.'

'Willem is er toch?'

'Mens, je snapt er geen barst van.' Klap, deur dicht, met zo'n smak dat het haar een hartklopping bezorgde. Tranen sprongen in haar ogen, was het werkelijk zoals Arien beweerde?

Had ze alles verkeerd ingeschat? Haar tweede huwelijk met een goed gefortuneerde boer. Zij, in hart en nieren een stadsmens, wonend in een oud grachtenpand, waar haar eerste man, van beroep bankier, op de begane grond zijn kantoor hield, en Arien Verbrugges kapitaal en aandelen behartigde. Arnout Avenzaethe-Seller liep hoog met zijn rijke cliënt en zo had zij Arien leren kennen. Arien Verbrugge, met wie ze twee jaar na Arnouts plotseling overlijden was gehuwd, en ze had Arien op de valreep van haar vruchtbaarheid nog een kind geschonken, een opgedrongen kind, dat wel.

'Mam, waar is Marie?' Josientjes helle stemmetje.

'Thuis, Josientje, ze heeft haar vrije dag.'

'Gaat ze ook naar de kerk, net als wij?'

'Nee, Josientje.'

'Waarom niet?'

'Marie is niet kerks.'

'Wij wel, hè, mam? We zijn katholiek en protestant.'

'Papa is protestant.'

'En jij, mam?'

'Katholiek.' Ze wrijft met de hand langs haar voorhoofd, waarom dringt Josientje zo aan?

'En ik, mam?'

Ja, wat is Josientje? Plots is het benauwd in en om haar. Josientje, die in de wieg ligt en over wie Arien zegt: 'Dopen? Ik dacht het niet, ik van de ene, jij van een andere kerk, ze moet later zelf maar uitzoeken welk geloof ze aanhangt.' Josientje, de ene week gaat ze mee naar het 'kruisje', vindt dat wierook stinkt en een ouweltje naar een korstje bruinbrood smaakt. En dat de dominee van de protestantse gemeente het randje haar rond zijn kale knikker met zoveel brillantine insmeert, dat zijn kop op een bleke pannenkoek in gesmolten boter lijkt. Je vraag je af: waar haalt ze die praat vandaan? Opnieuw dringt ze aan: 'Eet je brood op.'

'Ik eet toch?' Josientje maakt heftige kauwbewegingen, zegt dan: 'U weet ook niks.' En met een lange uithaal: 'Willem weet alles.'

Juist, Willem, de boerenknecht, hij weet alles, en zij, de boerin van de Deo Gloria, weet niets, alleen wel dat Marie niet kerks is, maar wel bidt: 'Geef ons heden ons dagelijks brood, en 's zondags een beschuitje.'

'Klaar, Josientje?'

'Ja, mam.' Ze reikt haar lege bordje aan. 'Zo goed?'

Even raakt ze de blonde krullen aan. 'Je bent mama's grote meid.' Ze zet het bordje op het aanrecht en drijft Josientje voor zich uit de trap op naar de slaapkamer.

'Vlug, Josientje, we moeten ons nog omkleden.' Haastig glijdt haar hand langs de vele kinderjurken in de garderobekast. 'Welke jurk wil je aan, Josientje? Vlug, kind, een beetje opschieten.'

Josientje heeft geen haast, drukt haar neus plat tegen het raam, kijkt naar de paars bloeiende seringenboom, in welks wijd uitgespreide takken een zwerm mussen neerstrijkt, aan een stuk door luid kwetterend.

Op slag is ze weer in de wereld van haar fantasie, ze wijst op de mussen en zegt: 'Kijk, mama, ze komen kinderzieltjes halen.'

'Kinder… wat? Begin je weer met die onzin?'

'Het is geen onzin.' Ze steekt haar wijsvinger op. 'Hoor, mama, ze zeggen: dag, Josientje.'

Geïrriteerd valt Gesien uit: 'Kind, houd toch 's op met die non-sens.' Als Josientje zo praat, voelt ze zich moedeloos tot schrei-ens toe, maar ook heeft ze het gevoel dat de strijd tussen haar en het kind haar boven haar macht gaat, en dat ze verstrikt zit in een verwarde kluwen, die ze niet kan ontwarren. Josientje, meer Ariens kind dan het hare. Kortaf gebiedt ze: 'Kom onmid-dellijk hier, en welke jurk wil je aan, die blauwe?'
'Jakkes, die lange lijzenjurk, nee hoor, dat doe ik niet. Ik wil die rooie met dat koordje.'
'Die jurk op zondag, geen sprake van, wat moeten de mensen niet denken?'
Mensen? Eerlijk verbaasd kijkt Josientje haar aan. Wat kunnen haar de mensen schelen, en Marie zei ook: 'Laat ze maar in hun eigen sop gaarkoken, je krijgt meer liefde van een dier dan van een mens'. Marie schudde ook elke ochtend het tafelkleed uit en zei: 'Zo komen de vogeltjes aan d'r lui trekken.'
En Josientje zei dan: 'Mussen zijn kinderzieltjes.'
Marie kneep haar lachend in d'r neus en ze zei: 'En in sommige mensen schuilt een haaienziel.'
Marie, met haar rare praat, ze snapt er niets van en zei: 'Ik lust geen vis,' en Willem zegt: 'Palingen zijn lijkenvreters.'
'Josientje!' Een ruk aan haar arm. 'Schiet 's op, dan maar die groene jurk.'
Ze protesteert: 'Nee, hoor, dat doe ik niet, ik wil die rooie, en wat de mensen zeggen, kan me lekker niks schelen.'
'Mij wel, en trek onmiddellijk die jurk aan, verstaan?'
Ze kat: 'Ik ben niet doof, dooien zijn doof, die liggen met een zootje zand op hun kop.'
'Kind toch.' Moedeloos schudt ze haar hoofd. 'Jij met je lugu-bere fantasie.' Ze strijkt met haar hand langs haar voorhoofd. Nu moet zij naar de kerk met een barstende hoofdpijn, liever gaat ze een uurtje op de canapé liggen. Doodmoe voelt ze zich. Verbrugge eiste vannacht als haar man zijn rechten op. Ze weerde hem af: 'Ik ben er niet voor in de stemming.'
Hij drong gaan: 'Wanneer wel?'
Ze las de begeerte in zijn ogen, huiverde en zei: 'Maar, man, dat kun je toch niet dwingen?'

'Dwingen?' Opperste verbazing. 'Hoelang is het tussen ons geleden? Zes, zeven maanden.'

'Toe, toe, je doet alsof het ik-weet-niet-wat is.' Ze schoof een stukje bij hem vandaan, voelde minachting voor de man die soms voor een paar dagen naar de Korenbeurs gaat en haar adviseert dat ze beter thuis kan blijven, want handelszaken zijn voor een vrouw maar niks.

Twijfel nam bezit van haar, zoveel zakenreizen in zo'n korte tijd. Op haar netvlies zijn forse gestalte, zijn karakteristieke kop, zijn brede handen, die haar schouders zo teder hadden gestreeld toen ze onverwachts weduwe was geworden. Voorkomend en liefdevol was hij toen voor haar geweest, stond haar in alles terzijde, en toen hij na twee jaar een huwelijksaanzoek deed, aarzelde ze geen moment. Toen kwam de grote verandering van de stad naar het platteland, en de teleurstelling dat zij – hoe ze haar best ook deed – nooit aan het boerenleven zou wennen. Ze zei het Arien, die lachte al die bezwaren weg. Het zou wil wennen, het moest zijn tijd hebben, als er eerst maar een kind was.

Een kind, alsof ze het in Keulen hoorde donderen, zij, beiden mensen van middelbare leeftijd, wat haalde hij in zijn hoofd? En ze zei het hem, trouwens, ze had al een kind, een zoon van zevenentwintig.

Een zoon; een besef dat als een donkere schaduw tussen hen in gleed. En Rogier, haar zoon, die Arien zag als een parvenuachtige boer, grootgebracht tussen klei en mest, en die gerespecteerd en benijd werd om zijn rijkdom. Arien, die nors tegen haar zei: 'Rogier is een kind van je eerste man. Ik wil een kind van ons samen.'

Koel keerde ze zich van hem af en dacht: waanzin, om op je vijftigste nog aan het wiegentouw te willen trekken. Doch, Arien had een sterke behoefte, binnen het jaar was ze zwanger, een zwangerschap die haar een beklemmend gevoel gaf van vrees. Het gevoel kwam uit: toen Josientje was geboren, kwam tussen Gesien en Arien de grote verwijdering, en de vele avontuurtjes die hij berouwvol – geknield voor haar stoel – eerlijk aan haar opbiechtte.

Ze aanvaardde het verhaal, voelde zich triest, werd er niet kwaad om, wat kwam het erop aan waar hij was geweest. Wist, in dít drama was zij de hoofdschuldige niet. Hij, door haar koele cynisme, dwaalde weer af, zocht zijn troost bij anderen, maar gelukkig maakte het hem niet... De volgende dag ging alles weer zijn gewone gangetje, zij met haar huiselijke besognes, Verbrugge in de stallen en op het land. Maar één ding bleef: zij, gebonden aan een man, die zozeer haar mindere was in beschaving en ontwikkeling. En het bittere weten dat de verstikkende eenzaamheid, na het overlijden van haar eerste man, haar hiertoe gedreven had.

En Rogier, haar zoon, had haar meerdere malen voor dit tweede huwelijk gewaarschuwd: 'Ik begrijp het wel, u bent het alleen zijn zat, en daarom gaat u het huwelijk met Verbrugge aan, een man zo geheel anders dan vader, en degene die in de toekomst daar het meest onder zal lijden, bent u.'

Ze zweeg een ogenblik onthutst. Dat Rogier zo op haar voorgenomen huwelijk reageerde, had ze absoluut niet verwacht, en ze zei: 'Twee mensen van middelbare leeftijd, ik maak me er ook geen enkele illusie over. Gewoon, ik wil wat gezelligheid, wat aanspraak en een beetje houvast, jij zit voor je werk veel in het buitenland, en ik word elke dag een streepje ouder.'

Rogier ging er niet op in en vroeg: 'Wanneer denken jullie te trouwen?'

En zij: 'Arien zegt eind juli, dan zijn de meeste familieleden met vakantie, en als ze weer op het honk terugkeren, is wat ons betreft al die poespas achter de rug.'

Lichtelijk verbaasd fronste Rogier zijn wenkbrauwen. 'Zo denkt hij er dus over, en wat is uw mening, of doet die niet ter zake?'

Waarom sprak Rogier zo geringschattend over haar en Arien? Stroef zei ze: 'Arien blijft die hij is.'

'Juist, geen bruiloft. Houdt hij het geld in zijn zak.'

Zij, koeltjes: 'Zullen we dit onverkwikkelijke gesprek staken?'

'Als u dat wilt, moeder.' Hij kwam op haar toe, legde zijn hand op haar schouder. 'Ik zou u zo graag gelukkig zien, moeder.'

'Arien Verbrugge is een goed mens.'

En Rogier zei: 'Dat bestrijd ik niet, maar ook een boer, een landman die een andere weg gaat dan u en waar u nooit aan zult
wennen, en dat huwelijk: denk er nog maar 's goed over na.' Hij
drukte een kus op haar wang en zei: 'Ik hou van u.'

Haar hand woelde door zijn haren, er ging een pijn door haar
heen. Rogier, uiterlijk op en top zijn vader. Ze wilde iets liefs,
iets hartelijks tegen hem zeggen, maar wist niets en zei: 'Maak
je het vanavond niet te laat? Ik zie je toch al zo weinig.'

De herinnering doet tranen in haar ogen springen, ze voelt een
kinderhand op haar arm.

'Mama, waarom huil je?'

'Mama huilt niet, kind.'

'En je ogen zijn nat.'

'Dat verbeeld je je maar.'

'Nietes, ik zie het toch? Of heb je weer mot met papa?'

Papa, van wie ze een rijwagentje heeft gekregen, met wieltjes
op echte luchtbanden, en een zitplank met aan de zijkant een
koperen koker voor een zweep, en het mooiste van alles: een
Shetlandpony, bruin met lichtgele manen, en een lange golvende staart.

'Zo,' zei papa, 'en nu rijden, en geen gezeur meer over een
broertje of een zusje.'

Dolblij was ze hem om de hals gevlogen, geen lievere papa op
de wereld dan hij, en ze had hem wel honderd zoenen gegeven.
Maar mama, die er met een gezicht als een onweerswolk bij
stond, schudde haar hoofd en merkte stroef op: 'Man, man,
denk toch 's door, straks een ongeluk.'

En vader: 'Dat zal wel loslopen, die pony is zo mak als een lam.'
Maar zij, Josientje, voelde in die woorden het venijn tussen
hen.

Het spelletje begint opnieuw: 'Josientje, kom hier en trek die
groene jurk aan.'

'Jakkes, nee, hoor, dan ben ik net een kikker.'

'Beginnen we weer?' Helder wit komt het zonlicht door de
glansgordijnen, het doet pijn achter haar ogen en verergert de
hoofdpijn. 'Dan die blauwe.' Ze doet een greep in de kast.

'Bah, die lange lijzenjurk.'

'Geen gezeur, trek aan.'

'Ik doe het niet, ik doe het niet!' Woedend stampt ze op de grond. 'Dan ben ik net Katrijn uit de poppenkast!'

'Kind, gooi toch niet altijd met dwars hout.' O, die barstende hoofdpijn, een weerloos gevoel tegenover Josientje overvalt Gesien. 'Trek dan die rode jurk maar aan.'

Bam, slaat de staande klok beneden in de hal, en tegelijk galmt Verbrugge beneden aan de trap: 'Zijn jullie klaar? Het is al half-tien.'

'Ja, ja, ik kom.' Gejaagd verkleedt ze zich. Het mantelpakje aan en die kanten blouse staat er mooi bij, da's een troost.

Weer een brul van beneden. 'Verdomme, schiet 's op, Gesien, wees toch 's wat vlugger.'

'Ja, mama, je bent altijd zo langzaam.' Da's Josientje, ze zit op de rand van het bed, ze heeft het lekker gewonnen; toch d'r rooie jurk aan.

Gejaagd trekt Gesien Josientje van het bed. 'Vooruit, ga jij vast naar beneden. Waar is mijn hoed? O, daar op de stoel. Kind, sta je daar nog?'

Ja, ze staat er nog, ze heeft geen haast. Grote mensen hebben altijd haast en ze mogen alles. En zij mag niks, niemendal. Gisteren mocht ze ook niet met haar wagentje rijden en dat doet ze zo graag, met in haar ene hand de leidsels, in de ande-re hand de zweep, en maar rijden over het erf over het grindpad door de tuin langs de oprijlaan met zijn hoge esdoorns, en linksaf langs de graanschuur weer naar huis. De wind waaide door haar haren, ze voelde zich licht en blij, opeens gleden tra-nen langs haar wangen, en ze had niet eens verdriet. Kijk, Willem staat in de staldeur als ze voorbijrijdt, hij steekt zijn hand op en roept: 'Hou je pony in bedwang, meid, anders gaat-ie met je aan de haal.'

Willem, de stalbok, die wist ook van niks. Zij was de pony de baas, hij moest haar gehoorzamen, en als-ie niet wilde, ransel-de ze hem net zo lang met de zweep tot-ie het wel deed.

Plots kwam in haar een gevoel van wrede wellust dat uit te pro-beren, en ze ranselde met de zweep erop los: 'Vooruit, vooruit, als je niet wilt, dan sla ik je dood!'

94

Geschrokken gooide het dier zijn kop achterover, hinnikte luid en schril.

Het slaan van de buitendeur, moeder rende naar buiten, woedend trok ze Josientje van het wagentje af: 'Wat mankeert jou dat beest zo te slaan? Vooruit, naar binnen en naar bed, heel de dag wil ik je niet meer zien.'

's Avonds heeft ze het er met vader over, die is op moeders hand en sust: 'We zullen haar die grappen wel afleren.'

Grappen noemt vader dat, en al veertien dagen mag ze niet meer met haar wagentje rijden.

'Komt er nog wat van?' Vaders harde stem vol ongeduld.

Ze holderboldert de trap af. 'Mama komt zo.'

Hij zwijgt, trommelt ongeduldig met zijn vingers op de trapleuning, waarom moet die verkleedpartij altijd zo lang duren bij die vrouwen?

Een ruk aan zijn mouw. 'Daar is mama.'

Bewonderend kijkt hij naar haar op. Het mantelpak, de hoed met de fijne voile, de lederen pumps en handtas, maar vooral haar gedistingeerde schoonheid en de rust die altijd om haar heen is. Gesien Verbrugge, de koningin van de Deo Gloria. En hij prijst haar in zijn boereneenvoud. 'Potdomme, meid, je ziet eruit om door een ringetje te halen.'

Ze knikt. Arien, hoe zou hij zijn bewondering anders onder woorden moeten brengen en ze zegt: 'Het doet me deugd dat je het mooi vindt.'

Maar opeens is hij een en al aandacht voor zijn dochtertje. 'Had dat kind geen andere jurk dan dit rode ding?'

Ze zou kunnen zeggen: man, je moest 's weten, ze wilde het zelf, maar zegt: 'Ik heb een barstende hoofdpijn,' en scherp tot Josientje: 'Hang niet tegen de muur aan, ga op je benen staan.'

Hij, opeens bezorgd bij het zien van haar wit weggetrokken gezicht en de vermoeide trekken om de mond, zegt: 'Hoofdpijn, daar klaag je de laatste tijd wel meer over. Maak je je te veel zorgen?'

In haar is het bitter weten dat als ze erop ingaat, hij het niet zal begrijpen, en ze zegt: 'Ja, gek, hè.'

Hij: 'Zou je niet 's naar de dokter gaan?'

'Dokter?' Zijn bezorgdheid drijft een blos naar haar wangen. Dan: 'Ik heb nog aspirine in huis.'

'Nou, als jij denkt dat het helpt.' Plots enthousiast: 'Ik weet wat, na de kerkdienst gaan we met z'n drietjes naar het strand, lekker uitwaaien.'

Uitwaaien? Zijn goedhartigheid treft haar, maar toch… De hele dag? En stel je voor dat haar nieuwe hoed de zee in waait, ze moet er niet aan denken en zegt het hem.

Hij schiet in de lach, die vrouw van hem met zorg om d'r nieuwe hoed, en stelt haar gerust: 'Ik weet het beter, we gaan naar het strandpaviljoen, zittend achter het glas, lekker eten en drinken en ijs toe.'

'Als jij dat wilt.'

'Ja, dat wil ik,' zegt hij en hij pakt haar hand. 'Wij samen en het kind.' Hij ziet niet de koele blik in haar ogen, wel hoe mooi ze is, en een gevoel van diepe vreugde gaat door hem heen. Zijn vrouw, hij kust in een opwelling haar beide wangen.

'En ik, papa, en ik?' Juichend danst Josientje om hen heen, blij in het vooruitzicht van pootje baden en ijs eten.

Hij buigt zich naar haar toe, streelt de blonde haren rond het engelachtige gezichtje, geeft een speels kneepje in haar wang en zegt plagend: 'Lieve schat, we zetten jou net als de poes onder de tafel.'

'Nee, hè, mama?' Josientje zoekt steun bij Gesien, maar ze zwijgt, haar blik glijdt van haar man naar het kind, een in hun vreugde. En Arien bedoelt het goed, ook voor haar, juist voor haar. Maar die barstende hoofdpijn, die haar het denken belet, en of ze nu zo graag naar het strandpaviljoen gaat… Ze weet het niet, het is of iets haar neerdrukt met ijzeren hand, en zwaarmoedig om alles loopt ze langzaam voor hen uit naar buiten.

HOOFDSTUK 6

Met lange, bedaarde stappen is Atze Bartels op weg naar het gemeentehuis, waar hij is ontboden door de gemeentesecretaris voor een nader gesprek onder vier ogen. Nu en dan blijft hij staan, kijkt omhoog naar de statige, witte wolken die langs de blauwe hemel drijven, en een glimlach krult zijn lippen als hij aan Josientje denkt, die Atze op haar eigen manier daar uitleg van gaf. Wijzend met een vingertje omhoog zei ze: 'Kijk, Atze, da's de vloerbedekking van onze lieve Heer.'
Hij, verbaasd: 'Je bedoelt die wolken?'
Ze kribt: 'Dat zeg ik toch.'
Hij, inwendig gniffelend om wat ze zegt, want hoe komt die dreumes erop, vraagt: 'Wie zegt dat, de dominee of de pastoor?'
Josientje, die om de week naar een andere kerk gaat en na kerktijd al haar poppen naar de hooizolder sjouwt, ze op een hooibaaltje neerzet, en de preek – van wat er in haar hoofd is blijven hangen – op haar manier nog 's over doet. Over Jonas in de buik van de walvis en dat-ie bijna stikte in een visgraatje, en dat je met bidden je ogen stijf dicht moet houden, en niet stiekem gluren door je oogharen, want daar trapt onze lieve Heer niet in en krijg je voor straf een stieg op je oog. En ook niet hoesten of kuchen in de kerk, want dat zijn geen manieren. Josientje, die aan een stuk door ratelt tegen hem, als hij door slapte in het werk bij het waterschap Verbrugge een aantal uren op diens bedrijf helpt. En Verbrugge probeert hem telkens opnieuw over te halen zijn andere baantjes op te geven en voor een dubbel salaris bij hem te komen werken. Want zeg nou zelf: 's zomers door sloten en vaarten banjeren valt wel mee, maar 's winters met een noordooster en hagelbuien om je kop, dan is het nergens zo goed als in de warme keuken van de Deo Gloria. Ja, ja, die Verbrugge, die preekt voor eigen parochie, maar toch, het aanbod blijft in zijn kop hameren, en hij vraagt zich af: wil-ie wel, wil-ie niet, want om zonder meer die baantjes op te geven, dat risico is hem te groot.
En de laatste tijd komt er nog iets om de hoek kijken dat hem verbaast en tegelijkertijd verwart: Gesien Verbrugge, die hem

in haar praat nader komt, opener is, vertrouwelijker, en zich niet dadelijk in haar stroefheid terugtrekt, als hij tijdens een gesprek het niet met haar eens is. Een gesprek dat meestal gaat over trouwen en houwen, en waar hij tot zijn eigen verwondering op antwoordde: 'Vanzelf, iedere man of vrouw die in het huwelijksbootje stapt, krijgt een totaal ander leven.'

Waarop Verbrugge, die al die tijd zijn mond had gehouden, er grimmig op inhaakte: 'Mooi gezegd, Atze Bartels, maar neem van mij aan: meestal gaat het om de heb, de eer, en minder om de vrouw.'

Terstond gaf Gesien Verbrugge tegengas: 'Daarin ben ik het niet met je eens. Het gaat eerder om een wederzijds begrip, en vooral trouw, ja, dat het allereerste.'

Verbrugge knapte nijdig met zijn vingers. 'Bakerpraat, het leven komt zo anders. Wat jij, Bartels?'

Hij haalde zijn schouders op, voelde zich in een hoek gedreven, waar zíj bij is, gleed van het onderwerp af dat hem te netelig werd, keek op zijn horloge, schoof zijn stoel naar achteren en zei: 'Het wordt tijd dat ik weer aan het werk ga.'

'Dat haast niet,' grimde Verbrugge. 'Morgen om deze tijd is het net zo laat.' En, tot zijn vrouw: 'Schenk nog 's een bakkie in.' En met scherpe, grijze ogen onder de zware, borstelige wenkbrauwen klein geknepen, bromde hij op bezorgde toon: 'Mens, je hebt een kleur als een goor hemd, wanneer ga jij toch 's naar de dokter?'

Even een kleine trilling in de mondhoeken, ze schonk koffie in, sloeg een blik in de spiegel, keerde zich naar hem toe en zei: 'Bent u het met mijn man eens, meneer Bartels?'

U, geen jij, flitste het door hem heen, weg was het vertrouwen tussen hem en haar en het was juist die koelheid in haar stem, waardoor hij zich gekwetst voelde, maar voor hij op haar woorden in kon gaan, zei Verbrugge, luid slurpend van de koffie: 'Je zet ze weer best, meid.'

Een koel knikje: 'Dank je voor het compliment.'

Verbrugge, met een blik op zijn vrouw: 'In alles zet jij je beste beentje voor.'

In haar ogen een verwonderde blik, en zacht klonk het: 'In

alles, blij dat te horen.'

En Atze dacht voor de zoveelste maal: waarom die antipathie tegen haar eigen man? Geen krimp, geen kramp, overal gezien en geacht, leefde in weelde, en toch…

Bons, de keukendeur ging met een smak open, Josientje met de haren in de war en afzakkende kousen stoof naar binnen, als vlugge diertjes schoten haar ogen heen en weer. Ze stapte op haar vader af. 'Mag ik ook een beetje koffie?'

Verbrugge wierp een vragende blik op zijn vrouw, zij schudde haar hoofd. 'Geen sprake van, ze neemt maar een beker melk.'

Josientje antwoordde met een pruillip: 'Dat lust ik niet, dat weet u best.'

Gesien: 'Je knijpt je neus dicht en slikt maar.'

Verbrugge koos de kant van zijn dochtertje. 'Kinderkoffie,' lachte hij verontschuldigend, 'voor een keertje.'

Gesien was niet te vermurwen. 'Geen sprake van, als je haar de vinger geeft, neemt ze de hele hand.'

Verbrugge zuchtte, legde zich bij het vonnis neer. Gesien staarde voor zich uit en Josientje verlegde haar koers naar Atze. Weg was de koffietrek, als een ratel ging het mondje. Over Harlekijn die altijd met zijn belletjes rinkelde, en Bulderbas, de roofridder, die als het hem niet zinde met een vlijmscherpe bijl je kop afhakte, en pop Neeltje die net als zij geen melk lustte en over Marie, de dienstmeid, die zei dat er geen kerel deugde in zijn gat, en over een morsdood vogeltje, dat ze gisteren in een kistje aan een touwtje in de grond heeft laten zakken.

En plots met een ernstig stemmetje: 'En als ik zelf dood ben dan,' ze zweeg, staarde stil voor zich uit.

En Atze, die zich voor de zoveelste maal verbaasde over haar wonderlijke gepraat, zei lachend: 'Dan knijp ik je zo hard in je neus dat je weer levend wordt.'

Heftig schudde Josientje haar hoofd. 'Dat kan niet.'

'En waarom niet?' Peinzend gleed zijn blik over haar, een wonderlijk kind, die Josientje, er ging een vreemde kracht van haar uit, ze was geneigd de dingen van zich af te stoten, of te dwingen haar te gehoorzamen.

Weer klonk het stemmetje bedrukt en ernstig: 'Dood is dood,

en goeie mensen gaan naar de hemel, en kwaaie naar de hel.'
Een nerveuze trilling gleed om de kindermond, en het leek wel
of er vuur brandde in die wijd open kinderogen. Opeens had
Atze met haar te doen, hij legde zijn hand in de smalle kinder-
hals en vroeg: 'Wie zegt dat?'
'De… de…' Even stokte ze en toen heel zacht, alsof ze een
geheim moest prijsgeven: 'De dominee en meneer pastoor.'
Er ging een steek door zijn hart. Josientje, een kind van God als
ieder ander, maar groot gebracht tussen twee geloven. De
dominee zegt zus, de pastoor zegt zo, en beiden bedoelen hetzelfde, al zegt ieder het op zijn eigen manier en je vraagt je af
wat voor invloed dat heeft op het kind. Hij zuchtte, wat moest
hij daarop antwoorden?
Maar het was Josientje die plots een andere wending aan het
gesprek gaf: 'Mussen zijn kinderzieltjes.'
'O ja?'
'Ja, en als je het niet gelooft moet je maar veel bidden, en aan
God vragen dat je het wel gelooft, want het is echt waar.'
'Maar ik geloof jou toch, Josientje?' Ja, wat moest hij anders
zeggen.
Maar het leek wel alsof ze hem doorhad, want zachtjes en timide zei ze: 'Dat weet ik juist niet.'
Ze sloeg de spijker precies op zijn kop, en weer zat hij met de
mond vol tanden.
'En ik weet het wel.' Da's Gesien, duidelijk geïrriteerd door het
gespraat van het blonde kind, dat de preken van de dominee en
de pastoor aanvulde met haar eigen eigengereide verzinseltjes,
van mussen met kinderzieltjes, en scherp viel ze uit: 'Hou op
met die onzin en drink je melk op.'
Wonderlijk dat op weg naar Cronjee, hem heel die geschiedenis
weer te binnen schiet. Vooral Verbrugge, die tegen de geïrri-
teerdheid van zijn vrouw in het voor zijn dochtertje opnam, en
grauwde: 'Mens, houd toch 's op met je gezeur, het kind zou er
wat van krijgen.'
Maar wat hem het meest bijblijft: Gesien, daar midden in die
keuken, rechtop, heel lang, en de koude minachting waarmee
ze op Verbrugge neerkeek; een beeld dat aan zijn hersens zit

vastgekleefd. Maar hijzelf, hoe dacht hij in zijn jonge jaren over Verbrugge; hij kon de man wel dood kijken, nu denkt hij heel anders over die machtige boer, die zichtbaar lijdt onder de strakke koelheid van zijn vrouw, zowel tegen hem als tegen hun dochtertje, wat Verbrugge soms prikkelt tot een tegenzet en dan kiest hij openlijk de kant van Josientje, die met duidelijk plezier daarin meegaat.

Josientje, een wonderlijk wezentje met haar mond vol over mussen en kinderzieltjes, zwevende engelen en dansende heiligen, en meer van die wonderlijke praat; ze leeft in haar eigen stralende, maar ook donkere fantasiewereld. 'Waar?' vroeg hij, innerlijk nieuwsgierig naar haar ongebreidelde kinderfantasie.

En Josientje, vol diepe ernst: 'In de hemel.'

Hij: 'Wie zegt dat?'

'Meneer pastoor, en hij draagt een lang hemd van goud, zo mooi.'

Een lang hemd, hij begreep dat ze het misgewaad bedoelde. Hij beet op zijn lippen om niet in lachen uit te barsten, trok zijn gezicht in de plooi en zei: 'Dat wist ik niet.'

Ernstig keek ze hem aan en polste: 'Echt niet?'

'Echt niet.'

Een tijdje was er stilte tussen hen, opeens schimpte ze: 'Alle mensen zijn grote stommerds, ze weten niks en eten alles.'

Het onderwerp veranderde en hij vroeg: 'Alles, Josientje?'

'Ja, alles als zoete koek.'

Hij weer: 'Wie zegt dat? Ook meneer pastoor?'

Een heftig schudden van blonde krullen: 'Natuurlijk niet, suffie, Marie, en lest zei ze: 'Als je geen spinazie lust, eet je maar kriel met stekels."

Aha, Josientje die zichzelf verraadde, en hij zei: 'Dus jij lust geen spinazie.'

Josientje zei: 'Ik lust wel meer niet,' en ze telde af op haar vingers: 'Een: geen geklutst ei met zo'n vies glibbertje erin; twee: geen havermoutpap met die rare platte bruine dingetjes; drie: geen boerenkool en Willem zegt: da's pruimtabak waar de boeren op kauwen als d'r lui centen op zijn. Maar snijboontjes lust ik wel, en chocoladepudding met slagroom en vanillevla... en ananaszuurtjes en priklimonade.'

Hij schoot in de lach, Josientje de lekkerbek, en zei: 'Ik hoor het al, jouw tong is niet van schapenleer.'

Josientje, tot in het diepst geraakt, want mensen weten nooit niemendal, stoof op: 'Stommerd! Ik heb mijn eigen tong, kijk maar,' en ze stak haar tong uit, 'en schapen eten gras, en ikke…'

'Chocoladepudding met slagroom,' beëindigde hij haar zin. Josientje dribbelde hem als een hondje achterna waar hij ging of stond, honderduit babbelend zodat hij er tureluurs van werd, en hij moest zich soms inhouden om niet uit te vallen: 'Meid, donder 's op met je gezeur.'

Hij schudde zijn hoofd, als je het hem vroeg: wonderlijke familie, die Verbrugges.

Zo, hij is waar hij wezen moet, 's horen wat Cronjee hem heeft te vertellen. Het zal de man wel niet zinnen dat hij – Atze – in de slappe uren Verbrugge een handje helpt op het land, en in wezen heeft hij gelijk, maar toch. Cronjee en Verbrugge, ze zitten naast elkaar in de kerk, dan mag je toch denken…

Hij opent de deur en stapt naar binnen. Vlaming, het 'schoothondje', draaft door de hal.

'Is meneer Cronjee er al, Vlaming?'

'Hij zit bij de burgemeester, ze hebben gewichtige zaken te bespreken, wacht maar even, ik dien je wel aan.'

Of Cronjee het hoort, daar is hij al, keurig in een strak gesneden colbert en elegante pantalon. Ja, ja, de gemeentesecretaris, altijd een deftige heer. Hij komt op Atze af en schudt hem de hand.

'Blij dat je gekomen bent, Bartels, loop even mee.'

Daar zitten ze dan in de kamer van Cronjee, hij voor het bureau met de pet op zijn knie. Cronjee zit achter zijn bureau en hij zegt: 'We moeten eens ernstig praten, Bartels.'

'Daarom zit ik hier, meneer.'

'O, dus je weet waar de schoen wringt?'

'Ik zal stom zijn als ik het niet weet: Verbrugge, meneer.'

Cronjee denkt na, knikt en zegt: 'Niet zozeer Verbrugge, eerder Hoenson.'

'De heemraad?'

'Ja, man, en al zeg ik het zelf, da's niet zo verwonderlijk, hè, je staat onder een voorlopig contract bij het Heem, je kent je rechten en plichten, en als jij de stommiteit uithaalt om eventjes tussendoor Verbrugge te helpen...'

'Alleen in de slappe uren, Verbrugge kwam in tijdnood door de coöperatie, er was geen combine voorradig, en de man was ten einde raad.'

'En toen kocht hij met eigen geld een combine,' valt Cronjee hem in de rede. 'Het verhaal is me bekend.'

'Juist, meneer, maar zonder volk doe je niet veel.'

'En toen stelde jij je op als de reddende engel, maar je weet bliksems goed dat dát de reden is dat het tussen jou en Hoenson niet meer botert, en nu zwijg ik over mijzelf, en ik kan je verzekeren, het zit Hoenson verdomd hoog. Trouwens, hij stelde me voor jou wegens ongeschiktheid te ontslaan.'

Met een ruk schiet Atze overeind van zijn stoel, barst geschrokken uit: 'Heeft-ie dat?'

Cronjee knikt: 'Ja, man, die liefdadigheid van jou tegenover derden krijgt een aardig staartje.'

'En u, meneer, denkt u er net zo over?'

'Mijn mening doet hier niet ter zake, Bartels, in deze kwestie geeft de burgemeester de doorslag.'

'En die is op het handje van Hoenson.'

Plots, als van verre de stem van Verbrugge: 'Stel niet te veel vertrouwen in die gasten. Ze hebben de macht, en als het ze niet zint, laten ze je vallen als een baksteen, en als je bij mij komt werken, betaal ik je het dubbele.'

Is het nu zover dat Verbrugge gelijk krijgt? Wat zegt Cronjee nu weer?

'Ik denk het wel, Bartels.'

'En u, gaat u hierin met hem mee?' In hem is een kwellend verward gevoel. Zou Cronjee...? De man heeft toen als het ware zitten bedelen of Atze alsjeblieft dat baantje aannam. En nu?

Cronjee strijkt een paar maal langs zijn snor, zucht 's diep en zegt: 'Ik vrees dat ik daarin mee moet gaan.'

Hij weet genoeg. Uit. Afgelopen. Weg het mooie betaalde baantje, en het is net als overal: begrip en liefdadigheid is bij de heren ver te zoeken, ze zitten op fluweel met hun mooie betaalde baantjes, en zij maken de dienst uit.

Hij zet zijn pet op en zegt: 'Bedankt, meneer Cronjee, voor wat u voor me hebt gedaan, en zeg maar tegen die slapjanus van een vogeltjeskweker dat-ie van mijn part dood kan vallen.' Atze draait zich om, opent de deur en slaat hem met een daverende slag achter zich dicht.

Met dichtgeknepen handen in zijn broekzakken en een strakke blik loopt hij door de dorpsstraat, staat af en toe stil en strijkt met zijn hand langs zijn rasperige wangen, en in hem zijn gevoelens van wrok en verbazing. Wrok tegen de heren die hem als het ware hadden gesmeekt bij hen in dienst te treden, en zich nu in hun goede bedoelingen opzij voelen gezet, omdat Atze in dat baantje te veel zijn eigen weg is gegaan, wat de heren nogal onaangenaam verraste, en de 'zoete' wraak bleef niet uit: hupsakee, met een harde schop onder zijn achterste de laan uit.

Maar ook wrok tegenover zichzelf, dat hij in zijn menslievendheid voor anderen het zo ver heeft laten komen, hoewel hij wist dat wat hij deed niet zonder risico was, en dat, als het de heren niet zinde, het hem zijn baantje zou kunnen kosten. En dat is nu gebeurd, en daarom is het beter zijn hand in eigen boezem te steken, de schuld bij zichzelf te zoeken.

En nu? Tot de herfst zingt-ie het wel uit, bij het werk bij het waterschap en de gemeente heeft-ie een aardig centje opgespaard. En hij heeft een eigen huisje, een dak boven zijn hoofd, een moestuin, een koppeltje kippen. Verdomme, dat hij de geit nu aan Piet Scheer heeft verkocht. Maar ja, toen lagen de zaken anders dan nu en omkijken heeft geen zin. En Verbrugge is er ook nog. Zal die eventjes in zijn handen wrijven als-ie met hangende pootjes bij hem komt. Verbrugge en zijn vrouw, nu hij hen beter leert kennen, ziet hij iets van hun leven, ze doen mekaar de dampen aan. Waarom? Waarvoor, hij vraagt zich wel 's af welk geheim er leeft onder het dak van de Deo Gloria. Toch Josientje? Is juist zíj het storende in dat huwelijk? Of is het Gesien Verbrugge zelf? Hij ziet haar weer voor zich toen ze hem laatst in de keuken tegemoet kwam, in haar blauwe japon met kanten kraag, statig als een koningin, ze stak haar hand uit en glimlachte tegen hem: 'Zo, meneer Bartels, ook weer 's op het bedrijf?'

Hij slikte een paar maal en kon niets zeggen. Hij zag alleen hoe mooi ze was, en begreep dat voor het eerst haar koele schoonheid hem overrompelde en in de ban hield. Later op de dag tijdens het schaftuur was het weer hommeles tussen Verbrugge en zijn vrouw, natuurlijk om Josientje, die er met een onschuldig gezicht bij zat toen Gesien haar vroeg of het waar was wat over haar werd verteld en met een kop als vuur daarop antwoordde: 'Ik antwoord niet op smerige leugens.'

Pats, een draai om haar oren, en pal daarop het dagelijkse vonnis: 'Drink je melk op.'

Josientje, obstinaat: 'Ik wil geen melk, ik lust het niet, het stinkt.'

'Je zult…' Tik, de beker melk vlak voor haar neus: 'Drinken en geen kuren.'

'Ik lust die rommel niet.'

'Je zult, en dadelijk…' Gesien begon haar geduld te verliezen.

'Nee, nee, nee!' Josientje sprong op, gooide de beker melk om en rende snikkend de keuken uit.

'Moet dat nu zo?' Verbrugge kwam van zijn stoel overeind. 'Jij begrijpt ook niks van dat kind.' En hij liep zijn dochter achterna.

'Nee,' antwoordde ze. 'Ik begrijp nooit wat, hoe vaak heb je me dat al voor de voeten gegooid?'

Geen antwoord, een harde smak met de deur.

Atze, voor de zoveelste maal getuige van het geharrewar tussen man en vrouw om Josientje, en nu met de vrouw des huizes alleen in de keuken achtergebleven, dacht: ik had minstens gedacht dat ze tegen Verbrugge tekeer zou gaan, maar ze zweeg en de trek van stille bitterheid die haar gezicht tekende, sneed hem door de ziel, en hij zei zachtjes: 'Ik zal proberen Josientje die streken af te leren.'

'Afleren?' Ze schudde haar hoofd. 'Hebben wij haar ooit iets af kunnen leren? Integendeel, zij dwingt ons.'

Hij zag haar gespannen blik en voelde haar woorden als een terechtwijzing. Hij zocht naar een woord van begrip, vond het niet, kwam van zijn stoel overeind en zei: 'Als Verbrugge me zoekt, ik ben in de schuur.'

Ze gaf hem een koel knikje, zei: 'Ik zal het hem zeggen,' en liep de keuken uit. Hij, alleen achtergebleven, voelde zich beklemd weer eens getuige te zijn geweest van het zoveelste familiedrama om Josientje.

Josientje, het vroegwijze kindvrouwtje, met haar alles aanvoelende kinderzieltje, en met de meest wilde fantasieën, de kwellende obsessie van haar ouders.

Hij blijft even staan, werpt een blik om zich heen, na de kou van de laatste dagen is het weer omgeslagen, voelt het aan als een zwoele lentemorgen, besproeit het zonnetje met haar warme stralen de aarde, zie je de geveltjes van de huizen tegen de strakke lucht dampen, en op de dakgoten zitten hordes mussen te kwetteren, en op het dak een wonder van een zanglijster die over het mussengekwetter heen fluit, en een plekje voor haar nest schijnt te zoeken.

Mussen, kinderzieltjes, en Josientje, er glijdt een glimlach om zijn mond, en voor de zoveelste keer vraagt hij zich af: hoe komt ze op het idee, wat bezielt haar met dat zoeken van het onbekende, het onbereikbare tussen hemel en aarde, of bespeelt ze voortdurend het grensgebied tussen leugen en waarheid of zet ze tegenover Gesien een masker op, en denkt ze: met al je moppers kun je me niet meer raken, maar toch zoekt ze in kinderlijke aanhankelijkheid troost bij haar vader…

Verbrugge is idolaat van het kind, voor haar doet hij alles, laat hij alles, en dat weet die kleine bliksems goed. Maar Atze, er zijdelings bij betrokken, ziet meer: onder de vlakte van haar ongebreidelde fantasie schuilt een verbijsterende nuchterheid, waarmee ze haar mensen als haar 'prooi' inschat.

'Hé, Atze.'

Hij schiet op uit zijn mijmering, aan de overkant van de straat Piet Scheer die hem roept en op hem toe komt lopen.

'Zo, Piet, weer 's in het dorp?' Piet Scheer heeft Atze tot op de laatste cent trouw terugbetaald. Piet is een scharrelaar, zijn handeltje speelt zich meestal op eigen terrein af, en in het dorp zie je hem zelden.

Een brede grijns: 'Zaken die jou niet raken, maar heb je het al gehoord?'

Gehoord, jawel, dat Atze de zak heeft gekregen, dat wordt weer in het najaar bieten rooien.

'Wat gehoord, dat je geiten drachtig zijn? Hang je bok een medaille op voor vlijt en gedrag.'

'Verbrugge heeft een herseninfarct gehad.'

'Wat? Verbrugge…?' Of de grond voor zijn voeten opensplijt. Verbrugge, die tegen hem zei: 'Als de heren iets niet zint, laten ze je vallen als een baksteen. Kom bij mij werken.' Nu heeft hij zijn ontslag gekregen, waaraan hij zelf niet onschuldig is, hij zag Verbrugge als zijn reddende engel, en nu… De klap komt aan. Hij bedwingt zijn schrik en vraagt: 'Van wie weet je dat?'

'Van de koster.'

Nee, daarin lieg je niet… en het leed dat Gesien Verbrugge treft, en Josientje… God, ja, Josientje, die haar vader adoreert, en haar moeder, hoe zal het in de toekomst gaan tussen die twee?'

'Als-ie het hoekie omgaat, zal-ie wel uit de Roomse kerk worden begraven.' Dat is Piet.

'Komt dat ook van de koster?'

Piet: 'Nee, dat zijn zo mijn gedachten, zij is toch van het kruissie en reken maar als het zo mag zijn, dat ze een zootje missen voor zijn zielenheil zal laten lezen.'

'Acht, vent, je kletst uit je nek, Verbrugge is protestant.'

'Dat verrekt niet, het is allemaal lood om oud ijzer, en geld vergoedt veel en Verbrugge weet in zijn leven daar al raad mee, dat weet jij, dat weet ik.'

De woorden blijven haken. Verbrugge, mededogen in de kerk, maar niet in zijn portemonnee. Ja, voor het voorkomen van smaad, eigen profijt en zielenheil, wil hij nog weleens in de buidel tasten. En Gesien Verbrugge weet het maar al te goed. Wat kletst Piet nu weer?

'Mocht-ie een zandwinkeltje beginnen, reken maar dat het een begrafenis wordt: koetsier in livrei op de bok en een lakei achterop.'

Hij hoort de mussen op de dakgoot tsjilpen, denkt aan kinderzieltjes en Josientje, en gromt: 'Ach, man, zover is het nog niet.'
'Wat niet is, kan komen.'
Hij knikt. 'Ja, dat zou kunnen.' Heeft het gevoel of hij een opko-
mende duizeling moet onderdrukken, verbergt zijn schrik en
zegt op een luchtig toontje: 'Kom, ik moet ervandoor, en doe
Martha de groeten.'
Die nacht ligt hij uren wakker, hij kan de slaap niet vatten. Pas
tegen het ochtendkrieken valt hij in een onrustige slaap en
droomt over Verbrugge, de man staat in een kring van honderden mussen, die luid tsjilpend om hem heen hippen.

HOOFDSTUK 7

Schafttijd, Atze Bartels stapt van de tractor af, loopt naar de paardenstal, waar Willem hem begroet met de woorden: 'Je bent verkeerd, maat, ze verwachten jou in de keuken.'

Het wordt wat koeltjes gezegd, en hij begrijpt het ook wel. Willem, die na dat onheil met Verbrugge, en na jaren van hard werken, zichzelf al zag als de bedrijfsleider op de Deo Gloria, zich ziet gepasseerd door een zekere Atze Bartels, en als man tegenover man kan hij daar inkomen, maar Willem is een 'stal-bok' en zijn kennis strekt niet verder dan koeien en paarden, en die van hem strekt zich uit over het land en de daaruit voort-vloeiende werkzaamheden, en zonder meer geeft hij zijn opdracht. 'Vanmiddag hoeken afzaaien, Willem.'

Willem stopt zijn handen in zijn zakken, spuwt in de groep en gromt: 'Kan niet.'

'Waarom niet?'

'Paarden opstrooien, de laatste dagen bleef dat in het slop han-gen.'

'Ach zo.'

Hij ziet de lange rij paarden, veertien in getal, stuk voor stuk prachtbeesten met hun glimmende achterwerk, en golvende staarten, een paar heffen hun kop op, de halsterketting, strak gehouden door het tegenwicht, schuurt langs het schot. En bui-ten de paardenstal om is er ook nog een stal vol melkvee, Willem heeft zijn werk wel. Hij pakt een handje paardenbiks, stapt over de bongel heen, laat het dier van zijn vlakke hand eten, voelt de vlezige lippen over zijn handpalm, klopt het in de nek, is er een mooier dier dan een paard? Zwaar hangt de warme paardengeur in de stal, en Willem, die heel zijn leven al tussen de paarden scharrelt, weet te vertellen: 'Waar paarden zijn, zijn geen vlooien, en weet je waarom? Die hippers kunnen niet tegen de paardengeur, vandaar.'

Willem loopt met een mestvork langs de groep, harkt de mest achter een merrie vandaan, en gromt: 'Kun je het voor vandaag niet alleen af?'

Kon-ie het maar alleen af, dan vroeg hij het niet, altijd dat gedonder met een tekort aan volk en hij kribt: 'Luister 's, Willem, er liggen nog dertig hectaren voor mijn kiezen, dat moet van de week nog om, dan nog inzaaien, daarom sta ik hier voor een mannetje.' Dan, nijdig: 'Verdomme, Willem, we moeten de boel hier rechthouden.'

Willem zet de mestvork tegen het schot, hijst zijn broek wat hoger. O, hij is niet kwaadwillend, en Atze is de beroerdste niet, en door de voorzienigheid hier zomaar ingerold – als je wat Verbrugge betreft van voorzienigheid mag spreken. Verbrugge, na dat herseninfarct een menselijk wrak, zittend in een rolstoel, overdag nagelopen door de wijkzuster, die hij volgens eigen zeggen wel dood kan kijken, en door zijn vrouw, en zo zie je maar: geld brengt geen geluk, ook al ben je de onderkoning van de Deo Gloria.

'Nou, Willem, laat 's horen.'

Maar Willem zegt voorlopig niks, hij drentelt weer achter de paarden langs, keert op zijn schreden terug, aarzelt, zegt dan: 'As je zo omhoog zit, neem wat werkvolk aan.'

'Da's een zaak voor Verbrugge.'

Willem, hij ruikt naar hooi en paarden. 'Je zei Verbrugge, die is uitgeteld, je zal bij zijn vrouw moeten zijn. Al is-ie voor de buitenwereld nog steeds het hoofd van de Deo Gloria, zij is het nekje waarop het hoofie draait, en dat voor een man als Verbrugge.'

Ja, vertel hem wat, Gesien Verbrugge zwaait nu de scepter, maar zij heeft net zoveel verstand van boeren als een koe van saffraan. Wat kletst Willem nu?

'Nou, vooruit, neem na de schaft Gijs maar mee het land in.'

'En wat voor span?'

'Je bent ook niet gauw tevreden.' Willem loopt achter de paarden langs, wijst twee zware belsen aan, nog ruig van het winterhaar, en beslist: 'Die en die, een span beste trekkers, en Gijs kan er goed mee overweg.'

Hij voelt zich opgelucht. 'Bedankt Willem, en als ik wat voor je terug kan doen…'

'Als ik mollen in de moestuin heb, zal ik je op je vessie tikken. Verrek, kijk nou 's,' valt hij zichzelf in de rede. 'Wie we daar hebben: de kroonprinses.'

De kroonprinses: Josien, en niet langer Josientje, en van een fantaserend kindvrouwtje opgegroeid tot een opvallend mooie, jonge meid, rank, slank, hoog op haar ferme rechte benen, en bij elke stap wiegend met de heupen, een paar spitse borsten in een hel rood truitje, aan de hals geopend, en een paar bolrond gebruinde armen uit de opgerolde mouwen, en een waterval van blonde krullen valt over haar schouders, een waterval die bij elke beweging van haar hoofd glinstert als gesponnen goud. Ze komt de stal binnen, met een zwaai neemt Willem zijn vettige petje af, en zegt met een mislukte buiging: 'Gegroet, freule van de Deo Gloria, gij wordt met de dag mooier.'

Een heldere schaterlach. 'Hou op, gekkie.' Maar ze voelt zich gevleid door de praat van Willem, die zijn bewondering voor haar niet onder stoelen of banken steekt, er recht voor uitkomt. Maar Willem is en blijft een stalbok, die pruimt en naar koeien stinkt.

Met Atze Bartels ligt het anders, als kind voelde ze zich al tot hem aangetrokken, en hij kon glimlachend naar haar verhalen luisteren over mussen en kinderzieltjes. Verhalen, voortgekomen uit een donderpreek van de pastoor of een zalvend gebed van de dominee, waar ze als kind met een levendige geest op voortborduurde. Het water uit de rots, de slang die Eva verleidde, een ezel die mensentaal sprak, en God die de zon twee minuten stil deed staan. Verhalen waar ze zich mee vereenzelvigde, waarin ze met engeltjes en duiveltjes sprak. En tot op de dag van vandaag zegt goed of kwaad haar nog niets. Voor haar zijn het twee sterke krachten die elkaar aantrekken en afstoten en daarmee het menselijk ras in stand houden. En een enkele keer dat Atze in haar fantasie meeging, maakte dat in haar een gevoel los van een stil verlangen, dat haar ophief uit de werkelijkheid en haar deed zweven in een onwezenlijk warme en lichte atmosfeer waardoor ze zich met heel haar hart aan hem hechtte, anders dan bij haar vader, die ze adoreerde. Maar haar gevoel voor Atze was zo heel anders, hij stond als een lichtende vlek in haar kinderziel, en tot op de dag van vandaag is dat zo gebleven.

En Atzes gedachten omcirkelden Josien, van kind opgegroeid tot een jonge meid en het aanzien waard, maar met iets vreemds in haar wezen, dat hem van de allereerste keer dat hij haar zag aantrok en afstootte tegelijk, en hem het gevoel gaf dat er in haar een heimelijke kracht op de loer lag, iets gevaarlijks, maar wat?

Josien, die al haar aandacht op hem richt, zegt: 'Mijn moeder vraagt waar je blijft.'

Ach zo, haar moeder. Hij hoort de ongeduldige klank in haar stem, en zegt op een toon die geen tegenspraak duldt: 'Ik had eerst iets met Willem te regelen. Nogmaals bedankt, makker.'

Een stilzwijgende handgroet, en net heeft hij zijn voet over de drempel of ze valt heftig tegen hem uit: 'Wat moest je zolang bij die stalbok, en thuis de koffie koud laten worden?'

'Thuis?' Vragend fronst hij zijn wenkbrauwen.

'Ja, thuis, en als je het nog niet weet, al zeven jaar, Atze Bartels.' Hij verwondert zich erover, al zeven jaar dat hij hier op het bedrijf werkt, de tijd gaat snel, maar 'thuis'…? En met een blik naar Josien, die morrend naast hem loopt: 'De Deo Gloria is jouw thuis, niet het mijne.'

'O, dacht je dat, dan vergis je je lelijk.' Weg is haar opstandigheid, haar blik is warm en zacht: 'Heel de Deo Gloria drijft op jou.'

'Juist,' gaat hij op haar praat in. 'Daar zeg je het ware: 'drijft'. Ik ben de bedrijfsleider, en misschien, heel misschien later de zetboer, maar dan nog is dit geen thuis.'

'Je bedoelt als mijn vader is overleden?'

Hij ziet haar broeierige blik, rilt, waarom, hij weet het niet, en norst: 'Dat zijn jouw woorden, niet de mijne.'

Een kirrend lachje. 'Je moet het niet verkeerd opvatten, en me al helemaal niets verwijten.'

'Verwijten, ik zou niet durven.' Weg is die broeierige blik, die hem angstig en woedend tegelijk maakt. Wat kletst ze nu?

'En als ik het wil, is jouw thuis hier.'

Juist, nog altijd die dwingeland van vroeger. Hoe zei Gesien Verbrugge het ook weer? 'Als je haar de vinger geeft, neemt ze de hele hand.' Juist ja, maar dan is ze bij hem toch aan het verkeerde adres. Hij werpt een blik opzij, ziet de ontstemming op haar gezicht, verbijt een lach en zegt: 'Als jij het wilt, maar dan moet ik nog willen.'

'En jij wilt niet.'

'Mijn huis, en thuis, ligt in het dorp, dat weet je toch?'

Ze stuift op: 'Jouw thuis, daar? Wat jok je nu, dagen ben je hier en met de drukke oogsttijd slaap je in het kamertje op de hooizolder.'

Juist, de hooizolder. Gesien Verbrugge heeft hem een kamer op de Deo Gloria aangeboden, maar hoe goed bedoeld ook, hij bedankte; dat simpele kamertje op de hooizolder is hem duizendmaal liever. Plots schiet hij in de lach en zegt: 'Weet je nog, jij vroeger, 'een zolder vol zieltjes'? Hoe verzon je het.' Maar hij schrikt bij het zien van die hulpeloos verkrampte trek op haar gezicht en voegt er vlug aan toe: 'Wat nou, daar verschiet je toch niet van, dat ik dat tegen je zeg? Al die kinderpraat van vroeger, dat moet je vergeten, en en passant ook al die mussen met hun kinderzieltjes.'

'Al die praat van vroeger, ik kan het niet vergeten, als een ijle mist ligt het om mij heen. Enfin, praat er maar met niemand over, begrijpen doen ze het niet.'

Juist, begrijpen, maar begrijpt hij het? Kan hij tot de kern van die praat doordringen, dat is hem zolang hij haar kent nog nooit gelukt. Ja, toen ze nog een kind was, was hij erin meegegaan, maar het begrijpen, ho maar, en scherper dan zijn bedoeling is zegt hij: 'Ik zou bijna zeggen: het zit tussen je oren, Josien. Kinderfantasie, meer niet, bekijk het een beetje nuchter, het leven komt zo anders.'

Maar toch, Josiens zichtbare geestdrift over alles en iedereen, haar blijdschap als ze hem ziet, en die stralende blauwe kijkers die hem zo warm aankijken dat hij er licht duizelig van wordt. Josien, een aantrekkelijke jonge meid, levendig, onbevangen, met een vrolijke lach en een vlotte babbel; en hoe dankbaar is hij haar om haar vriendschap, maar die heimelijke afkeer die hij soms voor haar voelt kan hij niet van zich af schudden, en die prikt hem soms als een scherpe doorn in het vlees.

'Jij denkt zus, ik denk zo.' Josiens stem die zijn gedachten doorkruist. 'En ik zeg maar zo, wie tegen zijn eigen gevoelens in gaat, doet zijn innerlijk verdorren.'

'Nou, jij ziet er anders uit als een bloeiende pioenroos, maar je moet leren die kinderfantasie te vergeten. Die tijd heb je gehad.'

Een onderzoekende blik die hem van top tot teen opneemt, en ze zegt: 'Als er geen fantasie bestond, was de wereld leeg.'

Pijnlijk getroffen kijkt hij haar aan. Josien, in haar jeugd een vroegwijs kind, volop meegaand in haar eigen fantasie, en nu een beschaafd, bewonderenswaardig meisje, met nog altijd die gevoelens in zich waar hij niet goed raad mee weet, en hij vraagt: 'Geen fantasie, bedoel je daar mij mee?'

Haar blik glijdt weg, keert terug, open en vol kijkt ze hem aan, zegt dan: 'Jou? Soms wel, soms niet. Weet je, soms begrijp ik de mensen niet en al die dingen waar zij zeggen in te geloven.'

En hij, terugglijdend in zijn herinnering aan vroeger op de Deo Gloria, zegt: 'Jij hen niet, maar zij jou niet, je was een potje vol strijdigheden.'

'Kan zijn, maar mijn jeugdherinneringen zijn niet zo prettig.'

'Toe, toe, alsof je al een stokoude vrouw bent.'

Ze kribt: 'Je weet zelf wel hoe sommigen over me denken.'

Juist, sommigen, maar wie? Haar vader, haar moeder, Willem, Marie, of ander dienstpersoneel? En het rolt van zijn lippen: 'Sommigen, ik zou het niet weten, maar iedereen heeft naast zijn vrienden zijn vijanden.'

'En ben jij mijn vriend of mijn vijand?'

'Vul dat zelf maar in.'

Ze zwijgt een poosje, schuift haar hand in de zijne, door de jaren heen is er een hechte, vertrouwelijke vriendschap tussen hen gegroeid, hij kon zich altijd – vanaf dat ze nog een kind was – beter voor haar openstellen dan ooit haar eigen ouders. Haar ouders, die zover van haar kinderfantasie af stonden, maar waarin Atze haar aanvoelde, erin meeging waardoor hij een gunstige invloed op haar kreeg. Maar zoals hij nu praat, maakt hij haar onrustig, en zonder hem aan te zien, zegt ze: 'Zie je, dat weet ik juist niet; vriend of geen vriend, en soms ben ik een beetje bang voor je.'

'Bang? Jij? Waarvoor? Het zou niet in mijn kop opkomen jou iets te doen.'

'O, maar wat niet is, kan komen.'

'Ach, meid, je kletst een eind in de ruimte, doe me een lol en houd erover op. Binnen wacht je moeder met de koffie, dat is voor mij de realiteit.'

Een verbaasde blik, een schaterende lach, ze trekt haar hand uit de zijne en zegt: 'Ja, laten we dat doen.'

Op het straatje trekt hij zijn laarzen uit, loopt op zijn kousenvoeten achter haar aan naar binnen. In de betegelde woonkeuken zweeft de geur van vers gezette koffie, en als altijd is de tafel royaal en smakelijk gedekt, iets wat hij in al die jaren dat hij hier werkt nog altijd ziet als een rijke zegen.

Maar of de Verbrugges zo denken, daarover heeft hij zijn twijfels. Trouwe kerkgangers, dat wel, en het is bekend dat tijdens de collecte Verbrugge een goeie gever is. Maar Piet Scheer schamperde: 'Daar koopt-ie zijn zonden mee af, maar wij arme sloebers...' Juist... sloebers, en Atze ging daar volop in mee, maar nu hij in de loop der jaren Verbrugge beter heeft leren kennen, zag hij het uit een heel andere hoek. Verbrugge, voorheen een oersterke kerel, maar door het herseninfarct al jaren aan die rolstoel gebonden, de man heeft geen pijn, maar zijn benen zijn verlamd en over zichzelf zei hij: 'Als een oud gekluisterd paard dat op zijn dood wacht, maar het meest beroerde, Heintje Pik heeft geen haast en gaat de deur voorbij.'

Atze voelde zich onzeker als de man zo tegen hem praatte en ging er quasiluchtig tegenin: 'Zo moet Verbrugge niet praten, zolang er leven is, is er hoop.'

Een cynische grijns. 'Mooi gezegd en goed bedoeld, maar wat voor leven? Je bedoelt het goed, jongen, maar neem van mij aan: hoop is levensgevaarlijk, je kunt er knettergek van worden.'

Maar tot nu toe heeft Verbrugge ze alle zeven goed op een rijtje staan, en leeft hij volop mee met al het wel en wee dat zich op het bedrijf afspeelt. Fronsend richt Verbrugge al zijn aandacht op hem en vraagt: 'Vertel 's, wat had jij vanochtend in die paardenstal te zoeken?'

Wacht even, hij wordt aan de tand gevoeld. Atze schuift aan tafel bij en zegt: 'Willem.'

Verbazing: 'Willem? Ik zie het verband niet.'

'Ik wel, ik heb een mannetje nodig voor hoeken zaaien.'

'En ging die vlieger op? Willem, die ouwe stalbok; je kunt je geen beter mannetje wensen, veel verstand van het vee, maar ook een stijfkop, vooral als het hem niet zint.'

'Ach, na wat heen en weer gepraat lukte het, na de schaft gaat Gijs met een span paarden het land in.' Gijs, mager als een lat, vlug en handig, dol op paarden en altijd goedgemutst, een goed tegenwicht voor Willem, die als het hem tegenzit heel de dag kan griepen en mopperen.

'Wat Willem betreft, 't ging zeker niet van een leien dakkie?'

'Dat gaat het bij Willem nooit.'

Nee, vertel Verbrugge wat, hij kent Willem, die voelt zich heer en meester over de stallen, en als het hem niet zint, vloekt-ie je de stal uit, en gooit de bezem achter je kont aan. Hij polst verder: 'Vertel 's, hoe ver zit je d'r in?'

'Nog dertig hectaren op dijk aan.'

Op dijk aan, hij weet genoeg; in die hoek is alles zware klei, en hij zegt met kennis van zaken: 'Zware grond.'

Atze knikt: 'Da's me bekend, ik ploeg met de zesschaar.'

Juist, de zesschaar, Atze Bartels kun je een klus in zijn handen stoppen, een die zijn vak verstaat en staat voor zijn werk, en volgens Verbrugge zijn Cronjee en Hoenson op hun achterhoofd gevallen, om na zo'n onbenullig akkefietje Atze op staande voet te ontslaan. Sufferds, die twee, ze hadden dat jong in goud moeten slaan. Maar het is net als overal: hoge heren gaan op hun strepen staan. Enfin, Verbrugge is er beter van geworden, want zo'n knecht als Atze Bartels vind je niet gauw. En dat heeft hij de beide heren met een boosaardig genoegen telefonisch in het oor gefluisterd.

Atze, de zoon van Iet Bartels, er gaat een warm gevoel door hem heen. Hoelang is dat al geleden? Heel lang. Soms heeft hij moeite haar gezicht voor de geest te halen, maar haar zoon zit hier aan tafel, moet hij, Verbrugge, dat zien als een speling van het lot, of als een teken van de voorzienigheid?

'Schenk de koffie maar in, Marie.' De koele stem van zijn vrouw, die de rode draad van zijn gedachten doorbreekt. Gesien, als altijd keurig gekleed en gekapt aan de andere kant van de tafel, en ondanks het ouder worden heeft ze nog altijd de uitstraling van een grande dame, die hem nog altijd imponeert, een gevoel waar hij na al die jaren niet van los is gekomen, plots voelt hij behoefte iets liefs tegen haar te zeggen. 'Die parels staan je mooi, Gesien.'

Stilte, als een hinderend zwijgen, waarin de een de ander vragend aankijkt. Gesien staat van haar stoel op en zegt: 'Ik zal je kussen even opschudden, Arien.'

En Atze, die de stemming tussen man en vrouw aanvoelt, denkt: da's wel een heel mager antwoord voor Verbrugge.

'Allemaal een botersprits?'

Ja, dat willen ze allemaal. Marie gaat met de schaal rond, en Verbrugge denkt: hoe goed, die zachte, beschermende handen, die het kussen opschudden, en de haren van zijn voorhoofd weg strelen, en haar koele, rustige stem die vraagt: 'Zo beter, Arien?'

Hij pakt haar hand, drukt er een kus op. 'Dank je, Gesien.' Ondanks haar koele afstandelijkheid, is ze na dat infarct wat liever voor hem geworden, en er is nooit een enkel verwijt meer zoals vroeger, waardoor hij af en toe een slippertje buitenshuis zocht. En toen hij in eigen verwijt daar eens heel voorzichtig over begon, was haar antwoord: 'Hier past geen geklaag of verwijt, geen van ons tweeën gaat hierin vrijuit.'

Hij, opeens onrustig: 'Niet ik, jij wel, en misschien dat je van bovenaf toch gewroken wordt.'

Ze schudde haar hoofd. 'Daar heb ik geen enkele behoefte aan, Arien.'

'Jij niet, maar misschien Hij wel, juist om die slippertjes.'

Ze legde haar hand op zijn arm, boog zich naar hem toe en zei: 'Denk er wel aan, God is liefde, Arien.'

En hij wist niet anders te zeggen dan: 'Ik help het je wensen.'

'Vader…' Het is Josien, die zijn aandacht opeist.

'Ja, wat is er, kind?' Josien, hij moet aan vroeger denken: als kind was het altijd 'papa', kwam ze in haar kinderlijke eenvoud met al haar wel en wee naar hem toe, en hadden ze geheimpjes voor Gesien. Nu is het 'vader' en krijgt ze meer en meer dat koele, gereserveerde dat Gesien ook over zich heeft. Een kilte die hem bezeert, plots rolt het van zijn lippen: 'Weet je nog, vroeger, jij als kind, toen had je het over mussen met kinderzieltjes?'

Ze zegt: 'Dat ben ik vergeten.'

'Ik denk er nog wel 's aan.' Hij voelt een steek van pijn. Kleine kinderen worden groot, nu zit naast hem een stevige jonge meid, sterk van wil en karakter, het aankijken waard. Trots is hij op zijn mooie dochter en vaak heeft hij in stille hunkering gedacht: nog zo'n paar belhamels erbij; kinderen van hem en Gesien. Tegelijk verwierp hij het, het is malligheid om zo te denken, Gesien en hij zijn mensen op hun retour, en de geboorte van Josien is door de jaren heen bij Gesien nog lang niet vergeten en vergeven.

'Ik denk er nooit meer aan.' De stem van Josien, zelf weet ze beter, vaders woorden drukken als lood op haar ziel, want hoe vaak komen die jeugdherinneringen niet terug in haar dromen, en voelt ze angst, maar ja, voor wat?

Vaders hand streelt haar arm en hij buigt zich naar haar toe, fluistert zachtjes in haar oor: 'Mijn lief dochtertje', maar hij ziet niet de koele blik die opflitst in haar ogen. Hij ziet alleen hoe mooi ze is, en de zachte blos die haar wangen kleurt.

Maar Atze ziet hoe Josien geagiteerd heel even minachtend haar sproetenneusje optrekt, en het klinkt narrig: 'Moeder wil dat ik na de vakantie naar het gymnasium ga.'

'En jij wil ook?' polst Verbrugge en hij denkt: wat Josiens scherpe en praktische denken betreft, zal ze het wel redden. Mits ze wil, maar als Josien iets niet wil, dan... Daar heb je het al.

'Ik heb geen zin in leren.'

'Dan maak je maar zin.' Gesien, die zich ermee bemoeit. 'Zonder diploma's kom je vandaag de dag nergens.'

'Dat hoeft ook niet, ik blijf hier.'

'Hoezo hier?' Dat is Gesien, en Atze ziet de gespannen trek op haar gezicht, als dat maar – zoals zo vaak – geen krachtmeting tussen moeder en dochter wordt.

'Nou, hier, op de Deo Gloria.'

Juist, de Deo Gloria, daar voelt ze zich thuis, denkt hij. En al wat buiten de Deo Gloria ligt, is voor haar de boze wereld. Maar hoe komt hij erbij zo te denken?

'Om een boerderij te runnen, moet je ook wat weten.' Verbrugge, die zich in het gesprek mengt. 'Dus wordt het de landbouwschool en doorstromen naar Wageningen.'

'Daar voel ik helemaal niks voor tussen al die knullen.'

'Naar wat ik weet, studeren er ook meisjes in Wageningen.'

'Hoe weet je dat nou?'

'Je vader leest nog altijd de krant en vakbladen, Josien.' Dat is Gesien.

Ja, dat is waar, sinds haar vader aan die rolstoel zit gekluisterd, leest hij meer dan vroeger, maar zoals hij nu praat, is hij op de hand van moeder, dat deed hij vroeger nooit. Alles schoof hij opzij voor Josiens wensen en verlangens. En nu? En hij praat maar door, verklaart, legt uit alsof hij haar moed in wil spreken. Plots welt er een golf van minachting in haar op, voor die man die daar zo hulpeloos in zijn rolstoel zit, die met plassen door zijn vrouw geholpen moet worden en 's avonds in bed wordt getakeld. Het is haar sterke vader niet meer, maar een hulpeloze stakker die beter van de wereld kan verdwijnen. En die zal zeggen dat zij…? O, ze moet terugslaan, hem de pijn laten voelen die hij haar aandoet, en verbeten valt ze uit: 'Wat weet jij d'r nou van? Die kranten, ze schrijven maar wat, en jij slikt dat als zoete koek, jij, die als een slappe lappenpop in je rolstoel zit en al zeven jaar van de buitenwereld bent afgesloten, en dat wil dan meepraten?'

Spierwit trekt Verbrugge weg onder de ongehoorde belediging en er overvalt hem een duizeling. Josien, zijn oogappel, zijn leven, zijn liefde voor haar was altijd de splijtzwam tussen hem en Gesien. Maar hij moet kalm blijven, zich door haar praat niet laten overrompelen. Nerveus strijkt hij een paar maal door zijn dunner wordende grijze haren, nog even dan is zijn kop kaal. Ja, ja, een kale kop en een paar lamme poten, da's de ouwe dag met zijn rijke dienaren. Godzijdank, hij heeft zichzelf weer in de hand, en maakt doodleuk de opmerking: 'Misschien heb je gelijk, altijd een sta-in-de-weg, een mens kan beter dood zijn.'

In de drukkende stilte die op deze woorden volgt, schenkt Marie nog 's de koffiekommen vol, en denkt: dit is de stugge manier van praten, zoals Verbrugge vroeger sprak, kort en krachtig. En Josien, als kind schandalig verwend, is nu een eigengereid nest, eentje van: eerst ikke en de rest kan stikken. Maar dat komt ervan als je kinderen verwent, en al gunt Marie het Verbrugge niet, nu plukt hij daar de bittere vruchten van. En als het haar dochter was... Plots voelt ze diep medelijden met de man. Als Marie na een vrije dag weer op het bedrijf terugkwam, was hij altijd vol belangstelling en heel wat menselijker tegen haar dan die hautaine Gesien Verbrugge met haar blik als een ijspegel.

Ach, lieve God, zo timide als Verbrugge daar zit, zo verloren met de kin op zijn borst, misschien dat het nieuwtje dat zij de familie heeft te vertellen hem wat opvrolijkt, en quasiopgewekt zegt ze: 'Ik heb jullie wat te vertellen: binnenkort ga ik trouwen.'

Verbaasde blikken en nieuwsgierige vragen: 'Waar?' 'Wanneer?' 'Met wie?'

Marie geeft tekst en uitleg. 'Waar: hier in het dorp. Wanneer: over een maand of drie. En wie: Dirk Kuit, de smidsgezel in de smederij van Kiljan.'

Dirk, met zijn felblauwe ogen, zijn gulzige mond en grijpgrage handen, hij trok haar in zijn armen en zei: 'Jij bent een dertiger en achtergebleven op het kroffie, en ik een veertiger met een diepe teleurstelling achter de rug. Wat zou je ervan zeggen; als jij ja zegt, zeg ik amen, en dan gaan we samen naar het stadhuis en kunnen we de stap wagen.'

Zij, totaal overdonderd: 'Daar kom je ook raar mee aan.'

Hij, kortaf: ''t Is ja of nee. Ik ben geen smachtende jongeling die op zijn knieën gaat liggen, dus zeg het maar.'

Ze zei ja, maar haar vader zei heel wat anders. 'Wat? Die lomperd die om God noch gebod geeft? Had hem afgepoeierd.'

Hoe kon ze tegen hem zeggen dat ze in stilte al die jaren nog steeds haar hoop had gevestigd op Atze Bartels, die, ondanks dat hij het wist, haar altijd koel voorbijliep. Wat bleef haar over, de teleurstelling sneed steeds dieper en in haar leefde de hunkering naar een man, een paar kinderen en een eigen dak boven haar hoofd.

Maar haar vader had geen goed woord over voor Dirk Kuit, tot het haar verveelde en ze terugsnauwde: 'Al ga je op je kop staan, ik trouw met hem.'

Haar vader, obstinaat: 'Welja, snij je maar in je vingers, enfin, je bent dertig, je gaat je gang maar.'

'Dus jij gaat trouwen met Dirk Kuit?' Dat is Gesien, en ze denkt daarbij aan het damasten tafellaken plus twaalf servetten dat maar in de linnenkast blijft liggen; een mooi cadeautje voor Marie, en, denkend aan de vele strubbelingen in haar eigen huwelijk, gaat ze erop door. 'Denk je bij hem het geluk te vinden?'

'Ach.' Ze haalt haar schouders op. 'Wat verstaat een mens onder geluk?' Trouwens, voor zover Marie weet, gaat het huwelijk van Gesien Verbrugge ook niet over rozen, een halfverlamde man, een kreng van een dochter. Hoe zei Maries grootmoeder dat ook weer? 'Luister, kind, mocht je ooit op een jongen verkikkerd raken, en komt het tot trouwen, dan vraagt het over en weer respect en vertrouwen. En lukt dat niet, dan kun je het wel schudden, dan raakt je huwelijk in een mum van tijd op de klippen. Kijk naar je vader.'

Haar vader, twee keer getrouwd en twee keer gescheiden, maar hij heeft er wel drie dochters aan overgehouden, van wie zij de oudste is. En de man van wie zij houdt... Niet aan denken, niet aan denken... Dirk Kuit is op haar pad gekomen. Dirk, een doordouwer met in het vooruitzicht dat hij over een aantal jaren de smederij van Kiljan kan overnemen. Wat kletst Verbrugge nu?

'Dirk Kuit, geen slechte keus, meidje. Hij staat voor zijn werk, is een prima hoefsmid, menig paard heeft hij voor mij beslagen, en Kiljan loopt weg met hem.'

'Jij, trouwen?' Dat is Josien, met in haar ogen een blik van verbazing, ze had Marie al het etiket van een ouwe vrijster opgeplakt en nu opeens... Spottend zegt ze: 'Wel een afgelikte boterham, Marie. Vorig jaar is hij gescheiden.'

Het bloed vliegt Marie naar het hoofd. Het is waar wat Josien zegt, Dirk is een gescheiden man, maar zijn gewezen vrouw was los voor de kar, dat weet eenieder je te vertellen, en het is nog een wonder dat hij het een aantal jaren bij die sloerie heeft volgehouden, en ze valt met een grauw tegen Josien uit: 'Trouw jij of trouw ik?'

Ai, dat is tegen het zere been van Marie, en dat is ook Josiens bedoeling. Josien, toen nog een kind, had in een moment van vertrouwen Marie argeloos in haar fantasiewereld binnengelaten, toen ze drie half vergane dooie mussen in een sigarenkistje in een eigen gegraven kuiltje liet zakken. Marie, die dat moment onderging als iets walgelijks, liep op hoge benen direct naar Josiens moeder. Prompt werd het veertien dagen straf, als ze thuiskwam van school moest ze hup naar bed. Het bed, in die dagen een oord van verschrikking, waar ze zich in slaap huilde. Mussen en kinderzieltjes, niemand die haar in die tijd begreep, en dat is nog zo, al is het wel op een andere manier. En het verraad toen van Marie tegenover haar, die pijn werkt nog steeds na, een pijn die ze door de jaren heen nog steeds niet kan aanvaarden, en nu zag ze haar kans terug te slaan, wat ze ervaart als een genoegdoening.

Gesien voelt het heel anders. Marie, die haar straks in de steek laat, waar haalt ze zo gauw een andere hulp vandaan? En dan Arien, zo'n handenbinder, al heeft de man daar geen schuld aan. Ze zucht 's diep en zegt: 'Dat heb je mooi stil gehouden, Marie, en dat na al die jaren dat je hier hebt gewerkt, je zet me mooi voor het blok; waar moet ik heen lopen voor een hulp?'

Marie voelt reden zich te verontschuldigen. 'Het spijt me, mevrouw, maar het is niet anders. Maar trouwen is toch de weg die we allemaal gaan?'

Juist, de weg die ze allemaal gaan: geboren worden, trouwen, kinderen krijgen, oud worden, doodgaan. De levenscycli opgelegd door Gods hand door de eeuwen heen. Alleen Atze vermoedt de ware reden. Marie is opgegroeid bij een nurkse, lang geen makkelijke vader, ze had het leven om haar heen waargenomen en heel wat jaren de tijd gehad daarover na te denken, en had ze Atze niet 's een keertje toevertrouwd: 'Het leven, ik zie er niet veel moois of aantrekkelijks aan. Zorg, verdriet, veel onenigheid en weinig opwekkends.' En toen, plots lachend: 'Maar als jij wilt...'

Maar hij wilde niet, al wist hij dat ze een oogje op hem had. Hij had geen verlangen naar een vrouw, ja, toen die ene keer, bij het zien van die blonde engel op de secretarie, maar die moest hem niet. Soms ervoer hij Josiens nabijheid als hinderlijk.

Maar een hulp, misschien weet hij wel iemand, een nicht van Piet Scheer, een rustige vrouw, wat bescheiden, maar een die wist wat werken was. Klaske Zandstra, al vroeg weduwe, met een kind. Piet schetterde de loftrompet, droeg lauwerkransen aan. 'Wie haar neemt, heeft een lot uit de loterij.'

Hij begreep waar Piet op doelde, ging er niet op in en zei nu tegen Gesien: 'Misschien weet ik wel iemand voor u.'

'Jij?'

Maar voor hij erop in kan gaan, zegt Josien met een blik op het erf: 'We krijgen bezoek.'

'Wie?'

'De geestelijkheid,' klinkt het spottend en uitdagend.

De spot ontgaat Gesien, ze voelt zich overvallen, de dominee onverwachts op bezoek. Ze frutselt aan haar kraag. Als ze dat vooruit geweten had, had ze een andere japon aangetrokken. Plotseling doodnerveus beveelt ze: 'Marie, zet verse koffie.'

HOOFDSTUK 8

Daar zit de dominee dan, voor het eerst op huisbezoek in de fraai betegelde woonkeuken van de Deo Gloria. Hij is nog jong, dominee Bart Vergouwe, met zijn opstaande blonde kuif, een hoopvol hart. Ernstig maar opgewekt richt hij het woord tot de boer, een machtig man, van wie de dorpers spottend zeggen: 'Een onderkoning, maar wel een heel zielige.' En die 'heel zielige' probeert hij nu een beetje moed in te spreken, en een hart onder de riem te steken. Dat de mens nooit de moed mag opgeven, want hoe zwaar ook, altijd is de redding nabij. De Allerhoogste laat de mens die naar Zijn evenbeeld geschapen is, niet in de steek.

Atze, die ongewild al wat wordt gezegd moet aanhoren, denkt: niet leuk, dat kerkelijk bezoek waar ik bij ben, en al laat hij een ieder in zijn waarde, hem zegt het geloof weinig of niets. Wijlen zijn moeder, die wel, hoe zei ze het ook weer? 'Een gezin kan niet leven bij arbeid en vreugde alleen, op zijn tijd moeten we onze handen vouwen tot een gebed, dat zijn we aan onze Schepper verplicht.' Als ze zo sprak, viel de verbijstering over hem heen, voelde hij een dwaas verlangen – naar wie of wat? Voor iets waarvoor geen naam bestond. En tot op de dag van vandaag voelt hij een vreemde onrust als hij daaraan terugdenkt. En de dominee, die kwebbelt maar door over de zin van het leven, opoffering, vreugd en verdriet en de uiteindelijke overwinning op het eigen ik. Atze, als eenvoudige landman, vraagt zich af: waar haalt die knaap het vandaan?

Gesien ligt ook overhoop met haar gevoelens en gedachten bij dit onverwachte bezoek, en als het nu meneer pastoor was, de oude herder met zijn kransje grijze haren en rond blozende gezicht, die ligt haar beter dan die blaag van een dominee in zijn grijze streepjespak en vuurrode stropdas.

Josien ziet de trek van ongenoegen op haar vaders gezicht door al dat gepraat van die jonge dominee die in zijn overmoed denkt misschien de hele wereld te kunnen bekeren, en ze valt scherp en spottend uit: 'Hoe goed bedoeld ook, dominee, in het geval van mijn vader ziet u het verkeerd.'

'Hoezo verkeerd?' Met meer dan gewone belangstelling kijkt hij naar haar, zelden heeft hij zo'n mooi meisje gezien, dat hem het gevoel geeft of hij een wonder aanschouwt, en zijn hart wordt onrustig. Blauwe ogen als diepe meren en een bos goudblonde krullen waar de zonnestralen verliefd overheen glijden, er licht-spettertjes in toveren, en in gedachten noemt hij haar 'de scho-ne jonkvrouw'.

Maar voor hij op haar praat in gaat, bromt Verbrugge op ruzie-achtige toon: 'Dus u wilt mij wijsmaken dat Hij…'

En Bart Vergouwe, nog altijd met een roffelend hart bij het zien van die blonde fee, die hem een gevoel geeft alsof hij recht-streeks de hemel in zweeft, zegt: 'Ik denk niets, u moet denken. God gaf de mens een vrije wil en ondanks uw handicap, hoe plaatst u die vrije wil in uw leven, hoe gaat u ermee om? 't Zij vroeg of laat, maar voor eenieder komt de tijd dat hij of zij rekenschap van zijn daden moet afleggen, niemand ontkomt daaraan.'

Rekenschap, boete, de woorden haken zich vast in Verbrugges oren, roepen beelden op die door zijn geest zweven. Iet Bartels. Rogier Avenzaethe-Seller, de zoon van Gesien, en diens vrouw Ertzebet, een donker type met kleine, slanke handen, poezelige aanhalinkjes en blijde lach, en Iet Bartels, verre familie van Arien Verbrugge. Hij had met goede bedoelingen het tweetal bij elkaar gebracht, maar als hij alles vooruit geweten had… En dat is de zwarte schaduw die over de Deo Gloria heen valt.

En de kersverse dominee praat zich de blaren op zijn tong en ach, die knul bedoelt het ook goed, maar het raakt Verbrugges hart niet, het preektoontje gaat z'n ene oor in, het andere uit. Plots valt hij narrig uit: 'Allemaal mooie woorden, maar in mijn ogen ziet u het verkeerd, als je zeven jaar aan een rolstoel zit gekluisterd, ga je het leven anders zien, dan raakt het mooie er gauw af. Een mens, zegt u? Mijn mening: darmen en pis, da's alles wat een mens is. Wat kijkt u me nu verschrikt aan, vindt u dat geen praat, dan spijt me dat voor u, maar uw en mijn over-tuigingen staan niet meer op een lijn, al blijf ik erbij dat een mens zijn leven van bovenaf wordt gestuurd en bepaald, en al wat hem overkomt, is voorbestemd. Wat zegt u, of ik niet zoals sommigen door een tia ben gewaarschuwd? Nee, dominee, misschien mijn vrouw, als ze me het werken had afgeraden; die bewuste dag stond ik op met een barstende hoofdpijn. Ik zei het haar, ze liet de beslissing aan mijzelf. En ik, ik moest vooruit als alle dagen, het werk wachtte, en daar ben je boer voor, nietwaar? En u weet het toch: wat er ook gebeurt, de boer ploegt voort, een taak die hem is opgelegd. Maar deze boer ploegt niet meer, die laat een ander voor zich ploegen. Zelf zit ik dag in dag uit op m'n luie reet, krijg ik het eelt op mijn billen. Het is hard, maar het is niet anders.'

Dominee Vergouwe probeert te sussen, maar al zijn goedbedoelde woorden verdwijnen als sneeuw voor de zon, en hij weet niet anders te zeggen dan: 'Kom, kom, zo donker moet u het niet inzien.'

'Hoe dan, dominee? Hoe goed bedoeld van u, zeg maar niks meer. Volgens mij word ik beproefd voor de dagen uit het verleden, maar die ga ik niet aan uw neus hangen, daar heeft u niks mee nodig.' En plots, met een blik op Gesien, die er nog steeds zwijgend bij zit: 'En jij, zei jij niet een paar dagen van tevoren dat je zo'n vreemd voorgevoel had, alsof er iets ernstigs zou gebeuren?'

'Ja, dat had ik,' fluistert ze, niet bij machte de woorden hardop uit te spreken en met begrip voor de man, die ondanks alles wat in hun huwelijk was gepasseerd haar altijd beschermde voor de buitenwereld, en voor haar klaarstond.

'Waarom heb je me toen niet koste wat kost tegengehouden?'

'Ik jou tegenhouden?' Zachtjes gaat ze op zijn vraag in. 'Ik had geen oordeel, en had ik het wel, had je dan naar me geluisterd? Nooit vroeg je naar mijn mening.'

Bedrukt en zwijgend kijkt hij haar aan. Ze heeft gelijk, nooit vroeg hij in zijn goede tijd iets aan haar. Gesien, zijn vrouw, een sieraad voor zijn huis en hof, en het was zijn glorie tegenover al die andere boeren uit de omgeving dat hij zo'n knappe vrouw aan de haak had geslagen. Zijn tweede vrouw, die door een vorig huwelijk en de geboorte van haar enige zoon gelieerd bleef aan een gerespecteerd bankiersgeslacht. Wijlen haar man had in zijn tijd op financieel gebied veel voor Arien gedaan, maar een vertrouwelijke, hartelijke band was het nooit tussen hen geweest, meer een zakelijke, en altijd had Arien hoog naar de man opgekeken om zijn degelijke kennis van zaken, en zijn positie op monetair gebied.

Bam, zegt de klok, het geluid echoot na in de keuken. Als op bevel schuift Atze zijn stoel achteruit, in zijn hart blij dat de schafttijd om is. Zo'n dominee op visite, da's niks voor hem, en dat zalvende gepraat, hij krijgt het er Spaans benauwd van, al zal de man het wel goed bedoelen.

En Bart Vergouwe, worstelend met een gevoel of hij in het luchtledige staat te praten, komt ook overeind, reikt Verbrugge de hand en zegt met een pijnlijk glimlachje: 'Ik ga er ook vandoor, zijn jullie weer onder elkaar.' Hij heeft het al lang gevoeld dat er van hun kant geen enkele vertrouwelijkheid naar hem uitgaat.

'Doe wat je zegt, dan lieg je niet,' gromt Verbrugge en hij schudt Barts hand zo stevig dat diens vingers kraken.

'Dag, mevrouw.' De pijn verbijtend richt hij zich op Gesien. 'Van mijn kant was het een genoegen.'

Een hoffelijk knikje, terwijl ze denkt: de pastoor was me liever, en ze zegt: 'Josien, laat jij de dominee even uit?'

Ze stribbelt tegen. 'Moet dat?' Liever gaat ze met Atze mee het land in, in zijn nabijheid voelt ze zich gelukkig.

Gesien is onverbiddelijk. 'Ja, dat moet.'

'Daar gaat-ie,' zegt Verbrugge. En Marie, bezig de vuile koffieboel op te ruimen, met uitzicht op het tuinpad, voegt eraan toe: 'Zo'n broekie, en dat denkt dat hij de perfecte dominee is.'

'Er zijn geen perfecte mensen op aarde, Marie,' reageert Gesien, 'alleen perfecte bedoelingen, en of die een kans van slagen krijgen, moet je maar afwachten.'

Ja, vertel haar wat, perfect. Niemand is perfect, en als Marie aan haar vader denkt, met al zijn steken onder water, en vernederende beledigingen tegenover haar, zijn oudste dochter…

Hoe diep verborg ze in haar hart haar afschuw voor hem en droomde ze in een geheim verlangen naar een zachte warme mond die haar kuste en een mannenhand die haar lichaam strelend liefkoosde. In een stil hunkerend verlangen heeft ze jaren op Atze Bartels gewacht, tot ze begreep: van zijn kant wordt het nooit wat, en dat was de reden dat ze tegen Dirk Kuit ja zei. En ach, zo piep zijn zij beiden niet meer, dus wat dat betreft zal het beddestro gauw opgebrand zijn, en wat overblijft dat zal ze wel zien, en Dirk is de beroerdste niet.

Marie, met heel haar gedachten bij Dirk, sliert de vatenkwast door het teiltje en Gesien zet zich op een stoel, naast Verbrugge, grijpt aarzelend zijn hand en vraagt: 'Hoe vind jij die nieuwe herder?'

Hij glimlacht, streelt haar vingers, ze draagt nog altijd zijn trouwring, en zegt: 'Ik weet het wel, de pastoor is jou liever.'

'Ja,' geeft ze ruiterlijk toe, en ach, waarom eromheen draaien? De wekelijkse gang naar de kerk is er allang niet meer bij. Verbrugge kan door zijn handicap niet meer autorijden. Zij heeft nooit de moeite genomen het te leren, en Josien met haar zeventien jaar is er nog te jong voor, al popelt ze wel om haar rijbewijs te halen.

Op een dag stapte ze resoluut op Atze af en gebood hem dat hij haar tractor moest leren rijden. Hij zei nee, prakkiseerde er niet over, trouwens, hij had andere dingen aan zijn kop dan toe te geven aan zo'n vrouwengril. Toch wist ze hem met vrouwelijke listigheid zover te krijgen. De eerste lessen gingen van haar kant met veel gekibbel en geharrewar gepaard.

Op een dag liep de ruzie zo hoog op dat Atze Josien achter het stuur vandaan sleurde en zei: 'Nou ben ik het meer dan zat. Als jij niet doet zoals ik het je zeg, donder je maar op naar huis'.

Josien slikte die vernedering niet. Voor Atze erop bedacht was, vloog ze hem aan en gaf hem een harde klap in zijn gezicht. Toen was de maat vol, hij greep Josien in d'r lurven, bracht haar persoonlijk thuis en zei op de verbaasde blik van Gesien: 'Eén ding: ze komt bij mij niet meer op de tractor.'

Josien ging er luid schreeuwend tegen in: 'Of jij het hier voor het zeggen hebt.'

Een onverschillige schouderophaling: 'Hier niet, maar op het land ben ik de baas.'

Josien tartte: 'En als ik het wel doe?'

128

'Dan donder ik je eigenhandig de sloot in, dus wees gewaar-schuwd.'

Josien, giftig: 'Dat zou je je baantje kunnen kosten.'

'Dan moet dat maar, maar door jou laat ik me niet de wet stel-len, en weet wel: ik heb met je vader te doen en niet met jou, en als hij zegt...'

Maar Arien zei: 'Bind een beetje in, Josien, en Atze, ga jij maar weer aan je werk.'

Josien voelde het als een persoonlijke belediging. Tijdens het avondeten staarde ze somber voor zich uit. Als je haar wat vroeg, kreeg je amper antwoord, en toen Gesien aandrong en vroeg: 'Kind, wat is er toch? Smaakt het eten je niet?', barstte de bom. De vork viel uit haar hand, tuimelde van de tafel op de grond.

Ze deed geen moeite hem op te rapen, schoof haar bord opzij, wierp een vernietigende blik op Arien en zei: 'Waarom ging Atze Bartels boven je eigen dochter?'

'Hè? Wat?' Verbluft keek hij haar aan: 'Ik zou Atze Bartels... Wees wijzer.'

'Je zei het toch maar.' En Gesien schrok van de harde blik waar-mee Josien haar vader aankeek, en haar vrouwelijk instinct zei: Arien, wees op je hoede, je dochter voelt zich achteruitgezet, dat neemt ze niet, en daar had je het al.

'Hij is maar een gewone bedrijfsleider, al doe jij of hij ik-weet-niet-wat is.'

Arien keek haar een poosje aan, alsof hij haar woorden over-woog, en zei toen: 'Zolang ik hier de baas ben, en het nog kan, regel ik hier de zaken, knoop dat goed in je oren.'

Josien, als door een wesp gestoken, sprong woedend overeind en snauwde: 'Net wat je zegt, 'zolang', maar eenmaal ben ik de baas op de Deo Gloria, en dan...'

Rustig viel Arien haar in de rede. 'Niks en dan, en voorlopig blijft alles bij het oude. En eh... zo te zien mag jij Atze Bartels wel.'

Op slag bond Josien in. Haar vader had dan wel een paar lamme benen, maar hij zag nog scherp, en zijn antwoord bracht haar in verwarring. Inderdaad, ze mocht Atze Bartels wel, meer dan iemand anders, en voelde jaloezie als hij met Marie praatte of schertste met een van de melkmeiden, maar van hem houden?

Maar hoe kwam het dan dat ze soms droomt dat ze hem omhelst, een droom waaruit ze met een bonzend hart wakker schrikt. Komt het soms door die vleug sensatie die om zijn persoon hing? Zij, die nooit een jongen had willen kennen, laat staan dat ze aan zoiets dacht, ervaart in die dromen een liefdesvuur, waarin haar ziel haast verschroeit.

De dag daarop hield ze haar ogen neergeslagen, voelde ze zich gekweld en vernederd, vroeg zich af: zijn mannen zo? Ze ontweek bewust iedereen, zelfs Atze, en worstelde met een onverklaarbaar gevoel of een of andere kwade macht haar een boze droom influisterde. Maar hoe kunnen Verbrugge of zijn vrouw die gedachten van Josien raden? Ze dachten net als iedereen.

Josien is in haar jonge jaren altijd een moeilijk kind geweest, met een boel fantasie waar je als normaal mens van achteroversloeg, en is nu opgegroeid tot een mooie jonge meid, charmant en voor iedereen een glimlach, maar als het haar niet zinde, had ze een vlijmscherpe tong, waarmee ze iemand flink kon bezeren.

'Wat zit je dwars, Gesien?' Het is Arien die haar uit haar gedachten rukt: 'Zeg het maar.'

'Niets.'

'Jawel, d'r is wel iets. Weer mot met Josien?'

'Ach, daar ben ik in de loop der jaren aan gewend geraakt.'

Waar ze nooit aan went, is het droeve gevoel van eenzaamheid, vanaf de eerste stap over de drempel van de Deo Gloria. Niet haar eigen meubels, niet haar eigen spulletjes, maar alles nieuw en pronkerig; dure kitsch, waar Arien handenvol geld aan had uitgegeven. En de dure antieke meubels, waaraan al haar lieve herinneringen kleefden, waren per opbod op een veiling verkocht. Rogier had tegen haar gezegd: 'Wat moet ik ermee, ik ga naar of ben in het buitenland.'

'En Ertzebet?' waagde ze zachtjes te vragen. Ertzebet, Gesiens gewezen schoondochter.

Rogier, kortaf: 'We zijn gescheiden, weet u nog, moeder?'

Of ze het wist, al sprak ze er met niemand over, ook niet met Arien, want ook hem had die beroerde geschiedenis aangegrepen, waar hij naar eigen zeggen niet geheel onschuldig aan was. En zijzelf moest proberen te vergeten. Wat voorbij was, was voorbij, en oude koeien uit de sloot halen, daar werd een mens niet vrolijker van.

Maar zo kan ze niet denken, al die jaren tussen die kitscherige spullen op de Deo Gloria, dat grote huis. Zijn huis, waar ze zich nooit thuis heeft gevoeld. In alles hangt ze hier van hem af, hier is zij van hem, hij is de meester van de Deo Gloria. Hier heeft hij haar tegen haar wil een kind opgedrongen.

Josien, een kind waar beiden geen vat op hadden, die zich terugtrok in haar eigen fantasie van mussen met kinderzieltjes, engelen, goedheiligen, toverkollen en heksen. En in een donker hoekje van de hooizolder, waar ze zittend op haar hurken allerlei onverstaanbare woorden brabbelde, en als je per toeval haar daarop betrapte, barstte ze in snikken uit omdat niemand er niks niemendal van begreep. En na een tijdje weer gekalmeerd, snauwde ze je met grote boze ogen af, als je haar vroeg wat ze toch op die zolder te zoeken had.

Josien, net als je dacht dat je d'r had, glipte ze je als droog zand tussen de vingers door. En dat is nog zo. De enige die invloed op haar heeft, is Atze Bartels, voorheen een mollensteker en op en top een natuurmannetje, en al zeven jaar hier de bedrijfsleider. Atze, die over Josien zegt: 'Als je niet beter wist, zou je zeggen dat ze gedachten kan lezen.'

'Gesien…' Dat is Arien.

'Ja.'

Er gaat een steek door haar hart; is dat de stoere Arien Verbrugge? Wat is hij oud geworden, broodmager, ingevallen wangen, pluizig wit haar, hoe kan het leven een mens aantasten! Hij zit wat onderuitgezakt in zijn stoel. Ze komt overeind, trekt hem met inspanning van al haar krachten omhoog, zegt: 'Probeer wat mee te geven, jongen. Zo, beter?' trekt de plaid rechter, schudt het kussen weer 's op, vraagt licht hijgend: 'Voelt het wat beter aan?'

'Dank je, Gesien.' Hij snuift een paar maal. 'Wat ruik je lekker.'

'Parfum, van jou gekregen, weet je nog?'

Weet je nog, als-ie het maar wist, na dat verdomde infarct is hij veel vergeten, tast soms als een blinde rond in zijn herinnering; ziet lijnen en contouren, maar wat? Dat dringt niet tot hem door. Het enige wat hij zeker weet, is dat Gesien door zijn handicap wat liever voor hem is geworden, dat ze elkaar over en weer beter begrijpen. Hoe zei ze het ook weer? 'Leed loutert, dat geldt voor ons beiden, Arien.'

Gesien, glimlachend kijkt hij naar haar op, altijd als zij er is, verdwijnt zijn neerslachtigheid, ziet hij het leven weer wat zonniger in, en dat was vroeger wel anders. Vroeger… zeven jaar geleden, zeven jaar; voor hem een eeuwigheid.

'Waar kijk je naar, Gesien?' Gesien staat aandachtig naar buiten te turen.

'Naar Josien, ze staat volop met die dominee te kletsen.'

'Josien?' Hij richt zijn hoofd omhoog van het kussen, gluurt langs haar heen. Zo te zien voert Josien het woord, daarbij heftig gesticulerend. Verwonderd vraagt hij: 'Waar zullen die het over hebben?'

'Vast niet over naastenliefde en het paradijs,' antwoordt ze, en ze denkt aan die jonge blaag van een dominee, die Josien zat aan te gapen alsof er een engel uit de hemel was neergedaald. En ze zegt met een tikkeltje spot: 'Voor hem is het geloof ik liefde op het eerste gezicht.'

Hij, verbluft: 'Je meent het.'

Zij, met een spottend lachje, maar niet onvriendelijk: 'Let wel: hij, niet zij.'

Hij schiet in de lach. 'Zie je het al zitten, een dominee als schoonzoon?'

'Hou op, dat wordt hemel en hel.'

'Nou, als hij een goede invloed op haar heeft…'

'Niemand heeft invloed op Josien, goed noch slecht of het moet Atze Bartels zijn.' Atze, die met strenge hand leiding geeft hier op het bedrijf, het is van: je moet dit doen, en dat laten, achter je werk staan, enzovoort.

Tot een van de werkzoekenden die toon niet pikte en scherp uitviel: 'Als je zo voor jezelf had gestaan bij de heemraad,

Bartels, hadden ze je geen schop onder je kont gegeven.'

Met een ruk greep Atze de jongeman in zijn lurven, en met zijn brandende ogen vlak bij hem snauwde hij: 'Of je blijft, of je lazert op.'

De man bromde: 'Ik mot 'r effe over nadenken, ik laat me het mes door jou niet op mijn strot zetten.'

De greep verslapte. 'Daar heb je het hek, je kunt gaan.'

'En als ik niet ga...?'

'D'r uit!'

Voor de man het besefte, kreeg hij een schop onder zijn achterste en belandde hij met een fraaie boog aan de andere kant van het hek. Dat werd niet gepikt, met hoge benen stapte hij naar de politie, eiste genoegdoening. Nog dezelfde dag viel de Hermandad Arien op het dak, en dat werd over en weer een stevig babbeltje.

Arien betaalde, riep Atze op het matje en dreigde: 'Als je me dat weer lapt, trap ik jóú het erf af.'

Atze grijnsde: 'Met je lamme benen? Dat zal me een toer worden.' Haastig dook hij weg voor de lege koffiekom die rakelings langs hem heen vloog.

Wat zegt Arien nu?

'We moeten 's praten, Gesien.'

Praten, altijd weer praten, heeft ze daar de moed nog wel voor? Alles hier op het bedrijf is zo veranderd; Atze Bartels meer en meer de man op de voorgrond, en Arien meer en meer op de achtergrond. Josien, met haar eigen dingen bezig, aanvaardt haar moeder in een stom stilzwijgen. En na dat gebeuren met Arien heeft de gekwetste trots van Gesien zich verstild tot een weemoedig berusten.

'Ja, praten.' Arien tikt met zijn knokkels op de armleuning. 'Ga 's zitten, Gesien, ik wil het met je over Rogier hebben.'

Rogier... ze strijkt met haar hand langs haar voorhoofd. Rogier, de zoon van haar en Arnout, en zijn evenbeeld. Rogier, hoelang is het geleden? Zijn beeld voor haar ogen, een jagende onrust in haar hart, en een schreiend verlangen in haar ziel.

'Je moet hem schrijven, Gesien.'

'Schrijven, ik? Zijn moeder?'

133

'Juist ja, zijn moeder, en als je nou 's…'

'Na alles wat er tussen beide families is gepasseerd… Trouwens, jij hebt toch met hem gepraat?'

'Je kent zijn gedachten over mij. Ik ben in die hele trieste affaire de gebeten hond.'

'Maar geen echtbreker, de fout ligt bij hemzelf.'

'Goed, twee kijven, twee schuld. Maar als Ertzebet nou 's…'

Ertzebet, de gewezen schoondochter van Gesien, jong, knap, lerares klassieke talen, dochter van goeden huize en door Rogier op handen gedragen, totdat Iet Bartels op het toneel verscheen. Iet Bartels, een ver familielid van Arien, en door hem persoonlijk aanbevolen als huishoudelijke hulp bij de familie Avenzaethe-Seller. Iet kwam, zag en overwon, vooral wat Rogier betrof, binnen het jaar moest Iet Bartels van hem in de kraam. En beide families vroegen zich af wat hem hiertoe had gedreven. Rogier, een liaison met een vrouw die veruit zijn mindere was in beschaving en geestelijke ontwikkeling. In de kortst mogelijke tijd was hij van Ertzebet gescheiden, keerde alles en iedereen, waaronder ook Iet Bartels, de rug toe, ging onverschillig en hooghartig zijn eigen weg, die de hunne niet was, en vertrok als waterbouwkundig ingenieur voorgoed naar het buitenland, waar hij aan verschillende projecten meewerkte, en dat al dertig jaar. Dertig jaar, waarin slechts één brief is gekomen van haar kant, die nooit is beantwoord. En nu zegt Arien…

Zachtjes zegt ze: 'Na al die jaren, hoe kom je opeens op Rogier?'

'Ach…' Een lichte schouderophaling. 'Denk je 's in, Gesien, een mens mag wel kwaad worden, maar niet kwaad blijven.'

'En nu wil je dat ik de minste ben. Ik, zijn moeder?'

'Wij zijn ook geen heiligen, Gesien.'

'Da's niemand.'

'Hij kent niet eens zijn eigen zuster.'

'Josien?'

'Juist Josien.'

'Je bedoelt zijn halfzuster.'

'Als jij het zo ziet.'

'Zie jij het dan anders?'

Hij gaat op haar woorden niet in, denkt: ze heeft gelijk, zoals in veel dingen, ook toen met de geboorte van Josien, ze waren al mensen op gevorderde leeftijd. Maar de laatste tijd is er nog iets van veel groter belang. Atze Bartels, een gebeurtenis in het verleden, waar hij, Arien, de laatste maanden veel over zit te peinzen, met zachte vertedering, zonder boosheid op wie of wat dan ook. Maar hij worstelt ook met een gevoel of hij iets verzuimd heeft dat rechtgezet moet worden. Maar wat? Tot het hem vanochtend bij het ontwaken opeens te binnen schoot: Rogier. En Arien zou geen rust hebben als hij...

Zachtjes dringt hij aan: 'Atze heeft het recht zijn vader te leren kennen, en Rogier zijn zoon.'

Een schaduw trekt over haar gezicht; ze vindt beter het verleden te laten rusten. Met bitterheid heeft ze het jaren in zich meegedragen, totdat het eindelijk in haar versteend lag, ze dacht er nooit meer aan, en nu wil Arien...? Arien, een netwerk van fijne rimpeltjes tekent zijn gezicht, de wangen zijn ingevallen, de mondhoeken neergebogen, zijn handicap heeft hem leren berusten en zijn denken milder gemaakt, en ze zegt: 'Nu opeens, daar kom je wel wat laat mee.'

'Beter laat dan nooit.'

'En Atze Bartels, hoe denk je dat hij na al die jaren zal reageren?'

'Da's afwachten. Naar wat ik weet, heeft zijn moeder er nooit met een woord over gerept.'

'En nu denk je dat hij...? Praten, jawel, maar wat je zegt, moet je eerst goed overdenken. En Josien, heb je daaraan gedacht? Zij is uit ons geboren, dus de wettelijke erfgenaam. Nu al ziet ze zich als de heer en meester van de Deo Gloria.'

'Dat weet ik. Ik hoop alleen dat we elkaar wat beter gaan begrijpen.'

Begrijpen, jawel... Somber en strak staart ze voor zich uit, ze ziet er het heil niet van in, laat rusten wat rust. In de toekomst Josien straks op het bedrijf, Atze als bedrijfsleider, en Rogier heeft zijn bestaan in het buitenland.

'Zo te zien schijn je er nogal moeite mee te hebben.'

Geërgerd valt ze uit: 'Als het aan mij ligt, laten we het zo, en

135

dan, Rogier is zo'n stijfkop.'

'Het gaat niet alleen om je zoon. Ook ik ben bang om naam en eer te verliezen.' En met een pijnlijk lachje: 'Maar voor ik het hoekje om ga, moet er schoon schip worden gemaakt, begrijp je, Gesien?'

En of ze het begrijpt. Arien die zó tegen haar praat, wat haar ontroert en tevens een onbehaaglijk gevoel geeft. Met een soort ruwe liefde houdt hij oprecht van haar, maar juist door die liefde heeft ze ook veel geleden. Buiten, maar ook door zijn schuld. Zij heeft hem in die dagen alles verweten, en nooit iets vergeven. Ze is misschien te hard voor hem geweest. Arien, vroeger een beer van een vent, nu een stakker, lijdend onder lichamelijke aftakeling. 'Als ik straks het hoekje om ga.' Ze heeft er geen notie van dat hij zo denkt, plots schieten tranen in haar ogen en zegt: 'Die malle praat van jou wil ik niet meer horen.'

Hij ziet haar ontroering en zegt quasivrolijk: 'Stil maar, je zit nog jaren met die krikkemik opgescheept.'

'Hou toch op met dat idiote geklets. Trouwens, het is tijd om je medicijnen in te nemen.'

Hij, op een klagend toontje: 'Of het zo lekker is, een wijntje is me liever.'

'Open je mond, en trek niet zo'n vies gezicht. Bitter in de mond maakt het hart gezond.' Plots heeft ze een sterke behoefte om hem te beschermen, ze slaat haar arm om zijn schouder en zegt: 'Vanavond zet ik een extra lekker kopje koffie voor je.'

'Daar houd ik je aan.' Hij ziet haar knappe gezicht, de rustige blik in haar ogen. Hij houdt van haar, maar heeft haar ook veel aangedaan. En zij, heeft ze hem zijn wilde zelfzucht vergeven? Vast wel, ze is sinds zijn handicap liever voor hem geworden, komt hem in veel dingen tegemoet. Maar dat met Rogier...

Opnieuw dringt hij aan: 'Schrijf je hem?'

'Als je erop staat.'

'Dat doe ik, Gesien, dat doe ik.' Hij pakt haar hand, drukt er een kus op, ziet de matwarme glans van zijn trouwring. Waar liefde woont, gebiedt de Heer Zijn zegen; komt het alsnog na al die jaren? 'Dank je, Gesien.'

136

'Danken doe je in de kerk.' Met een stil makend gevoel in haar hart schudt ze het kussen nog 's op. 'Hoe ligt het nou? Beter?' 'Als een prins,' is het antwoord, en hij denkt: het enige dat mij overblijft, als de boel maar rond komt. Josien en Atze zijn dagelijks om hem heen, maar Rogier is al jaren in het buitenland. Hij daar, zij hier, wat weten ze nog van elkaars leven? Weinig is er nog van over, alleen dat vervloekte verleden dat als een schaduw over hen blijft hangen. Dieper zakt zijn hoofd in het kussen. En hij, een sta-in-de-weg, en toch moet je voort. Hoelang nog? En kreeg-ie nog een kans, dan zou hij Gesien alsnog in het goud zetten, want ze is het waard. Hij huivert, trekt de plaid wat hoger op. Enfin, Gesien zal schrijven, en dan maar afwachten.

HOOFDSTUK 9

Ingenieur Avenzaethe-Seller staat peinzend voor het raam van zijn kantoor, dat uitzicht biedt over de verderop gelegen haven, waarvan de rode en groene havenlichten goed zichtbaar zijn. Nadat zijn werk aan de stuwdam in de Okinawarivier was geklaard, werkt hij nu voor een baggermaatschappij, die hem met vreugde zag komen, de directie had hem zelfs met een feestje welkom geheten, want ingenieur Avenzaethe was een vakbekwaam man, en wat men noemt een kei op zijn gebied, ook wat het gemengde personeel betrof waar hij dagelijks mee samenwerkte. O, werkwillig was het zwarte personeel genoeg, al schuilde er hier en daar nog wel wat bijgelovigheid tussen, wat ondanks al het werk van de missie nooit goed de kop was ingedrukt, en waar de blanke havenarbeiders met een glimlach aan voorbijgingen, zij zagen het zo: zwartjes, die met hun hocuspocus naar hun volwassenheid toe moesten groeien, en ze kwamen er wel, al was het met vallen en opstaan. Maar dat was makkelijker gezegd dan gedaan: sommigen hingen met hart en ziel de geesten van hun voorvaderen aan, en bij elke nieuwe opdracht werd er een kip geofferd, ten koste van een werkdag, en dat was werkschade waarvoor Blankers – de algemeen directeur – Rogier op het matje riep en gevoelig op de vingers tikte. Zijn mening was kort maar krachtig: 'Dat gedonder met die kippenoffers moet over zijn, desnoods trap ik ze eruit; voor hen tien anderen.'
Hij, zachtjes spottend: 'Voor zo'n armzalig loontje? Dacht het niet.'
Blankers stoof op: 'Wat dacht je dan, een handvol zilvergeld?'
Zijn antwoord: 'Ik ga wel 's met Moezamba praten.'
Moezamba, een boom van een vent, een huid als glanzend ebbenhout, spieren als manillatrossen, een kop met krullen, en hij koeterwaalt in een eigen taaltje: een paar woorden Frans, Engels, Duits, wat Hollands en de rest in eigen dialect, en nog altijd verstonden ze elkaar voortreffelijk.
Maar tot nu toe is Rogier er niet aan toe gekomen met Moezamba te praten. Andere zaken vragen zijn aandacht; de

rapporten liggen op zijn bureau en hij moet ze hoognodig door-lezen.

Pff, wat is het weer heet vandaag, het zweet loopt van zijn kop en zijn overhemd kleeft aan zijn lijf. En hij, die toch warmte gewend is; Turkije, Dubai, Irak, Iran, Indonesië, heel Azië heeft hij doorkruist, en in die landen loopt de thermometer soms hoger op dan hier, maar het is wel droge warmte. De nachten geven verkoeling, maar hier, langs die laaggelegen kust, is het een klamme warmte, zodat je haast uit je huid smelt. Nog een geluk dat de airco aanstaat, maar veel verkoeling geeft het niet. Wat zou hij er niet voor over hebben in Holland op de fiets tegen regen en storm op te boksen. Holland, met zijn brede rivieren, zijn zware dijken en de daarachter liggende polders, met daarin de statige boerderijen. Zijn moeder is met zo'n rijke boer getrouwd. Arien Verbrugge. Het botert niet tussen hem en die Arien, vooral na dat gebeuren met Iet Bartels en Ertzebet. Duistere plekken in Rogiers ziel.

Hij wrijft langs zijn voorhoofd, weg met die gedachtespinsels, vergeten, da's het beste, alles laten zoals het is. Met zijn kennis en werkervaring heeft hij het gemaakt in het buitenland. Zijn naam is overal bekend, en waar hij komt, gaan de deuren voor hem open. En vrouwen. Als hij dat wil, kan hij er aan iedere vin-ger één krijgen, en hij heeft wel 's een avontuurtje, maar of het hem gelukkig maakt? Ertzebet en Iet Bartels, twee vrouwen die van invloed waren op zijn leven. Hij had gegeven en genomen, pas toen het goed tot hem doordrong, had hij in totale ontred-dering alle schepen achter zich verbrand en was hij voorgoed naar het buitenland vertrokken. Hoelang is dat geleden? Vijfentwintig jaar of langer? Hij houdt er geen boek van bij, maar de laatste tijd is er iets in hem veranderd, betrapt hij zich erop dat hij wel 's in Patria om een hoekje zou willen kijken.

Verdomme, wat toch een hitte, het kwelt hem erger dan anders, en de uithangende zonneschermen helpen ook geen zier. Bezweet valt hij in een rotanstoel neer, zijn keel is droog als kurk, een lekker koel biertje zou hem smaken.

Een bescheiden klopje op de deur.

'Ja, binnen.'

Op de drempel een negroïde meisje met een dienblaadje waarop een theepot met twee kopjes. 'Meneer, uw thee, drinkt u het hier of op het balkon?'

Verrast kijkt hij op. 'Thee? Ik heb niks besteld.'

'Dat zijn de orders hier, alle gasten krijgen 's avonds gratis thee.'

Hoor daar, hij wordt gerekend tot de gasten, toch 's met Blankers over praten, die gast zal er wel meer van weten.

'O, nou, voortaan zal ik eraan denken. Schenk maar in.'

'Goed, meneer, melk en suiker?'

'Geen melk, geen suiker.' Met aandacht volgt hij haar bewegingen. Ze is een ander type dan de meisjes beneden; haar optreden is beschaafd, ze spreekt perfect Engels, beter dan die hoge ambtenaren waarmee hij dagelijks in de clinch ligt. Verhip, nu ziet hij het pas, ze draagt een gouden amulet waarop de tekens van de Juwandastam staan. Ze hebben een strenge verering voor hun voorouders, staan bekend om hun prachtige sier- en houtsnijwerk en de aparte bouw van hun huizen en zijn een toeristische trekpleister voor velen die Afrika bezoeken.

'Wil je me straks een glas bier brengen?

'Ja, meneer, en zal ik de schemerlamp voor u aansteken?'

'Doe maar.'

Als een lenige gazelle glijdt ze langs hem heen, en plots voelt hij het verlangen om te praten.

'Vertel 's, hoe heet je?'

'Abigaïl, meneer.'

Abigaïl – bron van vreugde – een naam uit het Oude Testament, en een mooie naam voor een mooie vrouw, en deze negroïde vrouw is van een opvallende schoonheid, en hij kent toch vele zwarte vrouwtjes, maar deze zwarte hinde brengt hem zelfs een klein beetje van zijn stuk.

'Vertel 's, Abigaïl, waar heb je Engels geleerd?'

Een schichtige blik. 'Spreek ik het niet goed?'

'Perfect, mag ik wel zeggen, bijna accentloos.'

'Ik heb het op de missiepost geleerd, daar ben ik ook op school gegaan, en ik heb mijn diploma's gehaald.'

'Ach zo.' Nu gaat hem een licht op, vandaar die naam Abigaïl.

Hij denkt aan de historie van Afrika, een continent dat toentertijd onmenselijk heeft geleden onder de slavenhandel, en nog
het ergst door sommige stamhoofden, die onder één hoedje
speelden met de slavenhandelaars en zichzelf verrijkten door
verkoop van hun eigen jongemannen. Vandaar dat het een
zegen was dat er missieposten werden opgericht in het binnenland, die vanuit hun christelijke overtuiging zich verzetten
tegen de slavenhandel en zich tegen de Afrikaanse rituelen
keerden. Maar je vraagt je af of het in deze tijd zoveel beter is?
Geen slavenhandel meer, dat wel, maar nu leeft men onder de
druk van eigen potentaten, die zich verrijken door macht en
onderdrukking van het eigen volk, en rechtvaardigheid is ver te
zoeken.
'Vertel 's, Abigaïl, wat is je echte naam?'
'M'n echte naam? Hoe bedoelt u?'
'De naam die je door de stamoudste is gegeven.'
'De stamoudste is mijn vader, hij heeft jaren op de missiepost
gewerkt, wat van invloed is geweest op zijn denken en tot voorbeeld van de eigen stamleden.'
Abigaïl, haar vader, de missiepost, het christelijk onderwijs,
een moment duizelt het hem, dan valt zijn oog weer op het gouden amulet dat ze draagt, met daarop de tekens van haar stam,
en zegt: 'Christen, en je draagt een amulet.'
Ze glimlacht een beetje triest, kijkt hem vol aan en zegt: 'Het
teken van mijn stam. En u, draagt u een foto van uw moeder?'
Da's een goeie, die kan-ie in zijn zak steken, en een moment zit
hij met een mond vol tanden.
En ze zegt: 'Mijn vader mag dan christen zijn, hij heeft wel drie
vrouwen en zeventien kinderen.'
Wat moet hij zeggen? Lief kind, breek daar je hoofd niet over,
de harem van de zo beroemde en vereerde koning Salomo puil-
de uit van het vrouwelijk schoon? Voor de zoveelste maal
neemt hij haar op van top tot teen, een huid als een glanzende
zwarte parel, amandelvormige ogen waarin de ziel van Afrika
ligt. Wat zegt ze nu?
'Ik ben het eerste kind van de hoofdvrouw van mijn vader.'
Eerste kind, hoofdvrouw, hij heeft er weleens over gehoord,

maar nu wordt hij door dit kind met zijn neus op de feiten gedrukt. Het ligt op zijn tong aan haar te vragen: 'En die andere zestien bloedjes, mochten zij ook leren?' Maar hij zegt: 'Vertel 's Abigaïl, welke diploma's heb je?'

'Hbs, meneer, alfa en bèta, en ik had graag doorgestudeerd.'

Alsjeblieft, hbs, op het hoogste niveau, en dat loopt hier te bedienen. En hij vraagt: 'Jij met je diploma's, is er voor jou geen ander baantje dan dit?'

Als ze zwijgt, dringt hij aan: 'Nou, vertel 's.'

'Afgestudeerde blanke vrouwen gaan hier nog altijd voor, meneer.'

'En jullie hebben een zwarte regering?'

'Jawel, meneer, maar een zwarte regering die met eigen vrijheid moet leren omgaan en zich nog steeds moet ontworstelen aan de druk van een koloniaal verleden. De blanken zijn hier eeuwenlang de baas geweest.'

In hem het gevoel van een verwarrende onzekerheid en hij vraagt zich af: is het dan toch zo, dat een eindelijk vrij volk zich eerst door een crisis heen moet worstelen om zijn vrijheid te waarderen? En als hij terugkijkt op de geschiedenis van zijn eigen land: de Kaninefaten en Batavieren en al wat daarna kwam. Slaven, lijfeigenen, edelen, ridders, stroop- en plundertochten voor eigen belang, de beeldenstorm, de Spaanse inquisitie, de Watergeuzen... Ligt er dan zo'n verschil tussen hier en daar? Tussen oost en west? Kom nou.

Abigaïl, een zwarte madonna in de inheemse dracht van haar stam, een lange lap stof, in geel-oranje kleuren, op haar schouders bijeengehouden door een gouden clip, om haar middel een gevlochten riem van hertenleer, een gouden amulet om haar hals, sierlijke sandalen aan haar voeten: een en al Afrikaanse bekoorlijkheid. Plots voelt hij de hunkering naar een vrouw, en hij schuift zijn stoel bij en vraagt: 'Drink je een kopje thee mee?'

Ze deinst terug. 'Dat is hier niet de gewoonte, meneer.'

Hij begrijpt: zij is dienstpersoneel; ze moet nederig zijn. 'En als ik het je vraag?'

Een lichte aarzeling. 'Ik heb weinig tijd, meneer.'

'En dat moet ik geloven?'

'Ik krijg er last mee, meneer.'

'Met wie? De maatschappij?' Machinist Brink zweeft door zijn geest, hij dweept met zwarte vrouwtjes, is vechtlustig overdag, een en al vuur 's nachts. Hij heeft er een voor door de week en een voor zondag, en vervelen doet het je nooit. Hij was niet op Brinks hitsige gepraat in gegaan, dacht wel: is Brink zoveel slechter dan zijn leidinggevende ingenieur Rogier Avenzaethe? Ook hij is met twee vrouwen naar bed geweest en heeft hen daarna op de ziel getrapt en is als het ware naar het buitenland gevlucht, waar hij door zijn kennis van zaken direct een goed-betaalde baan had, en dat is alweer ruim een kwart eeuw gele-den.

'Nee, meneer, niet met de maatschappij, maar met mijn chef.' Abigaïl, ze haalt hem uit zijn gedachten.

'Ach zo, je chef.' Hij kent het mannetje wel: een opgeblazen kik-ker, heerszuchtig naar boven likkend en naar onderen trap-pend. En toch door het personeel gezien als de man die het gemaakt heeft, en die zich door hen laat vereren.

Hij stelt haar gerust: 'Als-ie je met een vinger aanraakt, krijgt dat heerschap met mij te doen.'

Ze schrikt, zegt: 'Liever niet, meneer, dan ben ik mijn baantje kwijt.'

'Des te beter, met jouw capaciteiten hoor je op een kantoor en niet in zo'n snikhete keuken.' En hij voegt eraan toe: 'Zal ik 's met de leiding gaan praten?'

Smekend klinkt het: 'Alstublieft niet, meneer.'

Scherper neemt hij haar op, haar vingers spelen nerveus met het amulet. 'Maar waarom dan niet?'

'Dat heb ik u net verteld, meneer, ondanks dat we hier een zwarte regering hebben, gaat blank nog altijd voor zwart.'

'Dus blijf jij liever in de keuken staan?'

Een diepe zucht. 'Ik kan niets beters krijgen, en de goede banen hier in het lokale bestuur, daar azen de ambitieuze jongeman-nen op, en hier geldt nog altijd: de man gaat voor de vrouw.'

Stilte, het gesprek is weer op hetzelfde punt beland, weer bij af. En dat heeft nu gestudeerd en geen enkele toekomst voor zich-zelf. En het ontvalt hem: 'Als je 's naar je eigen volk teruggaat?'

Een schrikreactie: 'Voor geen goud, dan word ik uitgehuwelijkt.'

'Wat? En je vader is een christen?'

'M'n vader, ja, maar andere stamoudsten niet, en als een van hen een vrouw voor zijn zoon uitzoekt en een bruidsschat aanbiedt, kan mijn vader niet weigeren.'

'En als hij weigert?'

'Dan spreken ze de banvloek over hem uit.'

De banvloek; in Holland iets uit de vroege middeleeuwen, maar hier, allemachtig, wat toch een achterlijke boel, met hun banvloek, hun voodoopoppen en het ritueel slachten van geiten en kippen. En Abigaïl zelf? Ze is warempel toch spits genoeg om al die hocuspocus te doorzien. Scherper dan zijn bedoeling is, valt hij uit: 'Wat toch nog een achterlijke boel hier, bij ons in Europa ligt het gelukkig anders, een man trouwt gewoon een vrouw, en koopt haar niet met een bruidsschat.' Je liegt, drenst het door hem heen, hoeveel goed gesitueerden houden er niet een liefje op na, en jijzelf, met Ertzebet en Iet Bartels?

'We zijn hier in Afrika, meneer.'

Juist, Afrika, waar Abigaïls roots liggen, en waarvan ze de gewoonten en situaties beter doorziet en begrijpt dan de zoon van een bankier met zijn Europese opvoeding, ontwikkeling en goedbetaalde baan. Wat kletst ze nu weer?

'De dominee hield ons altijd voor: ieder mens is van adel zolang hij in genade is.' Weg voodoo en banvloek.

'Zo, zei de dominee dat?' Hoelang is het geleden dat hij met een dominee sprak? Hij praat alleen met de directeur van de maatschappij, en die koeterwaalt weer met de zwarte ambtenaren, die meestal met dwars hout gooien omdat ze die 'Hollandse kaaskoppen' maar moeilijk kunnen zetten. En niet te vergeten machinist Brink; die hete bliksem zorgt wel dat-ie aan zijn trekken komt. Brink, een lomperd in praat en daad, en Rogier, het meer dan zat, zei meer dan eens tegen hem: 'Matig je een beetje, man, en spoel je mond uit.'

En Abigaïl zegt: 'De dominee zegt ook: je wordt pas mens als je medemens bent.'

Hij weet er geen antwoord op, zijn gedachten rollen als knikkers door zijn kop. Abigaïl, een Afrikaanse schoonheid en goed ontwikkeld ook, zoiets kom je niet alle dagen tegen, en hij werkt toch al menig jaartje in Afrika. Plots ziet hij tegen de een-zaamheid van de avond op. Hij zou naar de soos kunnen gaan, waar de intelligentsia van de maatschappij gratis toegang heb-ben, en volgens Van Raalte, de hoofdadministrateur, het sum-mum van gezelligheid. Maar toch trekt het Rogier niet, hij komt er hoogst zelden.

Abigaïl is de dochter van een stamhoofd, begaafd en beschaafd, en juist haar beschaafde voorkomen heeft hem verrast. En dat is dienstertje in de keuken. Toch 's zien of hij daar geen veran-dering in kan brengen, want dat kind verdient beter.

Dochter van Afrika, hij kan zijn ogen niet van haar afhouden, er raast een verlangen door hem heen, naar wat? Hij tikt op het tafelblad en eist meer dan hij zegt: 'Ik sta erop dat je een kopje thee met me drinkt.'

Het is of ze in elkaar krimpt, hoort ze in zijn stem nog de auto-ritaire klank van een koloniaal verleden? Ze slaat haar ogen neer en zachtjes klinkt het: 'Als u erop staat, meneer.' En ze gaat zitten.

Hij schenkt haar een kopje thee in, ziet haar bekoorlijkheid, de mooie mond, de hagelwitte tanden, de slanke hals, de ronde, stevige armen, de welving van haar borsten. Hij praat honderd-uit, zij luistert en geeft af en toe antwoord.

'Verveel ik je met m'n gepraat?'

'Nee, meneer.'

'Jawel, d'r is wat. Vertel op.'

'U zou het niet begrijpen, meneer.'

'Ik zal het proberen te begrijpen.'

Een droef glimlachje: 'Sommige oudsten van onze stam zouden mijn gesprek met u opvatten als verraad tegenover eigen volk.'

Even staan zijn gedachten stil bij wat ze zegt, hij kan er begrip voor opbrengen. De stamoudsten, met hun herinnering aan sla-vernij en onderdrukking, pijn en smart, die tot op de dag van vandaag een blanke nog steeds zien als de verpersoonlijking van het kwaad. Maar zij in het westen dan, het superieure blan-ke ras, zijn zij zoveel beter? Waar zwarten door sommigen met achterdochtige blikken worden nagekeken, en om hun donkere huid niet worden aanvaard? Blank tegen zwart en zwart tegen blank, met ieder zijn eigen roots, en ondanks het feit dat over en weer druk wordt gesproken over gelijkheid, samenwerking en rechten, is er weinig begrip voor elkander. Zachtjes zegt hij: 'Ik weet niet wat ik hierop moet zeggen.'

Een schouderophaling: 'Laten we erover ophouden, meneer. Uw volk en het mijne, met nog altijd die diepe kloof ertussen die zo moeilijk valt te overbruggen.'

'Maar jij bent toch over die kloof heen?'

'Het gaat niet alleen om mij, maar om heel het volk, zowel het uwe als het mijne.'

Hij zwijgt, denkt na. Regeringen van alle landen praten al jaren over rechten en gelijkheid van ras en volk, maar in de praktijk komt er maar bitter weinig van terecht. Hij voelt behoefte iets liefs tegen haar te zeggen en noodt: 'Wij samen nog een kopje thee, Abigaïl?'

Schrik en verwarring. 'Dat kan niet, meneer, ik ben al buiten m'n boekje gegaan om op uw uitnodiging in te gaan; als meneer Chandraskar het te weten komt, krijg ik op staande voet ontslag.'

Aha, Chandraskar, die listige Indiër, die met zijn fluwelen tong, wat geld en goede woorden dit baantje heeft weten te veroveren, en nu als een pronkhaan loopt te flaneren, alsof hij de onderkoning van India is. Een mannetje dat hij, indien hij het wil, kan maken en breken. Hij sust: 'Maak je geen zorgen. lieve kind, mocht het zo zijn, dan ga ik wel even met hem praten, en geloof me, dan zingt meneer Chandraskar wel een toontje lager.'

'U als man in uw positie kan dat doen, maar ik als vrouw…?'

God ja, dat is waar, in al die landen waar hij in de loop der jaren heeft gewerkt, blijft in de ogen van de man zijn vrouw toch de mindere, en zelfs bij sommigen een voetveeg. Troostend legt hij zijn hand op haar schouder en weet niet beter te zeggen dan: 'Je bent een dapper kind. Wat nou? Tranen?'

Ze veegt de tranen van haar wang, kijkt naar hem op en zegt: 'Ik vind het fijn om samen met u een kopje thee te drinken.'

'En ik ben blij dat je me dat genoegen gunt. Weet je,' vervolgt hij, 'na het werk elke avond weer die eenzaamheid, hetzij op het kantoor, hetzij op de flat, het maakt een mens soms gek.'
Een verwonderde blik. 'Daar lijkt u mij het type niet voor.'
'O, vergis je niet, soms hunker ik als man naar een beetje huiselijke gezelligheid.'
'Dan neemt u toch een huishoudster?'
Huishoudster, het woord haakt in zijn oren, het is hem bekend dat veel donkere vrouwen het als een eer zien voor een blanke te werken, en desnoods met hem naar bed te gaan, de goede niet te na gesproken. Bootsman Verdonk leeft zo al jaren met een vrouw, en Trevers kan er ook wat van; mannen zonder enige moraal of gezonde mentaliteit.
En hij dan, Rogier? Sidderend staan zijn gedachten stil... Ertzebet. Iet Bartels. Wat heeft hij toen met zijn verliefde gemoed en opgezweepte verlangen beide vrouwen aangedaan? Daarna moest hij de waarheid onder ogen zien, maar hij had er de moed niet voor, was als het ware ervoor weggevlucht. Hij, Rogier Avenzaethe, een grotere lafbek moet er nog geboren worden. En nu met die zwarte orchidee voor ogen, die verblindende schoonheid, schreeuwt zijn ziel van nee, maar zijn zinnen roepen ja.
En het rolt van zijn lippen: 'Luister, Abigaïl, zou jij bij mij huishoudster willen worden?'
'Dat meent u niet.'
'Dat meen ik wel, en intussen doe ik een goed woordje voor jou bij de directeur, voor een baantje op het kantoor.'
'Op uw kantoor?'
'Of bij de maatschappij of ergens anders.'
'Dus geen huishoudster?'
Hij ziet de warme blik in haar ogen, die niet veinst, en plots glijdt er iets tussen hen in dat hen allebei op scherp zet, en hij zegt: 'Een kantoorbaantje lijkt me voor jou toch beter.'
'Als u dat vindt, meneer.' Ze komt overeind uit haar stoel. 'Vindt u het goed dat ik ga?' Strak kijkt ze voor zich uit, hooghartig en koel, meer dan ooit is ze nu de dochter van een Afrikaans stamhoofd.

Verdomme, zo moet hij ook niet praten tegen een vrouw met haar intelligentie, in niets te vergelijken bij het andere dienst-doend personeel, en hij zegt: 'Blijf.'

Aandachtig kijkt ze hem aan: 'Om u te troosten of als uw huis-houdster?'

'Van beide een beetje.' In een opwelling streelt hij haar haren, haar wang.

Ze deinst achteruit. 'En net zei u...'

'Een man zegt wel 's meer wat, Abigaïl.' En vlug voegt hij eraan toe: 'En een klein beetje troost mag hij toch wel hebben na lange, eenzame jaren?'

Een glimlach verheldert haar gezicht. 'Als u denkt dat ik u die troost kan geven.'

'En waarom niet?' Ertzebet en Iet Bartels zijn ineens schimmen uit een ver verleden.

'Ik ben een Afrikaanse, meneer, met een zwarte huid.'

'Nou en? Ik een blanke, die hunkert naar een beetje troost en warmte.'

'Bent u getrouwd?'

Een vraag die ontreddering en tevens verwondering in hem oproept. De meeste donkere vrouwen voelen zich gevleid als een blanke vent notitie van hen neemt, maar deze Afrikaanse schoonheid is zo geheel anders, ze dwingt respect af. Hij schudt zijn hoofd en zegt: 'Nee, ik ben al jaren gescheiden, trou-wens, doet dat er iets toe?'

'Zoveel dat ik met een getrouwde man geen avontuurtje aan ga.'

Even is hij onthutst, zegt dan: 'Je tilt er zwaar aan, Abigaïl.'

'Ik ben christen, net als u, meneer, en u weet, God de Alziende, de Almachtige, de Wrekende. Maar nu ik weet dat u een gescheiden man bent, wil ik wel uw huishoudster zijn.'

'Wil je dat echt, Abigaïl, mijn huis beredderen en in mijn flat wonen?' Snel wendt hij zijn blik van haar af, weg is zijn oordeel over Brink, Verdonk en Trevers.

Een zacht lachje: 'U schijnt er moeite mee te hebben.'

Rogier legt zijn vulpen op het bureau neer en slaakt een zucht van verlichting. Godzijdank, die taak zit erop, althans voor vandaag, maar morgen is het weer hetzelfde liedje; alle dagen sleept hij dat hij een tas vol papieren mee naar huis, omdat hij door andere werkzaamheden er niet aan toe komt de rapporten door te lezen. Je zou zeggen: neem een secretaresse in dienst, maar waar vind je die? Op het hoofdkantoor hebben ze er moeite genoeg voor gedaan. Belangstelling genoeg, maar wanneer je het woord Afrika laat vallen, is op slag al het enthousiasme verdwenen en wordt het een ander verhaal. En geef ze ongelijk, het snikhete Afrikaanse klimaat sloopt een blanke, door de jaren heen is hij geacclimatiseerd, maar zelfs hij betrapt zich er soms op dat hij op zo'n allesverschroeiende dag een moord zou doen voor een verkoelende duik in de Noordzee.

Zo, eerst even bijkomen, en morgen samen met de directeur voor het zoveelste gesprek naar de ambtenaar van Verkeer en Waterstaat alhier. Het valt niet mee om met die heren tot overeenstemming te komen betreffende het contract, te tekenen voor vrije ligplaatsen van een aantal kleibakken achter in de haven. Slechts een handtekening en de zaak is rond.

Maar de donkere ambtenaar fronste dikke rimpels in zijn voorhoofd: die Hollanders waren maar lastige kerels, en ze moesten niet denken dat de blanken – zoals vroeger – in alles hun zin kregen, die tijd was voorgoed voorbij, ze leefden nu in een vrij Afrika, waar eigen regels en wetten voorgaan.

Ziezo, het was gezegd, en de heren blanken konden het in hun zak steken. Het kriebelde hem, maar directeur Blankers ging er op een kalm toontje tegen in. Zijn mening: zo bekeken had de ambtenaar gelijk, maar voor beide partijen was het beter dat ze op een goede manier tot overeenstemming kwamen, desnoods zou hij het hoofdkantoor in Holland opbellen om alsnog voor een kleine financiële tegemoetkoming te zorgen voor die vrije ligplaatsen.

De ambtenaar glunderde: kijk, nu viel er een mouw aan te passen, en als de directeur daarna terug wilde komen, kwam de zaak alsnog rond.

Buiten zei Blankers tegen hem: 'Kijk, zó doe je dat.'

Hij, narrig: 'Stroop smeren ligt me niet.'

Een kort lachje. 'Mij ook niet, maar, Avenzaethe, jij die hier al

149

jaren werkt, moet toch beter weten: beter met stroop dan met azijn.'

'Kan zijn, maar het ligt me niet.'

Blankers toverde pijp en tabak tevoorschijn, stopte, stak de brand erin, blies een rookwolk uit en zei: 'Eens zei je het tegen mij, nu zeg ik het tegen jou: zij denken zus, wij denken zo, tracht het te begrijpen en laat ze in hun waarde. 'En alles zal reg kom', zei Paul Kruger.'

Alles zal reg kom... denkt hij zo ook wat Abigaïl betreft? Zo laat kan hij niet thuiskomen of ze zit op hem te wachten met een groot gekoeld glas met vruchtendrank. Abigaïl, met haar ingeboren nederigheid tegenover hem, wat hem tegen de borst stuit en waar hij hardnekkig tegen ingaat, maar haar wil is even hard als de zijne, ze blijft hem zien als de grote 'Bwana', die zich in zijn goedheid over haar heeft ontfermd, en de geesten van haar voorouders zijn hem daar dankbaar voor. Bwana, geesten, woorden die hem afstoten en tegelijk boeien, en menigmaal vraagt hij zich af welke Afrikaanse gevoelens zich roeren onder haar christelijke overtuiging.

Abigaïl, haar christelijke voornaam is haar bij haar geboorte gegeven, maar voor de stamoudsten heet ze Baktay, naar de stammoeder van de Juwanda's die in Abigaïl voortleeft.

Hij verwonderde zich over wat ze hem vertelde, vroeg: 'Stemt je vader daarmee in?'

Ze keek hem met haar donkere ogen recht aan, vragend en smekend tegelijk, en zei: 'Waarom niet? Dit is Afrika.'

Juist, Afrika, rituelen, voodoo, stamoudsten, dat was hij even uit het oog verloren. 'En jij?' ging hij erop door. 'Hoe sta jij ertegenover?'

'Ik? Abigaïl voor de één, en Baktay...'

'Naar de wil van de stamoudsten,' viel hij haar wrevelig in de rede.

'Juist.' Een vaag glimlachje deed haar lippen krullen. 'Je begint het te begrijpen.' Ze kwam op hem toe, sloeg haar armen om zijn hals, kuste hem op de wang en fluisterde in zijn oor: 'Bwana.'

Bwana, het woord wilde niet meer uit zijn gedachten, hij zag het gouden amulet glinsteren tegen haar donkere huid, en op slag vulde heel de kamer zich met haar persoon. En weg was de twijfel die hem soms overviel bij de gedachte aan hun verhouding. Haar lichaamswarmte doortrilde hem, en zijn verlangen naar haar was zo hevig dat hij meer van haar wilde, waartoe ze gaarne bereid was. Maar na het genot kwam bij hem als altijd de kwelling: doe ik hier wel goed aan? En ook in haar leefde onzekerheid en de angst om hun heimelijke verhouding, waarvan niemand wist, alleen zij tweeën. Of waren ze zo blind daarin te geloven? Want zowel Brink, Trevers als Verdonk ging met een veelbetekenende knipoog aan hem voorbij. En zei Trevers laatst niet tegen Rogier: 'Geloof me, als die zwartjes afgaven, zag menigeen van ons zo bruin als een chocoladereep.' En Brink voegde er veelbetekenend aan toe: '*Pick 'em warm,* Avenzaethe.'

Een bescheiden klopje op de deur.

'Ja, wat is er?'

Abigaïl, die als hulpkracht op het kantoor op de drempel staat. 'Moezamba, hij wil u spreken.'

Abigaïl, altijd even correct en op afstand waar anderen bij zijn, een houding die hij in haar prijst, maar dat verdomde 'Bwana', daar went hij nooit aan. 'Laat maar binnen.'

Moezamba, een zoon van het Juwandavolk, groot, breed, een kerel van stavast, leider van de zwarte werkploeg en christen.

'Waarover wil je me spreken, Moezamba?' Moezamba heeft net zo'n amulet als Abigaïl, dan vraag je je toch af... Hij zegt stroef: 'Heeft dat zo'n haast, kan het niet tot morgen wachten?'

Moezamba rolt met zijn ogen, schudt van nee en licht toe: 'Morgen wil de ploeg niet werken, ze zeggen: eerst kippen, dan werken.'

Daar gaan ze weer. Als blanke denk je: het gaat om houwelen en spaden, maar kippen zijn voor Moezamba en de mannen belangrijker dan gereedschap, en hij polst: 'Heb je het al aan de directeur gevraagd?'

De directeur is voor velen van Moezamba's ploeg de machtige, en aan de machtige vraag je geen gunsten. Trouwens, de man begrijpt hen niet, hij gelooft ook niet in het goed en kwaad van de geesten, de machtige gelooft alleen in tijd en geld en hard werken, en ziet daarmee niets door de vingers, en hij heeft al een keer een daggeld op hun loon ingehouden als straf voor hun ritueel slachten, en Moezamba, met zijn vernisje van christen-zijn, zit lelijk tussen twee vuren in de hete as, en komt bij Rogier zijn beklag doen.

'En nu denk jij dat ik voor jullie een goed woordje doe.'

Een brede grijns van oor tot oor. 'Ja, meneer, u begrijpt ons beter dan de directeur.'

Zo, die zit. En dan te bedenken dat diezelfde directeur een paar dagen geleden tegen Rogier zei: 'Zij denken zus, wij denken zo, tracht het te begrijpen'. Waar blijft Blankers nu met zijn verheven geklets?

En Moezamba weer: 'Geen kippen, dan zullen de geesten zich wreken.'

'Welke geesten?' Verdomme, steeds weer dat gehouwehoer over dat ritueel slachten, nog een geluk dat het geen geiten zijn, het offerritueel voor sommige bergstammen.

'De geesten van onze voorouders.'

Het kriebelt hem; denkt-ie straks rustig naar huis te gaan, valt Moezamba hem op zijn dak, en hoe... Narrig valt hij uit: 'Luister 's, Moezamba, jij bent toch een christen, is het niet? Dan geloof je toch niet meer in ritueel slachten?'

Moezamba denkt diep na en komt tot de conclusie: 'En de joden dan?'

'De joden?' Onthutst staart Rogier hem aan, vraagt dan: 'Hoe kom je daarop?'

Moezamba, vol ernst: 'Zo heb ik het op de missie geleerd. De joden offerden een lam, smeerden het bloed op de deur en trokken weg uit Egypte.'

Egypte, hij heeft daar twee jaar gewerkt, aan de haven van Alexandrië, de piramide van Gizeh bezocht, zijn ogen uitgekeken op de hiëroglifen, maar nooit aan het joodse volk gedacht, en nu zegt Moezamba... Toen een lam en nu een kip. Maar die twee betekenen elk wel iets heel anders. Heidendom en christendom. Toch ziet hij een gelijkenis. Het joodse volk, dat met hulp van de Allerhoogste zich ontworstelde aan de Egyptenaren, en het Afrikaanse volk – door de vele missieposten en verspreiding van de christelijke leer wijzer geworden – aan het juk van het kolonialisme.

Maar voor vele stammen in het binnenland zijn de boze en goede geesten gebleven, zelfs Moezamba heeft het er zo te zien moeilijk mee, en zachtjes zegt hij: 'Treed je mannen tegemoet, praat met ze, laat zien dat jij als christen niet bang bent en niet meer in geesten gelooft. Dat er maar één grote geest is die in de hemel woont.'

Maar Moezamba, hem altijd genegen, zit nu klem tussen zijn dun vernisje christen-zijn, en zijn beleid tegenover zijn ploeg die in de geesten van de voorvaderen gelooft, en zegt: 'Ik zal met hen praten, zeggen: geen kippen, er is maar één grote geest die boven ons in de hemel woont, samen met de geesten van onze voorouders.'

'Juist,' gaat hij er opgelucht op in. 'En het huis mijns Vaders heeft vele woningen, zeg dat maar tegen je mannen, en ik beloof je dat ik met de directeur ga praten.' En, met een losse armzwaai: 'Je kunt gaan, Moezamba.'

En Moezamba, uiterst tevreden en in een opperbeste stemming, verlaat met vele buigingen het kantoor.

Abigaïl komt met een dienblad met daarop twee glazen vruchtensap de kamer in. Ze is gekleed in haar inheemse dracht, zoals hij haar graag ziet. Abigaïl, niet langer de gedweeë slavin van haar eigen volk, maar nu de gedweeë slavin van ingenieur Avenzaethe, en ze kijkt hem naar de ogen. Hij, de man met al zijn kennis, hij is geen haar beter dan de zwarte man, die naar de aard en het geloof van zijn eigen volk leeft.

'Zo, Abigaïl.'

Zijn blik hecht zich aan haar geruisloze, soepele, katachtige bewegingen, als een zwarte panter, ze zet het blad op tafel, maakt een lichte buiging: 'Bwana.'

Bwana, een woord om gek van te worden, hij strekt zijn hand uit. 'Kom eens hier, Abigaïl, hoe vaak moet ik je nog zeggen: mijn naam is Rogier.'

Een zacht en verlegen: 'Dat weet ik.'

'Waarom zeg je dan altijd nog 'Bwana'?'
'U staat op hoger niveau dan ik.'
'Nonsens, we leven als man en vrouw.'
'Dat zegt niets, meneer.'
Hij zit perplex, het zal je gezegd worden. Abigaïl, alleen al over haar naam kan hij zich overdag hevig opwinden, denkend aan de avond waarop hij haar in zijn armen houdt, en de verrukking van de nacht die daarop volgt, en nu zegt zij…
Twijfel slaat toe, en hij vraagt: 'Betekent het zo weinig voor je?' In haar ogen, altijd stralend als de zon, ligt nu een droevige blik. 'Meneer begrijpt me niet.'
'Help jij me dan om het te begrijpen.'
'Uw vrouw?' Nadrukkelijk schudt ze haar hoofd. 'Ik help u de eenzaamheid te verdragen, da's toch niet erg?'
Nee, erg is het niet, maar het schokt hem dat ze zo denkt; ondanks hun samenleven ziet ze hem nog steeds als haar baas en zichzelf als zijn ondergeschikte.
Hij zucht en zegt: 'Ik had er geen idee van dat je zo over ons denkt.' En aarzelend voegt hij eraan toe: 'Maar alles tussen ons is nu toch anders?'
Er glijdt een glimlach om haar lippen. 'Is dat zo, meneer? En als hier het werk klaar is, en u gaat naar Holland terug, neemt u mij dan mee als uw vrouw?'
Schaakmat… Haar meenemen? Naar Patria, waar velen praten over gelijkheid, kleur en ras, maar waar ook velen zijn die daar kritiek op leveren. Hun motto: blank bij blank, zwart bij zwart, punt uit. En hij bekent: 'Daar heb ik nooit over nagedacht.'
Een moeilijk lachje. 'Ik wel, meneer, al bent u gescheiden.'
Pats, hij wordt weer met zijn neus op de feiten gedrukt. Ze legt hem het vuur wel na aan de schenen, dat irriteert hem, en driftig valt hij uit: 'Je denk toch niet na al wat er tussen ons is gebeurd, dat ik je wegstuur?'
Een verbaasde blik: 'Wat, meneer? We hebben toch niets afgesproken?'
Opmerkzaam kijkt hij haar aan, meent ze wat ze daar zegt? Beseft ze de zin van haar woorden? Woorden die hij voelt als een afwijzing van al wat tederheid en liefde is tussen hen. Of

staat de consequentie van hun gedrag haar scherp voor de ogen: een zwarte is geen partij voor een blanke, en schat ze de situatie scherper in dan hij? Verwonderd en enigszins verwijtend zegt hij: 'Als je er zo over denkt.'

'Zo denk ik niet, zo is het.'

'Dat ik jou te min acht om mijn…' Waarom komt het woord niet over zijn lippen? Waarom heeft hij daar zo'n moeite mee?

'In Afrika niet, nee. In uw land wel.'

Afrika, Holland: een wereld van verschil. En zij zegt het hem, en hoe. Hij kan er geen speld tussen krijgen. Abigaïl, wijzer dan hij. Als ze er dan zo over denkt, is het misschien toch beter de verhouding tussen hen te verbreken.

'Abigaïl.'

'Bwana?' Pats, Afrika gluurt weer om de hoek.

'Jij met je goede opleiding, ik weet een goedbetaald baantje voor je op het kantoor van de maatschappij. Lijkt het je wat?'

Gedwee zegt ze: 'Als u dat wilt.' Niets verraadt wat er in haar omgaat.

En hij, worstelend met een gevoel alsof hij haar verstoot, weet niet anders te zeggen dan: 'Ja, dat wil ik.'

'Waanzin, eeuwig gloeiende waanzin,' gromt directeur Aart Blankers tegen Rogier Avenzaethe. 'In die hitte de hele dag te blijven doorwerken, dat molt een mens, en dat weten ze op het hoofdkantoor in Patria bliksems goed, en al wijs ik de heren daar geregeld op, zij doen alsof hun neus bloedt en denken ook: wij hier, jullie daar, en zeg jij je mening 's, Avenzaethe, en schenk me nog 's een glas fris in, m'n tong voelt aan als schapenleer.' De directeur valt in een stoel neer en foetert verder. En Rogier denkt: je hebt gelijk, man. Die broeiende, verstikkende hitte houdt iedereen in zijn greep en sluit de poriën af, waardoor een mens niet kan zweten, en toch plakken de kleren aan je lijf en voel je de klamheid van alles wat je aanraakt. Het maakt veel arbeiders loom en mat en half gek en sommige lui die het niet langer harden, doen hun beklag bij de directeur. Ondanks zijn christelijke overtuiging vloekt die directeur hen het kantoor uit omdat hij hier en gunter aan die toestand ook niets kan veranderen, en hebben ze klachten, dan schrijven ze maar een brief aan het hoofdkantoor in Holland; vele stemmen doen meer dan een, misschien dat dan de ogen van de heren opengaan. Want al is hij directeur, hij is ook maar een klein radertje in het geheel.

Intussen spuwt Aart Blankers opnieuw zijn gal: 'En de opzichters zijn ook te sloom dat ze uit hun ogen kijken, en de enigen die in die snikhitte er wel bij varen, zijn die zwartjes; overdag komt er amper wat uit hun handen en 's avonds duiken ze poedelnaakt de zee in. En dan wij... Schenk me nog 's in, Avenzaethe.'

En hij denkt met een tikje galgenhumor: naakt? Nee, daar hebben we niet van terug, maar zij hebben er geen moeite mee, als doflijnen schieten ze door het water. Naakt... Plots is het beeld van Abigaïl op zijn netvlies. Abigaïl, die tot volle tevredenheid van Blankers als stenotypiste op verschillende afdelingen werkt. Vorige week is Rogier haar per toeval tegengekomen op de afdeling van Geurts. Geurts is de boekhouder, een vriendelijke man, die als je hem iets vraagt, eerst goed nadenkt voor hij zegt: 'Daar valt over te praten.' En bij die man werkt Abigaïl. Abigaïl, de Afrikaanse schoonheid, en Geurts heeft ook ogen in zijn hoofd, die klakt met zijn tong, steekt prijzend zijn duim omhoog en zegt: 'Zó'n meid.' En met een veelbetekenende knipoog: 'Enfin, dat zul jij wel weten, Avenzaethe.'

Of hij het weet. Al doet hij net alsof zijn neus bloedt, en daarom doet het dubbel pijn, ook omdat zijn geweten hem kwelt, een aantal maanden hebben hij en Abigaïl samengeleefd, voor haar de hemel, waarna hij haar in de hel terugtrapte. Abigaïl, die in een blocnote opnam wat Geurts haar dicteerde. Geurts, hij legde zijn vlezige hand op haar knie en zei: 'Weet je het nu, meisje?'

Hij wilde opstuiven: 'Blijf met je poten van d'r af!' Maar hij deed het niet; hij zei: 'Dag, Abigaïl.'

Kennelijk zei zijn groet haar weinig, ze gaf hem een flauw knikje, richtte zich ten volle tot Geurts en zei: 'Ik zal de tekst uittikken, meneer, dan kunt u meteen de brief tekenen.'

Geurts, met een vriendelijk kneepje in haar wang: 'Geen haast, kind, morgen kan ook nog. En eh, blijf je voorgoed op deze afdeling?'

Abigaïl: 'Dat moet u aan de directeur vragen.'

Geurts, met een knipoog: 'Kind, kind, als we jou niet hadden.'

Abigaïl, koeltjes: 'Dan was er een ander, meneer.'

Geurts schoot in de lach: 'Da's waar, maar jou zie ik liever.'

Abigaïl: 'Dat weet ik niet, en het komt er niet op aan.'

Geurts, heftig van toon: 'O, nee, voor mij wel.'

Abigaïl reageerde nog steeds koeltjes: 'Kan ik gaan, meneer?' Ze wachtte zijn antwoord niet af, liep meteen weg, passeerde Rogier rakelings, zonder hem te groeten.

Die nacht deed hij geen oog dicht, verlangde hartstochtelijk naar haar, zag in zijn geest de teleurgestelde blik in haar ogen toen hij haar zijn besluit vertelde. Wat voor kerel was hij dat hij zo'n mooie meid de bons gaf? Uit? Wat was uit? Het was nooit aan geweest, wel van haar kant, maar niet van de zijne. Hij was een genotzoeker, had met haar gesold, haar behandeld als een fraai stukje speelgoed waarmee hij zijn eenzaamheid kon verdrijven, en waarom ook niet? Hij, ingenieur Avenzaethe-Seller, die het zich financieel kan permitteren als het hem uitkomt een vrouw in zijn bed te lokken. Maar wat is er dan met hem, dat dit zo aan hem vreet, en dat hij er niet van los kan komen?

Zijn geweten laat hem geen rust. Abigaïl, bekeerd tot christen en een kind van een zwart ras dat zijn boeien verbrak en worstelde met zijn vrijheid en voodoo en meer van die hocuspocus, waarover een blanke zijn hoofd schudt, omdat hij de instincten van hun wezen niet kan doorgronden.

'Dat gedonder met die kippen is gelukkig afgelopen.' Dat is Blankers, die Rogiers gedachten doorbreekt. 'Vertel 's, heb jij daar de hand in gehad? Het moet haast wel, jij kunt nogal goed met dat soort volk omgaan.'

Soort... het woord treft hem als een persoonlijke belediging. Stroef valt hij uit: 'Zoals je dat zegt, Blankers, maar ik weet dat je nooit een hoge dunk van je zwarte arbeiders hebt gehad. Laat ik je dan zeggen: het zijn mensen van de Juwandastam, in heel Afrika bekend om hun kunstige houtsnijwerk en het beschilderen van hun huizen.'

'Ach zo… Maar ik zeg jou: ze kunnen in hun vrijheid niet veel meer zijn dan ze voorheen waren.'

'Jij bedoelt: eens zwart, altijd zwart?'

'Precies, in dat opzicht is er niks veranderd, sinds de ene vlag is neergehaald en die van hen is gehesen. Vrijheid, jawel, maar desondanks zitten ze aan hun cultuur en gewoonten vastgebakken.'

Hij denkt na over wat Blankers zegt, daar zit een kern van waarheid in. Moezamba, Abigaïl, beiden bekeerd tot het christendom, maar beiden dragen nog hun amulet. En had Moezamba Rogier niet verteld dat hij een vurige nationalist was en uitbundig had meegefeest toen hun land vrij was van de blanke overheersing, maar dat hij nuchter genoeg was om te begrijpen dat er in een vrij land ook gewerkt moet worden, misschien nog harder dan toen onder de blanken, en dat er onder welk bewind ook altijd bazen en knechten zullen blijven? Wat kletst Blankers nu weer?

'Jij verdiept je nogal in dat volk, maar mij doet het niks. Dat het ritueel geslacht voorbij is, dat zegt me meer. Een zwarte in zijn lendenschortje kwam het me vertellen, en het was Bwana voor en Bwana na. À propos, weet jij wat dat woord betekent? Je gaat nogal met die lui om.'

Bwana… Er gaat een steek door zijn hart bij de herinnering aan het lome gebaar van haar slanke, strelende handen die hem rust gaven, een liefde met zoveel overgave dat het hem soms beklemde. Abigaïl… Voorbij, niet aan denken. Bwana… En God woont in de hemel, dat heeft de missie haar geleerd.

'Dus jij weet het ook niet?'

Nee, hij weet het ook niet, en als-ie het wist, zei hij het niet. Bwana, er roest een pijn door hem heen.

En Blankers gaat er maar over door. 'Wat toch een vreemd volk, Avenzaethe, op het platteland werken de vrouwen zich in het zweet op de akkers, en de kerels bezatten zich in de kroeg, en dat noem jij hun cultuur?'

Negers; ze kunnen zwaar drinken, maar menig Hollander kan er ook wat van. Hij weet het nog van de nieuwjaarsreceptie die hij als kind bij hem thuis meemaakte: de heren kwamen te voet en vertrokken per taxi. Zachtjes zegt hij: 'Het zal wel veranderen. Na een tijdje zal de honger hen wel dwingen en gaat het sterke geslacht wel aan het werk, want op enige steun van onze kant hoeven ze niet meer te rekenen.'

'Juist, da's een afgedane zaak, nu moeten ze zelf hun boontjes doppen, en ik blijf erbij: ik kan maar moeilijk aan dat zwarte volkje wennen.'

En Rogier vraagt zich af: en die zwartjes aan hun directeur? Die soms met grote stappen en nietsontziend als een olifant door de porseleinkast gaat, waardoor een deel van hen hem ziet als een boze geest en het andere deel als de machtigen, onder wie Moezamba, die al zijn moed bij elkaar raapte, en zonder dat Rogier het wist op de machtige afstapte om zijn beklag te doen. Chapeau voor Moezamba. Moezamba, de bekeerling, net als Abigaïl, heeft het nooit in zijn hoofd gehaald het met een andere vrouw aan te leggen. En hij, de keurige Rogier Avenzaethe?

Aart Blankers laat een bescheiden kuchje horen. 'Zeg 's, Avenzaethe, dat nieuwe zwartje hier op het kantoor...'

'Je bedoelt Abigaïl?'

'O, heet ze Abigaïl... Vertel 's, waar heb je die zwarte diamant opgetukt?'

Opgetukt? Hoe grof klinkt het uit de mond van Blankers. En is hij, Rogier, dan zoveel beter? Hoe heeft hij haar behandeld, gekleineerd, beledigd! Woest en verward jagen de gedachten door zijn kop. Hij werpt een verachtelijke blik op de man die zo praat en valt met een snauw uit: 'Een beetje respect is hier wel op zijn plaats, Blankers. Abigaïl is de dochter van een stamhoofd.'

'Zo, zo, kijk 's aan, adellijk bloed, hoe kan ik dat weten?'

'En nu je het wel weet?'

'Nu ik het wel weet, zal ik haar met alle egards omringen die haar toekomen. Maar waar ik feitelijk voor kom, hier: een brief voor jou uit Holland, het epistel zat tussen mijn post geschoven; klein vergissinkje, kan gebeuren. Alsjeblieft, beste kerel. Lees ze, en nu maar hopen dat het goed nieuws is.'

HOOFDSTUK 10

Rogier Avenzaethe-Seller is op weg naar Holland. Hij werpt een blik door het raampje, in de diepte drijven verblindend witte wolken, de motoren van het vliegtuig gonzen regelmatig, dat geeft een vertrouwd gevoel. Hij leunt achterover tegen de hoge stoelleuning van zacht leer; business class, dat heb je als je op goede voet staat met de directeur, en hij op zijn beurt kan het als aftrekpost opschrijven, en de westerse wereld wordt er niet minder van. Dat zijn nog steeds de zwarte arbeiders: hard werken en ze blijven arm als de neten.

'Wilt u iets gebruiken?' De stewardess, donker haar, donkere ogen, een perfect figuurtje, alles mee, niks tegen.

'Geef maar een fris.'

'Alstublieft, een cola, meneer?' Een stralende lach, parelwitte tanden, ze doet hem aan Abigaïl denken.

'Hoelang is het nog vliegen?'

'Een klein halfuur. Wilt u verder nog iets?

'Nee, dank u.' Hij kijkt haar na als ze wegloopt, donkere krullen dansen op de kraag van haar blauwe uniformjasje. Stewardessen, de visitekaartjes van de luchtvaartmaatschappijen.

Nog een halfuurtje, dan zet hij na jaren voet op Nederlandse bodem, schimmen uit het verleden drijven door zijn geest. Plots voelt hij een wonderlijke droefheid, die misschien wel blijheid is, nu hij naar huis gaat.

Zijn huis…? De Deo Gloria? Kom nou, zijn ouderlijk huis was een prachtig oud herenpand aan een van de grachten van Amsterdam, dat zijn moeder voor veel geld heeft verkocht toen ze een tweede huwelijk aanging met Arien Verbrugge, en Rogiers deel van het kapitaal vastzette bij de notaris. Raar, hij heeft nooit aan dat geld gedacht, en waarom zou hij. Hij heeft een prachtjob, een goed salaris met aan het eind van het jaar een flinke bonus. Maar nu, met het zicht op Patria, denkt hij opeens aan dat kapitaaltje, aan Ertzebet en Iet Bartels. Donkere vlekken op zijn ziel, waar hij liever niet aan denkt.

En hij heeft een halfzus! Josien, zoals zijn moeder schreef. Hij kan er zich geen voorstelling van maken. Dacht wel toen hij het las: arme vrouw, ver over de vijftig en dan nog in de kraam. En die arme vrouw is Rogiers moeder. Gesien Verbrugge, die hem in haar schrijven duidelijk maakte dat hij naar Holland moet komen, omdat er grote veranderingen op til zijn op de Deo Gloria en Arien daarin met haar meegaat.

Komen, schrijft ze, en niet blijven. Hij denkt aan Arien. Arien, die met Iet Bartels kwam opdraven toen Ertzebet door haar drukke werkzaamheden zocht naar een goede huishoudelijke hulp. Arien stelde Iet Bartels, nog een ver familielid van hem, aan haar voor. Ertzebet ging terstond akkoord, en Iet Bartels, een stevige, blonde boerenmeid, kwam haar verlegenheid tegenover die deftige mevrouw gauw te boven. Ze was de godganse dag vrolijk en had een vriendelijk woord voor iedereen, haar blijheid was het tegenwicht voor Ertzebets zwaarmoedigheid, alleen haar verlegenheid tegenover hem, daar had ze het moeilijk mee. Vooral als hij vrolijk met haar schertste en haar daarbij diep in haar ogen keek, en het bloed haar brandend naar de wangen steeg. Ertzebet ging onbewogen daaraan voorbij, althans, dat dacht hij. Op een dag waarschuwde ze hem. 'Ga niet te ver met haar.'

Het kwam te laat, hij was al te ver gegaan, bekende het haar openlijk.

Ze keek kalm naar hem op en zei: 'Dus toch.' Ze maakte geen scène, maar toen hij 's avonds na het werk thuiskwam, zei ze op een rustig toontje: 'Ik heb Iet Bartels ontslagen.' En voor hij van zijn verbazing bekomen was, voegde ze eraan toe: 'Ik ben bij een advocaat geweest, we gaan scheiden.'

Hij, totaal onthutst, want zo kende hij haar niet, viel scherp uit: 'Jij doet maar! Maar weet wel: daar zijn er twee voor nodig!'

Een minachtende blik: 'Niet als mijn man tegenover het dienstmeisje zijn handen niet thuis kan houden.'

'Je bedoelt?'

Haar stroeve rust ergerde hem, maar ze ging er niet op in, en hij kampend met zichzelf en met deze onverwachte situatie, hoorde haar zeggen: 'Bah, wat laf, een jong meisje in het ongeluk te storten, wat ben jij voor een kerel, Rogier Avenzaethe, ik had me jouw moraal hoger ingeschat.'

Ja, wat was hij voor kerel? Een schurk, een boef. Hij nam zich stellig voor: hij zou naar Iet Bartels gaan, moest haar zien en spreken, voor deze situatie een oplossing vinden, maar hoe? Plots stond ze voor zijn neus, eiste een geldelijke tegemoetkoming, want dat was toch wel het minste. Schoorvoetend gaf hij toe. Regelde het zo goed en zo kwaad als het ging met beide families en verdween als een dief in de nacht, bekende hiermee als het ware zijn schuld aan Ertzebet, en binnen het jaar werd hun scheiding uitgesproken.

Nu, na dertig jaar, keert hij terug, en is hij nog dezelfde lafaard en egoïst als toen. Maar nu tegenover Abigaïl, en hij vraagt zich af of hij wel van iemand kan houden, wat weet hij van echte liefde? Is dat het wegcijferen van jezelf tegenover die ander van wie je houdt? Ach kom, daar heeft hij de moed niet voor. Hij, de aartsegoïst...

Hij staart weer 's uit het raam, daar beneden is de kustlijn van Holland, met zijn blanke duinen, de Noordzee, de strekdammen en de golfbrekers, als beginnend ingenieurtje heeft hij daaraan nog meegewerkt en de nodige kennis bij de steenzetters opgedaan, vooral bij die Steen, een reus van een vent, die de zware basaltkeien optilde alsof het kiezelsteentjes waren.

'Meneer, wilt u uw riem omdoen, we gaan zo landen.' De stem van het schattige stewardessje. 'Zal ik u even helpen?'

Wat attent van dat lieve kind. 'Als u wilt, graag.' Zijn hand glijdt in een natuurlijke beweging over de hare, hij knikt haar vriendelijk toe. 'Dank u.'

Een verblindende lach. 'Geen dank, meneer, daar zijn we voor.' Juist, daar zijn ze voor, die aantrekkelijke charmante stewardessen met hun mooie pakjes, hun fleurige sjaaltjes en kokette hoedjes. Hij ziet ze graag.

Het vliegtuig vertraagt, vliegt nu boven de landingsbaan, mindert vaart, trekt de neus een ietsje op, de wielen raken de grond, ze landen, hij voelt als het ware de zwaartekracht, slikt een paar maal, na jaren is hij weer terug op vaderlandse bodem. En toch doet het hem wat. Het toestel taxiet naar het eind van de baan, Rogier tast in de binnenzak naar zijn paspoort. Wat zou Blankers doen op dit moment? Hij heeft hem een rapport meegegeven voor het hoofdkantoor. Dat geeft hem, Rogier, de plicht daarnaartoe te gaan. Blankers, die oude rot, nog hoort hij diens woorden: 'Weet je wat het verschil is tussen wij hier en zij daar? Wij werken ons hier een slag in de rondte, en zij zitten daar op hun luie reet en verwachten resultaat.' En Rogier kon tegen die logica niets inbrengen.

De passagiers zetten zich in beweging, hij pakt zijn koffer, heeft geen haast. Hij schuifelt achteraan in de rij mee; als hij buiten komt, blijft hij een moment boven aan de vliegtuigtrap staan, kijkt verbaasd in het rond. Is dat Schiphol, met al die gebouwen? De aanblik verplettert hem, hij kent er niets van terug.

'Een fijne vakantie, meneer.' Ach ja, dat vriendelijke stewardessje, hij was dat lieve kind al vergeten, knikt haar toe.

'Dank u. Waar kan ik een taxi vinden?'

Een verbaasde en vragende blik. 'Op de taxistandplaats bij de uitgang, en als u wilt, kunt u ook met de trein.'

'De trein?'

'Ja, meneer, de hal door, de trap af en u staat op het perron.'

De trein, het perron. Hij heeft er nog nooit van gehoord, voelt zich een vreemde in eigen land. En Afrika is weg, heel ver weg.

'Wordt u niet afgehaald?'

Wacht even, hij heeft nog steeds haar volle belangstelling. Hij zou bijna zeggen: 'Ik logeer in het American hotel, kamer 27, zie ik je om acht uur in de bar?' Maar hij zegt: 'Nee, helaas, vlak voor mijn vertrek kreeg ik het bericht dat ze op de dag van mijn aankomst plotseling waren verhinderd vanwege dringende zaken.'

Een begrijpend knikje. 'En u kon uw vlucht niet meer annuleren.' En, bereidwillig: 'Zal ik iemand voor u bellen die u verder helpt?'

Hij zegt: 'Nee, doe vooral geen moeite, ik kom er wel. Door de hal, trap af naar het perron. Mag ik u hartelijk danken?'

'Geen dank, meneer, en een goede reis.' En ze kijkt hem na met iets peinzends in haar ogen.

Hij loopt met de kwetterende massa mee. In de hal overal mensen: ontroerde, schreiende moeder, ernstig flink doende vader, luidruchtige broers en zusters; waar je kijkt: overal dat kleinburgerlijke gedoe. Is hij na de romance met Abigaïl zo gevoelig geworden dat deze aanblik hem zelfs kwetst? Of is hij jaloers omdat niemand op hem wacht?

Zo, de trap af naar het perron, geen trein te zien en weer een bewegende massa sjouwend met koffers en tassen, lachend, schreeuwend, druk pratend. Een moment sluit hij zijn ogen, al die geluiden ondergaat hij als een kwelling, en hij vraagt zich af: waar komen ze allemaal vandaan? Blanke, bruine, zwarte gezichten... In zijn tijd... Ach wat, dertig jaar geleden, dat kleine Nederlandje aan de Noordzee is een multiculturele samenleving geworden, je vindt er mensen van overal en in Afrika is het al niet veel beter, ook een mengelmoes van volkeren en talen, en allemaal kinderen van een Vader, en Abigaïl is christen, maar draagt nog altijd haar amulet. Abigaïl, een steek gaat door zijn hart.

'Een drukte van belang, meneer.' Een keurig oud heertje dat het woord tot hem richt. 'En met die trein, dat hebben ze goed bekeken, want met topdrukte kun je geen taxi bemachtigen. Nee, die trein is voor menigeen een uitkomst. En komt u uit Afrika?'

Verrast kijkt hij op. 'Ja. Waaraan ziet u dat?'

Een vriendelijk lachje. 'Ach, ik raad het maar. O, daar is mijn kleindochter. Nog een goede reis, meneer.'

'Dank u.' En weg is het vriendelijke oude heertje.

Hij slaat een blik op zijn horloge, verhip: nog Afrikaanse tijd. Hij mag zijn horloge wel 's gelijk zetten. Hij denkt aan Moezamba. Zal hij het fiksen met die nieuwe werkploeg? Vast wel, hij weet wat er onder eigen volk leeft. En Geurts, hoe ziet hij Abigaïl, als een peperduur beeldschoon snolletje voor de blanke man? Ho, ho, Avenzaethe, nu ga je met je eigen gedachten aan de haal. Spiegel je Geurts aan jezelf? Geurts heeft een scherp oog voor vrouwelijk schoon, maar is trouw aan eigen vrouw en van christelijken huize.

Abigaïl, ze leeft in zijn hart. Nooit heeft Rogier bij een vrouw zó dat gevoel ervaren van een directe, fysieke aantrekkingskracht als bij Abigaïl, niet bij Ertzebet, niet bij Iet Bartels. Ertzebet is weer getrouwd, schreef zijn moeder, voor haar hoopt hij dat ze nu een man heeft met een betere mentaliteit dan hij. En die spontane, vriendelijke Iet Bartels, met wie hij in hartstochtelijk verlangen het bed heeft gedeeld? Ze hield van hem, kon niet veinzen, en hij nam in een vlaag van begeerte wat zij hem vrijwillig gaf.

En Ertzebet kende haar man, en dat was het laffe in hem: dat zich steeds weer willen amuseren met vrouwen, en steeds weer willen kijken hoever hij daarbij kon gaan. Iet Bartels was daarvoor gevallen, maar Ertzebet liet zich niet wegwerpen als een stuk vuil, en gelijk had ze, al dacht hij er toen heel anders over. Ach wat, dit alles is al dertig jaar geleden, niet meer aan denken, en Verbrugge en Rogiers moeder bedekten toentertijd de schande met de mantel der liefde, dus een openlijke vijandschap zal er wel niet meer zijn, en hij heeft een halfzus, Josien, de enige naar wie hij nieuwsgierig is.

De trein rijdt binnen, mindert vaart en hij denkt: vroeger stoom, nu elektriciteit. Hij leert Holland te zien door een andere bril. Over links en rechts gedrang, eindelijk is hij binnen, ze staan met z'n allen als haringen in een ton, het reizen per trein is er niet op vooruitgegaan. In de stoomtrein waren het houten en fluwelen banken, kon je zitten, en dringen was er niet bij; toen was er nog sprake van fatsoen.

Meteen worden die gedachten afgestraft; een jongeman staat op en vriendelijk klinkt het: 'Gaat u hier maar zitten.'

'Dank u.' Hij zit.

'Geen dank, het eerstvolgende station moet ik eruit.'

O, dus dat is de ware reden, en Rogier dacht... Hij zegt: 'Wel thuis', duikt weg achter een krant; hij heeft geen zin in een conversatie met iemand in wie hij totaal niet is geïnteresseerd. Hij zal blij zijn als hij zijn entree kan maken op de Deo Gloria.

Ze zitten met z'n vieren in de pronkkamer van de Deo Gloria. Nou, zitten? Zijn moeder, Josien en hij wel. Arien hangt meer in zijn rolstoel dan dat hij zit.

Arien, menselijker dan voorheen toen hij hem kende, en een stakker die tijdens het gesprek soms de zinnen verwart en zich met een pijnlijk lachje tegenover hem excuseert: 'Ik ben een beetje moe, ik heb vannacht slecht geslapen, vandaar.' Hij keert zich van hem af, kijkt naar buiten, plots zegt hij: 'Kijk, onder de seringenboom: allemaal mussen.' En met heel zijn aandacht bij Josien: 'Weet je nog, jij vroeger: mussen met kinderzieltjes?'

Josien, narrig: 'Hè, vader, da's zo lang geleden.'

'Ja,' valt Gesien haar dochter bij. 'Kinderpraat op niks af.'

Verbrugge kijkt opmerkzaam van zijn vrouw naar zijn dochter en zegt: 'Kan zijn, maar ik ben het nooit vergeten: kinderzieltjes. En al die poppen op de hooizolder.'

Nerveus springt Josien overeind, valt wrevelig uit: 'Hou toch 's op met die praat, wat moet Rogier niet denken?'

Ja, wat denkt hij? Josien, een blonde schoonheid, die twee oude mensen aan elkaar bindt. Maar Josien zelf, als Rogier naar haar kijkt, wekt dat in hem een naar gevoel dat hij niet nader kan omschrijven, laat staan verklaren. Josien, de wettige erfgenaam van de Deo Gloria en ze weet het, loopt er zelfs op vooruit, ziet in hem een gevaar, dat ze hem niet bepaald liefjes aan zijn verstand probeert te brengen.

'Je denkt toch niet dat ik gek ben?'

Hij, vermoeid door alle indrukken van vandaag, zegt: 'Hoe bedoel je?'

Zij, fel: 'Jij bent een Avenzaethe en ik een echte Verbrugge, dat bedoel ik.'

Hij begrijpt die woorden, gaat er rustig tegen in. 'Maak je geen zorgen, daar ben ik niet voor gekomen.'

Josien: 'Ik weet dat moeder je heeft geschreven.'

'Juist, over grote veranderingen hier op het bedrijf.'

Een blik vol boosheid. 'En daarom ben je hier na dertig jaar neergestreken.'

Hij schudt zijn hoofd. 'Kind, kind, denk toch 's door: ik, een Avenzaethe, ik pas niet in dat plaatje.'

'Nee, hè?' Opgelucht na een nu blijkt overdreven angst zakt ze op een stoel neer.

'Zo is dat,' lacht hij. 'Jij in de toekomst heer en meester op de Deo Gloria en ik kom je af en toe 's opzoeken.'

'Dat kan niet; jij woont in Afrika.'

'Er is ook nog zoiets als vakantie.'

Stilte, alsof ze erover moet nadenken, dan: 'Waar is je vrouw, of ben je niet getrouwd?'

'Nee,' zegt hij moeilijk, en de naam Abigaïl ruist door zijn gedachten. 'Ik ben niet getrouwd.'

Opperste verbazing. 'Jij, vrijgezel, in je eentje dertig jaar in Afrika? En dat moet ik geloven?'

Hij houdt zich groot. 'Ik zie geen enkel bezwaar als je het niet gelooft.' Een stil verlangen naar Afrika woedt in hem. Abigaïl, als een kind sliep ze in zijn armen, praatte met hem als een intelligente vrouw, vrijde met hem als Aphrodite met Zeus.

Zijn moeder komt met een zekere waardigheid overeind van haar stoel. Moeder, vroeger voelde ze zich graag het middelpunt van het gezelschap. En nu? Ze kijkt hem aan. God, wat is ze oud geworden...

'Wil je koffie, Rogier?' En tot Verbrugge: 'Jij thee, hè, je drinkt geen koffie meer.'

'Graag, Gesien.' Verbrugge richt zijn hoofd wat op uit het kussen, kijkt naar hem en zegt of hij zich verontschuldigt: 'Na dat infarct drink ik geen koffie meer.' Verbrugge heeft diepe groeven in zijn gezicht, als jaarringen.

'En ook geen borreltjes.' Dat is Josiens stem, schel, opgewonden, overmoedig: 'Vroeger bij feestjes, de fles kwam niet koud.'

'Dat was vroeger,' zegt zijn moeder, haar wenkbrauwen driftig fronsend. 'Je vader is veranderd. Melk en suiker in je koffie, Rogier?'

'Ik drink mijn koffie zwart.'

'Daar in Afrika?'

'Nee, toen ook in Holland, weet u nog?'

'Toen, wie weet er nog van toen, da's dertig jaar geleden.' Ze kijkt met iets beschuldigends in haar blik naar hem. Rogier, haar zoon, ze kent hem niet meer terug. Grijs haar, lang van gestalte, gedistingeerd in zijn voorkomen, een koele glimlach op zijn gebruinde, magere gezicht, en een scherpe oogopslag die alles en iedereen fixeert: haar, Josien, en met iets van medelijden Arien.

Rogier, die toen hij wist dat Gesien een tweede huwelijk aanging met Arien Verbrugge zijn misnoegen daarover uitte, die nog erger werd na zijn scheiding met Ertzebet, waarvan hij Arien de schuld gaf, die hun Iet Bartels had aangeraden als huishoudelijke hulp.

Toen Gesien daar alsnog over begon, viel hij haar op vlakke toon in de rede: 'Waarom dat oprakelen, moeder? Het heeft geen enkele zin, u schreef me zelf: ze is weer getrouwd, wie weet heeft ze kinderen.'

'En jij?' ging ze erop door. 'Ben jij daar getrouwd? Dertig jaar, en je hebt nooit iets van je laten horen.'

Hij schudde zijn hoofd. 'Nee, moeder, ik ben daar niet getrouwd. Waterwerken, daar was ik mee bezig, dan hier en dan daar, dertig jaar heb ik door Afrika gezworven en waar al niet gelogeerd in hotels, op kosten van de maatschappij weliswaar.'

Plots viel ze stroef uit: 'Leven als een zwerver, dan hier, dan daar, en de nodige avontuurtjes. Wat ik ervan weet, is dat zwartjes gek zijn op blanke mannen.'

Hoor wat ze zei, zijn moeder. Naar wat zij weet... Op zichzelf was dat voor haar al een vernedering, en met de beelden van Brink, Verwoerd en Trevers voor ogen zei hij: 'En al die keurige blanke mannen, die zich amuseren met die vrouwen, die vergeet u.'

Plots vol minachting viel ze hem aan. 'Het is net als overal: alle heren zijn wel mannen, maar alle mannen zijn nog lang geen heren. En jij behoort zeker tot de laatsten.'

Pats, recht in de roos, moeder was het verleden nog niet vergeten. Moeder en vader die zo trots op hun enige zoon waren, dat hij door zijn huwelijk met Ertzebet gelieerd was aan een familie van naam. En moet hij haar nu zeggen dat hij met Abigaïl heeft geleefd? Hij, ingenieur Avenzaethe, op zijn werk gezien en geacht, die zijn bed deelde met een zwartje dat meer beschaving in zich had dan menige blanke? Met een schril lachje antwoordde hij: 'Zo te horen heeft u geen hoge dunk van me.'

Als een rechter stond ze voor hem, en scherp als glas klonk haar stem toen ze zei: 'Hoe zou ik, daar heb je in het verleden niet naar gehandeld. Ertzebet, enige dochter van goeden huize, en dan pap jij aan met zo'n meid als Iet Bartels. Nooit van mijn leven zal ik dat kunnen vergeten.'

Hij suste: 'Kom, kom, moeder, u moet niet altijd omzien naar het verleden, niets verandert erdoor.' Moeder: een vertrouwelijke band was er nooit tussen hen geweest, ze had altijd naar hem opgezien als 'mijn zoon, de hoofdingenieur' en hem daarom al haar genegenheid geschonken, om zijn positie weliswaar, een genegenheid die na die affaire met Ertzebet en Iet Bartels een geduchte knauw had gekregen. Maar wat hij het meest verbijsterend vond, was hoe weinig moeder en zoon van elkaar wisten, laat staan dat ze elkaars innerlijk kenden; het eigen ik had altijd bij allebei op de voorgrond gestaan.

'Vertel 's wat over Afrika.' Het is Josien, die de rode draad van zijn gedachten doorbreekt.

Afrika is Abigaïl, en het land dat met zijn vrijheid worstelt. Hij zegt: 'Wat zou ik over Afrika moeten vertellen. Het is een smeltkroes van volkeren met hun eigen cultuur, en ondanks de missie die volop het christendom predikt, wat her en der wel degelijk vruchten afwerpt, houden velen zich aan hun eigen cultuur vast.'

Een gouden amulet zweeft voor zijn ogen, met daarop vreemde tekens, een vrouwenfiguur met hangborsten en een dikke buik: Baktay, de stammoeder van de Juwanda's, en Abigaïl is een van hen. Abigaïl had tegen hem gezegd: 'Ik zal je aan mijn vader voorstellen.'

Haar vader met zijn drie vrouwen en zeventien kinderen, en een bekeerde christen, die groot aanzien genoot onder eigen volk. Het riep twijfel in hem op, en hij zei: 'Je vader... Ja, en de andere stamoudsten, heb je daaraan gedacht? Als ze mijn blanke neus zien, gooien ze me met de snelheid van het licht naar buiten.'

Hij las de teleurstelling op haar gezicht, maar schikte zich en sprak er niet meer over.

'Nou, zeg 's wat.' Josien, ongeduldig. 'Me dunkt, je hebt er dertig jaar rondgezworven.'

Afrika, een land dat je haat of liefhebt. En Abigaïl, ze is het zoete geheim dat hij diep in zich meedraagt, zachtjes zegt hij: 'Wat wil je weten? Van oost naar west, van noord naar zuid kun je er gaan, en net als hier is er het wel en wee, de ene familie gaat gebukt onder een donkere schaduw, de andere danst in de zonneschijn.'

'En dat is het?'

'Grotendeels wel.' En, met een cynisch lachje: 'Ik heb nog 's voor mijn leven moeten rennen.' En hij denkt aan de vele krottenwijken aan de rand van de grote luxe steden. Eigengemaakte hutjes van stukken plastic en afvalhout. Geen stroom, geen water, en de criminaliteit tiert daar welig, en wat hem na het bezoek met een of andere ambtenaar van de zoveelste hulporganisatie is bijgebleven, is dat verbitterd wrokken van de mensen daar, tegen die ambtenaren die het zo goed met hen voorhebben, maar nog steeds van hun zwarte broeder niets begrijpen, en dat heeft hem – Rogier – het meest geschokt.

'Dat lijkt me ook benauwd, dat je voor je leven hebt moeten rennen.' Dat is Josien, en dan, verbaasd: 'En daar ben jij dertig jaar blijven hangen? Waar haalde je de moed vandaan?'

En hij denkt: dat raakt haar, dat rennen voor je leven, en met enig leedvermaak gaat hij erop door: 'Ik heb me in een container schuilgehouden.'

'Wat voor container?'

'Een vuilcontainer.'

Een schaterlach. 'Zal jij even hebben gestonken.'

Hij lacht met haar mee. 'Wat heet, bepaald geen eau de cologne-geurtje.'

'En daarna?'

'Terug naar het hotel, douchen, omkleden, dineren, en in de bar een beaujolais gedronken.'

'Beaujolais, een Franse wijn?'

'Ja, dame, en Afrika staat ook bekend om zijn wijnen.'

'En toch dronk jij… Da's afbreuk aan Afrika.'

'Je bent aardig op de hoogte.'

'Door mijn vader, voor zijn ziekte dronk hij veel wijn.'

'Is dat zo?' Hij richt zich tot Verbrugge. De hand waarin die zijn kom houdt, beeft licht. 'Jij, een wijnsnoeper?'

'Vroeger, nu niet meer.'

'Dus goed beschouwd ben je nu geheelonthouder.'

'Kun je wel zeggen. Alle dagen thee, melk of limonade. Als een klein kind.'

'Niet zo treurig, Arien.' Dat is Gesien, ze strijkt haar man troostend over zijn pluizige witte haren. 'Geef die beker maar hier, kijk 's: je hebt thee gemorst.' Ze pakt een doek. 'Ik zal het even afvegen.'

'Ja,' klinkt het cynisch. 'Kwijlen en morsen, zo begint het.'

'Vader, ik begrijp niet waarom je zo praat, alles doen we voor je.' Dat is Josien.

Arien zegt met een matte glimlach: 'Nee, kind, dat kun je ook niet begrijpen, je bent nog jong, met een heel leven voor je.' Hij schuift wat vooruit in zijn stoel, buigt zich naar haar over: 'Wees maar blij, geniet zoveel je kunt, het leven is zo heerlijk als je jong bent.' Napeinzend staart hij voor zich uit. In zijn ogen blinkt iets kinderlijks en verdrietigs.

En Rogier, die hem scherp opneemt, denkt: dat herseninfarct haalde de deksel van je ziel, Arien Verbrugge, en holt je wezen uit. Arien is nu een lijdzame stakker, die ondanks zijn handicap de moed erin houdt, en met beverige hanenpoten enkele woorden onder aan de brief schreef, die Rogier met moeite kon ontcijferen: 'Kom alsjeblieft, we moeten praten. Wacht niet te lang.'

En juist die paar woorden van Arien gaven Rogier de overtuiging: ik moet daarheen, en niet de woorden van zijn moeder, waarin tussen de regels door nog altijd een stil verwijt lag te lezen. Wat kletste Arien nu?

'Zouden wij samen niet een stukje gaan rijden?'

Ja, da's waar ook. Hij heeft het aan Arien beloofd, en toch zegt hij twijfelend: 'Zou het niet te koud zijn?'

Arien, met een blik uit het raam: 'Het zonnetje schijnt volop, dus wat dat betreft...'

'We gaan,' beslist hij, en met een blik naar Gesien: 'Vindt u het goed, moeder?'

Zwijgend kijkt ze naar hem, alsof ze het plan overweegt, en met een blik strak in de zijne zegt ze kort: 'Mij best, maar wel een jas voor Arien meenemen zodat hij geen kou vat.'

Een nijdige ruk aan de plaid. 'Als je jou zo hoort, ben ik al een kasplantje.'

Rogier voelt zowel zijn ergernis als haar bezorgdheid en zegt op een goedig, meewaarig toontje: 'Ik zou het maar wel doen, Arien, dat mouwvest is niet te dik en een koutje heb je zo te pakken.'

'Als je maar weet dat ik niet met jullie mee ga, dat gerij op het erf, wat is daar nou an?' Josien weer met een van haar haar stekelige opmerkingen.

Josien, vanaf het begin heeft hij haar vijandschap gevoeld, en de hardheid in haar onverschillige, vriendelijke woorden. Josien, die zijn komst ziet als een bedreiging van haar erfrecht. Hij, met zijn goedbetaalde baan, moet er niet aan denken baas en knecht tegelijk te zijn, dag in, dag uit slaaf van je bedrijf, altijd in het gareel en nooit vrij. En aan de horizon gloort Afrika.

Zachtjes plagend zegt hij: 'We willen je niet eens mee hebben.'

Ze springt op, loopt zonder nog een woord te zeggen de kamer uit, staand op de drempel draait ze zich nog even om en zegt ze: 'Ik heb je wel door: je probeert hier een wit voetje te halen.'

Pats, deur dicht, zijn moeder krimpt in elkaar, de wenkbrauwen driftig fronsend, en Arien schudt zijn hoofd en zegt: 'Vrouwen…' en, verontschuldigend, tegen hem: 'Ze draait wel weer bij, in haar hart is ze een goed kind.'

Hij zou willen zeggen: 'Zolang je haar niet tegen je hebt.' Dat zijn moeder daarvan overtuigd is, weet Rogier heel zeker.

'Vertel 's, Rogier, hoe staat Afrika ervoor?' Ze zitten samen in de boomgaard, hij met z'n gat op een omgekeerde emmer, Arien in zijn rolstoel, en dat Arien belangstelling voor Afrika heeft, dat frappeert hem. Afrika, met zijn talloze volkeren, met hun eigen taal en religie, zeden en gewoonten, en voor hen die het menen te weten een ver-van-mijn-bed-show.

Verrast zegt hij: 'Dat je je daarvoor interesseert.'

Een vage glimlach. 'Waarom niet? Vroeger zou die vraag niet in mij zijn opgekomen, maar als je zoals ik dagenlang aan je rolstoel zit gekluisterd, worden de grenzen om je heen al nauwer, krijg je een andere kijk op het leven, sta je open voor het wel en wee van anderen.'

'Waaronder het volk van Afrika?'

'Grotendeels door jouw aanwezigheid.' Dan, zachtjes verwijtend: 'Dertig jaar is een lange tijd, Rogier, en dat je moeder daaronder geleden heeft, dat kan ik je verzekeren.'

'En jij, Arien?' Het woord vader is nooit over zijn lippen gekomen.

'Ach, hoe moet ik het je uitleggen? In het begin zag ik je als haar zoon. Ik wilde een kind van haar, een eigen zoon, maar het werd een dochter. Ondanks dat ik nu zielsveel van Josien hou, was toen op dat moment de teleurstelling groot, ik voelde me als het ware door het leven bedrogen, ik leerde wat het wil zeggen: de mens wikt, maar God beschikt, en toen vielen de schellen van mijn ogen, zag ik je als mijn eigen zoon. En nu jij, hoe dacht je over mij? Kom er 's mee voor de dag, wat ik me ervan herinner, is dat je het met je moeders keus niet eens was, je raadde haar het huwelijk af.'

'Ja,' zegt hij, in een kwellend medelijden, waarin hij voelt hoe fout hij is geweest, tegen de man, die nu zo afhankelijk is van alles en iedereen. 'Ik zal het niet ontkennen, met mij was het precies zo, maar nu zou het me alles waard zijn als ik je kon meenemen naar Afrika.'

'Dus je gaat terug naar het zwarte continent?'

'Daar ligt mijn werk, Arien. Trouwens, ik kan de maatschappij niet teleurstellen.'

'Dat begrijp ik, maar als je hier 's voor de maatschappij aan het werk gaat? Hier zijn ook stuwen, havens en waterwegen, dus wat dat betreft…'

Wat moet hij nu zeggen? Mijn roots liggen in Holland, maar mijn hart ligt in Afrika? Abigaïl doorkruist zijn denken; bloot ligt ze naast hem, het lange, zwarte haar ligt als een waaier over het kussen, het amulet tussen haar donkere borsten, dat goudgeel glansde onder haar rustige ademhaling.

'Nou, vertel 's, Rogier, hoe staat Afrika ervoor.' Arien, die aandringt. 'Nu zijn we met z'n tweeën, als de vrouwen erbij zijn, komt d'r niks van.'

Nee, vertel hem wat, praten en vragen over alles en nog wat, maar ware interesse voor Afrika is er niet bij.

'Tja, Afrika...' begint hij. 'Rijk aan goud, diamant, bauxiet en andere minerale grondstoffen, en er wordt veel met buitenlands kapitaal gewerkt, zowel uit het oosten als uit het westen, en tijdens hoog bezoek wappert dan de ene, dan de andere vlag, al naar gelang uit welk land de delegatie komt.'

Hij vertelt en Arien luistert met aandacht en zegt: 'Dus als ik het goed begrijp: geld, zo gewonnen, zo geronnen.'

En hij, met zijn gedachten bij de brief van Blankers die hij op het hoofdkantoor moet afgeven, met het devies 'oren en ogen open', zegt: 'Zoiets ja, en op sommige ministeries moet je er als de kippen bij zijn, wil je je geld zien, soms betalen ze in termijnen, en een enkele keer loopt het wel 's mis.'

Arien heeft er geen idee van hoe het er in sommige van die landen aan toe gaat, je hoort wel 's over ontwikkelingshulp en daar blijft het bij. Rogier weet meer, die zwerft daar al dertig jaar rond, op kosten van de maatschappij, dat wel, en een vet salaris toe, en zo zal het door de eeuwen heen wel blijven; profiteurs en ploeteraars, van de laatste het meest.

'En het volk?'

'Volk, volkeren, Arien. Je hebt er geen idee van hoe groot dat continent is, ons kleine landje kan erin ronddraaien.'

Net wat Rogier zegt: Arien kan er zich geen voorstelling van maken. Zijn leven heeft zich afgespeeld op de Deo Gloria, en zijn reizen waren naar de jaarmarkten in de regio, en graanverkoop op de Korenbeurs, en daartussendoor af en toe een slippertje, en altijd voelde hij zich een hele piet. Hij, Arien Verbrugge, de machtige boer van het grootste bedrijf uit de omtrek. En nu, een niksnut, een sta-in-de-weg, gebonden aan zijn rolstoel, die geholpen moet worden met plassen en zijn gat afvegen en 's avonds in bed moet worden getakeld, een leven even doelloos als zinloos, en het duurt nu al zo lang, zo lang.

En dan die jonge dominee die de weg naar de Deo Gloria heeft gevonden, hij is er of komt er, en dat is ook niet een waarom maar een daarom. Precies: Josien. Maar die ziet het niet zitten, ze zingt spottend van 'de dominee van Zierikzee heeft zeven hoge hoeden' en eindigt met 'en de mooiste en grootste daar mag je naar gissen, daar gaat hij onder zitten vissen.'

Gesien, geschrokken, zei: 'Kind, laster toch niet zo.'

Josien, onverschillig: 'Als het alleen bij dat liedje blijft.'

Gesien: 'Volgens mij heeft hij een oogje op je.'

Josien, blijmoedig en spottend: 'Hè ja, daar zit ik net op te wachten.'

Gesien: 'Je zou het slechter kunnen treffen. Nu ik hem beter leer kennen, lijkt het me een aardige jongen.'

Josien, spottend: 'En dat ziet u als goddelijke rechtvaardigheid.'

Gesien, van haar stuk gebracht: 'Hoe bedoel je?'

'Gewoon, als tegenhanger voor al die mussen met hun kinderzieltjes, weet u nog?'

Gesien, koeltjes: 'Dat is verleden tijd.'

Josien met een scherpe, doordringende blik: 'Is dat zo, moeder?'

Gesien, aarzelend: 'Niet dan?'

Josien: 'Daar ben ik nog niet zo zeker van.'

Arien, bij dat gesprek aanwezig, zag Josiens wijdopen ogen met daarin die raadselachtige blik, die hij nooit heeft kunnen doorgronden, en voor de zoveelste keer vroeg hij zich af: koesterde ze nog altijd haar kinderfantasie? Droefheid zonk in zijn ziel. Een kind, door zijn zaad verwekt en uit Gesien geboren, en nooit heeft hij noch Gesien haar aan zich weten te binden.

Oeganda... Daar heeft Rogier het nu over. Het woord klinkt hem zwaar in de oren. Oeganda...

'Zo ver weg met je gedachten, Arien?' Dat is Rogier, terwijl hij denkt: Arien, door zijn handicap beroofd van alle geneugten van het leven, en daardoor de meest eenzame van hen.

Gesmoord klinkt het: 'Ja, dat kan je wel 's zo hebben.'

Hij, gewoontjes en vriendelijk: 'Josien?'

En Arien, radend dat zijn pleegzoon het begrijpt, zegt kampend met zichzelf om zich groot te houden: 'Josien? We hebben het toch over Afrika?'

Rogier, vriendelijk knikkend: 'Juist ja, nu ken ik je weer. Oeganda, je zou het moeten zien, Arien, met een ongerepte

natuur, zijn gematigde klimaat, zijn vele koffie- en theeplanta-
ges, ze noemen dat land de parel van Afrika, en daar spreken ze
Frans en geen Engels.'

Hij hoort het enthousiasme in Rogiers stem. Rogier, die het
daar gemaakt heeft, maar Ariens geest is er niet bij. Hij luistert
naar het gezoem van de bijen en insecten, het jubelende gezang
van de leeuwerik, en daartussendoor hoort hij het flauwe
geronk van een tractor op het land, weet... Atze Bartels is daar
bezig.

Atze Bartels, een leven apart met een bewogen verhaal. Een
verhaal dat schreeuwt om de waarheid, en dat is de reden dat
Arien en Gesien Rogier hebben laten overkomen, het verleden
moet zich met heden samenvoegen. Alleen Rogier heeft daar
geen weet van, en misschien als hij het weet, dat het hem niet
interesseert, zoals hij ook Ertzebet en Iet Bartels achter zich
liet. Beide vrouwen hadden eronder geleden, Rogier was eraan
voorbijgegaan, en nu is het maar afwachten hoe hij op de waarheid zal reageren, of hij Atze Bartels wil erkennen als zijn zoon.
Atze Bartels en Rogier Avenzaethe, twee mannen die zich niet
gedwee opzij laten schuiven, door wie of wat dan ook.

Een hand op zijn arm. 'Luister je nog, Arien?'

Hij voelt zich betrapt, stamelt: 'Ja, ja, ik luister.'

Maar ingenieur Avenzaethe strooi je geen zand in de ogen, en
hij zegt met een zacht lachje: 'Luisteren, jawel, maar niet naar
mij.'

'Nee,' bekent hij. 'Je hebt gelijk. Ik ben er met mijn kop niet bij.'

'Zo opeens, en de reden?'

'Door dat gebrom van die tractor.'

'Wat...? En jij als boer...? Kom nou.'

Er kruipt een blos over zijn gezicht. De kalmte waarmee Rogier
hem terechtwijst, irriteert hem, en hij schampert: 'Wat weet jij
ervan? Jij bent ingenieur en geen landbouwer.'

'Da's waar, mijn kennis ligt in Afrika.'

'Juist, Afrika, en dat dertig jaar.' En hij veegt het zweet van zijn
voorhoofd.

En Rogier vraagt zich af: waarom opeens die steek onder
water? Peinzend neemt hij de man op en vraagt verwonderd:

'Heb je het zo warm?'

'Ja, opeens,' norst hij, en met een blik in de richting van het land waar de tractor op de dijk aan rijdt: 'Het is Atze, hij egt het pieperveld op.'

'Atze, je bedrijfsleider.'

'Ja, die.'

Achteloos: 'Ik heb nog niet de eer gehad hem te ontmoeten.'

'Maak je geen zorgen, dat komt wel. En wil je me nu naar huis toe rijden?'

'Nu opeens? Ik dacht dat je… Nou, enfin, als jij dat wilt.'

'Ja, ik wil het.' Hij trekt de plaid wat hogerop, huivert. Het geronk van de tractor klinkt hem vals in de oren.

HOOFDSTUK 11

Dus dat is mijn zoon, denkt Rogier Avenzaethe met een blik op de man die zwijgend tegenover hem staat. Atze Bartels, het kind van hem en Iet Bartels, een lang vergeten romance van jaren geleden, die hem nu heeft achterhaald. Het gordijn scheurt open, tovert hem het verleden glashelder op zijn netvlies.

Iet Bartels, ze stond voor hem en zei: 'Ik ben zwanger.'

Hij, totaal overdonderd, zei: 'Da's het risico als je met een man naar bed gaat. Wat wil je nu, dat ik van mijn vrouw ga scheiden?'

Haar koele, klare ogen keken hem strak aan terwijl ze zei: 'Ik zou willen dat jij van je vrouw... Bah, wat een vunzige gedachten houd jij erop na.'

Hij incasseerde haar sneer, dacht: waar koerst ze op af, en zei: 'Wat wil je nu?'

'Een geldelijke tegemoetkoming.'

Hij, overdonderd: 'Zwijggeld?'

Een koel lachje. 'Ik zie het meer als een fooi om jouw eer te redden en om mijn kraamkosten te betalen.'

Ze legde hem het vuur wel na aan de schenen. Geld, jawel, en was daar het laatste woord mee gezegd? En hij vroeg: 'Mooi bedacht, maar wat staat daartegenover?'

'Dat niemand ooit zal weten dat jij de vader bent.'

Ze had haar ultimatum gesteld, en wat bleef hem over, wilde hij zijn eer en aanzien redden? Schoorvoetend lichtte hij de familie in, ach, ach, dat had een stof doen opwaaien. Maar het geld werd betaald, de eer was gered, maar hij wachtte de scheiding niet af, verbrandde alle schepen achter zich, vertrok voorgoed naar Afrika, waar in de loop der jaren de herinnering vervaagde. Tot die brief, met daarin Ariens noodkreet over veranderingen op de Deo Gloria, en hij vroeg zich af wat hij als Ariens stiefzoon daarmee te maken had. Hij gruwde van het boerenleven, altijd slaaf van je eigen bestaan.

Nu kent hij de reden, die niets met de Deo Gloria te maken heeft, maar alles met die stoere knul die zwijgend tegenover hem staat. Het kind van hem, Rogier, en Iet Bartels. Een verleden dat heden wordt en hem zegt: neem de verantwoording voor je daad. Nooit is dat besef zo tot hem doorgedrongen als hier, in de pronkkamer van de Deo Gloria. In de persoon van Atze Bartels ligt Rogiers schuld. Heel zijn leven hadden drift en hartstocht het voor het zeggen gehad. Ertzebet, Iet, Abigaïl… Drie vrouwen die, op Ertzebet na, hem nooit iets hebben verweten. Nu het verleden hem heeft ingehaald, ziet hij hen als een soort heiligen, wat hij toen niet zag, maar wat hem nu opbreekt en in die doffe verbijstering waarin hij worstelt met het gevoel dat het verleden een wreed spelletje met hem speelt, zegt hij met al zijn aandacht op de zwijgende jongeman gericht: 'Dus jij bent mijn zoon.'

'Ze zeggen het,' klinkt het onverschillig en met een scherpziende blik neemt Atze de keurig gesoigneerde man op die voor hem staat. Hij kan niet vreemder voor hem zijn dan de vreemdste vreemdeling; hij voelt niets voor die kerel, die net als hij zich door de ontstane situatie uit het lood geslagen voelt, en in het verleden in zelfzuchtig egoïsme het stempel 'slecht' op Atzes moeder heeft geplakt.

Iet Bartels, die in haar leven nooit een uiting van medegevoel had geduld en door smaad en smart heen haar eigen weg was gegaan. Als kind had Atze veel ooms gekend, maar naarmate hij ouder werd, had hij nuchter de ware reden van al die ooms doorzien, en nooit tegen haar daar een woord over losgelaten, alleen die ene keer over die joviale, vlotte zeeman, die na een jaar plotseling niet meer kwam opdagen. Met bevende stem gaf ze hem hierin gelijk en tevens gaf ze hem te verstaan daar nooit meer met een woord over te reppen.

Dat kwam pas veel later – Atzes moeder was al jaren overleden – toen hij als jonge kerel door een hoosbui werd overvallen en in de tarweschuur van Verbrugge beschutting zocht en prompt tegen de man opbotste. Ze raakten aan de praat en plotseling tijdens het gesprek vroeg Verbrugge naar die zeeman. Waarop zijn antwoord: 'Weet wel, Verbrugge, een zeeman komt, een zeeman gaat.'

'Zoals zovelen,' verzuchtte Verbrugge hardop. 'Maar houd je

moeder in ere, jongen, ze verdient het.'

In een verstild, weemoedig berusten staarde de man voor zich uit en hij begreep dat Verbrugge in die dagen niet geheel onverschillig tegenover Atzes moeder had gestaan.

Verbrugge, waarvan menigeen toentertijd dacht... Ook hij. Nu weet hij beter, het is diens stiefzoon, de keurige welopgevoede ingenieur Rogier Avenzaethe-Seller, die nu net als hij met de waarheid worstelt, waarin beiden hun houding moeten bepalen tot elkaar.

En in de stilte waarin ieder met zijn gevoelens en met de waarheid worstelt, rijdt Verbrugge zijn rolstoel wat dichterbij, richt zich volledig tot hen en zegt: 'Dertig jaar heb ik de stille waarheid in me meegedragen. Denk je 's in, dertig jaar zwijgen, voor de status van de een, waarin tegelijk op een ander werd gespuwd. Iet Bartels, je moeder, wist het, ik wist het, jij, Rogier, wist het en voor de schande ben je gevlucht naar Afrika. Ja, Rogier, een vlucht, anders kan ik het niet zeggen. En Atze wist van niks, maar naarmate hij ouder werd, richtte hij zijn pijlen op mij, zag in mij de kwade geest, en misschien heeft hij niet helemaal ongelijk, ben ik er niet geheel onschuldig aan, ik was degene die Ertzebet en jou in contact bracht met Iet Bartels.'

Een cynisch lachje van Rogier. 'Heb je hem daarom tot bedrijfsleider gemaakt van de Deo Gloria? Weet wel, dat zal je dochter je niet in dank afnemen.'

Drift welt in Arien op, waar haalt-ie de moed vandaan dat voor zijn voeten te gooien? Maar toch, helemaal ongelijk heeft Rogier niet. Niet alleen de omstandigheden van toen, het infarct, maar ook het gebeuren in het verleden, waarover hij zich schuldig voelde, hebben eraan meegewerkt dat Atze bedrijfsleider op het bedrijf is geworden.

Atze, een stevige, stoere knul, met een helder verstand en een scherp inzicht. Misschien zijn dat de genen van Rogier, want er zal toch wel iets van hem in die knul zitten. Atze, van wie Arien wel 's dacht: ik zou willen dat ik zo'n zoon had. Want Rogier heeft in hem nooit een stiefvader gezien. Maar ook in zijn goede dagen heeft Arien harteloos tegenover iedereen gestaan, vooral tegenover eigen werkvolk. Hoe kan hij dan Rogier iets verwijten?

En in een soort algemene bekentenis zegt hij: 'Wat je daar zegt, zal ik niet ontkennen, Rogier. Maar heel die beroerde geschiedenis zit dieper, ik kon er niet van loskomen, het vrat aan me, en met het verloop der jaren werd het steeds erger. Ik dacht: zoals het gaat, gaat het, maar voor ik het hoekje om ga, moet de waarheid aan het licht komen, we hebben recht te weten wie wie is, tegenover wie we staan met al onze fouten en gebreken. En juist die wroeging en dat zelfverwijt kan ons tot inkeer brengen.'

Er gaat een schok door hen heen nu Arien zo praat en ze zien het wel; ondanks alle goede zorgen gaat hij zienderogen achteruit, maar nu hij het zelf zegt, willen ze het niet horen, en Atze zegt quasivrolijk: 'Verbrugge gaat nog wel een aantal jaren mee.'

Een spottende grimas. 'Olijkerd.'

En Gesien valt smekend en boos uit: 'Zo moet je niet praten, Arien, daar schiet je niks mee op.'

Hij, met een stille glimlach: 'Kon ik je maar meenemen.'

En Rogier, onaandoenlijk als altijd: 'Eén troost: gaan doen we allemaal, en niemand staat te dringen.'

Atze, worstelend met zichzelf, en met redeloze woede tegen alles en iedereen, maar het meest tegen zijn aangewaaide vader, valt schor uit: 'Dan hoop ik dat je op je terugreis naar dat apenland als eerste in zee dondert.'

Rogier, met fronsen in zijn voorhoofd en met strakke ernst: 'En dat zegt mijn eigen zoon.' En, een tikkeltje cynisch: 'À propos, lieve mensen, zoals we hier gezellig onderling bij elkaar zijn, neem ik zonder een enkel bewijs van waarheid voetstoots aan dat alles wat hier wordt beweerd, waar is.' En tot Gesien: 'Na dertig jaar, ik vader en u grootmoeder, 't kan verkeren, maar toch, het klinkt niet gek, mama.'

Atze zwijgt, hij gaat op Rogiers cynische praat niet in, noch vertrouwt hij zijn eigen stem. Hij voelt niets, denkt niets, alsof er een ijskoude band om zijn slapen wringt, alleen de herinneringen aan zijn moeder pijnigen zijn geest, haar zorg om hem, zo groot, zo vol van moederliefde, dat hij nu berouw voelt om wat hij als kind met zijn jongensstreken haar heeft aangedaan, maar dat haalt het niet bij wat Rogier Avenzaethe over haar heeft afgeroepen: hoon, verachting, smaad, en al wat zacht en warm was in haar leven is vertrapt tot ze een verdorde ziel was. Een verstoten liefde heeft haar tot een leven in afzondering gedwongen.

En ook Gesien, ondanks dat ze de waarheid heeft aanvaard, ligt met zichzelf overhoop, en denkt: nu even weg kunnen uit de kamer en die benauwde sfeer die haar drukt. Zij, de grootmoeder van Atze Bartels, ze heeft het altijd geweten, maar bewust de waarheid verdrongen en verzwegen, en scherp dringt het besef tot haar door: ik ben niet veel beter dan mijn zoon.

Een bescheiden klopje op de deur doet haar opkijken. 'Binnen.' Hoe vreemd klinkt haar eigen stem in haar oren. Het is Klaske, de aanbevolen kracht nadat Marie hier voorgoed was vertrokken. Zo'n kwebbel als Marie was, die overal haar neus in stak, zo zwijgzaam is Klaske. Klaske, vroeg weduwe en moeder van een dochter.

'Mevrouw, verse koffie.' Klaske, als een houten klaas staat ze in de deuropening.

'Dank je, kind, zet het blad maar op de tafel.' Goddank, Klaskes aanwezigheid breekt even de gespannen sfeer.

'Ik heb er wat plakjes cake bij gedaan, mevrouw.' Verbrugge, mevrouw, diens zoon uit Afrika, zeker familieraad, maar wat moet die Atze Bartels er dan bij?

Atze, al jaren de bedrijfsleider van de Deo Gloria en Josien Verbrugge heeft een oogje op hem, al doet ze van niet. Maar zij, Klaske, is ook niet gek, en al mag ze Josien niet, aan niemand hier op het bedrijf zal ze er iets van laten merken. Stel je voor: zij, een gewone dienstmeid, die een rijke boerendochter afvalt, en haar instinct zegt: wees op je hoede voor die vrouw.

En sommige mensen van hier in het dorp beweren: 'Die meid heeft ze niet allemaal op een rijtje, maar het is daar altijd zo geweest, geld dat stom is, maakt recht wat krom is.' Maar wat dat met Josien te maken heeft? Maar mooi is ze, met die bos goudblonde krullen en die grote, opvallend blauwe ogen. Dan

zij, Klaske, met haar gladde bruine haren en sproetengezicht.
'Is er iets, kind?' De stem van Gesien Verbrugge.

Is er iets? Er is helemaal niets. Gauw wat verzinnen. 'Wilt u een schoon tafellaken geven, mevrouw?' Gesien heeft de sleutels van alle kasten in haar beheer, en altijd moet je haar vragen, maar deze keer zegt ze: 'Hier, kind, de sleutel van de linnenkast, pak zelf maar.'

'Goed, mevrouw.'

'Goed afsluiten, en direct de sleutel terug voor die zoekraakt.'

Het hautaine van Gesien prikkelt haar, ze zou haar willen toe-schreeuwen: 'Mens, ik ben geen kind meer', maar ze zegt: 'Ja, mevrouw.'

En Gesien, met een blik op Klaske, vraagt zich af: zou ze iets gehoord hebben van wat er binnen werd besproken? Maar Klaske kijkt zo onschuldig voor zich uit dat ze die gedachte meteen verwerpt.

'Je kunt gaan, Klaske.'

'Goed, mevrouw.'

Wat ziet ze er weer chic uit, de koningin van de Deo Gloria, die naar men zegt door haar man tot deze vrouw is geworden, al komt ze uit een rijke familie, maar Arien Verbrugge was een man van macht en aanzien, en dat straalt op haar af. Arien Verbrugge is nu een stakker en afhankelijk van zijn vrouw en dochter, en van zijn bedrijfsleider. Hoe zou Atze Bartels haar zien, als een weduwe met een kind, die het intieme leven tus-sen man en vrouw gekend heeft, een besef dat nu, als weduwe, op haar leven drukt?

'Is er nog iets, kind?' De stem van Gesien Verbrugge die haar gedachten doorkruist.

Ze voelt zich betrapt, stamelt: 'Nee, mevrouw,' en haast zich naar de keuken, waar een bak snijbonen op haar wacht, die ze nog moet afhalen voor de middagpot.

Stilte in de kamer, dan zegt Gesien: 'Allemaal koffie, jij ook, Arien?'

Ja, allemaal, zelfs Arien, en iedereen voelt het belachelijke van dit gewoon-doen, alsof het een gezellig onderonsje is, maar confidenties hebben iedereen aangegrepen en tussen twee

183

slokken koffie in zegt Rogier met een blik op Arien: 'Dus dat is de grote verandering waarover je me schreef.'

Arien knikt. 'Niet voor mij. Wel voor jou, je moeder en Atze.'

Hij zwijgt, weet zo gauw geen antwoord, zegt dan: 'En wil je nu dat ik hem meeneem naar Afrika? Jouw bedrijfsleider, hoe moet het dan hier?'

'Jij Atze meenemen? Nee, nee,' weert hij vermoeid af. 'Net wat je zegt: hoe moet het dan hier?' Zijn hoofd voelt dof en gloeierig aan; na het gesprek tussen hen kan hij alles niet meer duidelijk doordenken. En Josien, waarom wilde zij niet bij het gesprek aanwezig zijn, ging ze liever wandelen in de tuin in gezelschap van de dominee? Die jonge herder is wat je noemt bezeten van haar, eet uit haar hand, kijkt haar naar de ogen. Nog hoort hij haar zeggen: 'Weet wel, papa, ik laat me door Rogier Avenzaethe niet opzijdrukken.'

'Hoezo?' had hij gevraagd, met vrees in zijn hart voor een nieuwe strijd met zijn dochter. 'Ben je bang dat ik je erfrecht aan je halfbroer verkwansel?'

Een tijdje was het stil tussen hen. Hij schrok van de broeierige blik in haar ogen waar ze hem mee taxeerde en het klonk dreigend: 'Dan steek ik de brand erin.'

Hij, met pijn in zijn hart omdat ze zo tegen hem sprak, zei: 'Je moet niet zo snel verkeerde conclusies trekken. Jij, mijn eigen dochter, die dat tegen me zegt.'

'Juist, papa, uw dochter,' was het antwoord. 'Houd daar rekening mee.' En ze liep met opgeheven hoofd de kamer uit, hem verkild tot op zijn botten achterlatend.

Hij dacht aan Gesiens woorden: er is iets vreemds aan Josien. Doch de grond hiervan was noch voor hem, noch voor Gesien te peilen. Hoe kan ze zo denken, ze is zijn kind, zou hij haar ooit tekortdoen?

Hij kijkt naar Rogier en zegt: 'Het is goed dat alles tussen jullie is rechtgezet, en ik wil tussen jou en je zoon niets forceren. Alles komt in het leven zoals het komen moet, en ik begrijp ook wel dat we het met ons allen moeten verwerken, pas dan zal het wennen. Dus laten we voorlopig alles bij het oude en jij, Atze, geef jij 's je mening?'

Zijn mening, jawel, of dit zo makkelijk voor hem is. Hij, de zoon van Rogier, dat is dus de man die hij heel zijn leven heeft vervloekt, om het leed dat hij zijn moeder heeft aangedaan, maar toch, met al die grieven, zou hij de moed kunnen opbrengen voorgoed met Avenzaethe te breken? Die man heeft zijn mond vol over Afrika, en waar het hart van vol is... Maar Afrika zegt Atze niks, en de Deo Gloria zegt hem alles. De Deo Gloria, eens het bezit van Josien, een weten dat pijn en ergernis in hem oproept, wat zal ze ervan terechtbrengen, altijd gegeten uit een gouden ruif, en in alles haar zin gekregen, en hij zegt: 'Verbrugge heeft gelijk; we moeten niets overhaast doen. De waarheid heeft de tijd nodig, tot wij de moed hebben die te accepteren.'

Juist, de moed. Ook hij, Rogier Avenzaethe. Hij heeft een zoon en de zoon heeft een vader, het is als een vage melodie die langs hem heen gaat en het hart niet raakt, en het is net zoals Atze zegt: de waarheid heeft zijn tijd nodig, al is de eerste starheid tussen vader en zoon doorbroken.

In het prille ochtendlicht van de zondagmorgen wacht Gesien met het ontbijt op haar man, die door de wijkzuster wordt gewassen in de badkamer. O, ze weet het wel, Arien vindt het niet prettig, die vreemde handen aan zijn lijf, maar Gesien kon door haar leeftijd die intensieve verzorging niet meer volhouden en schakelde de huisarts in. Die was het meteen met haar eens en de zaak kwam rond, en Arien legde zich erbij neer, al foeterde hij soms: 'Dat gepoezel van al die vreemde handen aan mijn lijf, een kerel zal d'r verlegen door worden.'

Beng, zegt de klok, halfnegen, het ochtendontbijt wordt weer een latertje. Enfin, ze verspelen niks, want naar de kerk gaan is er al jaren niet meer bij. Het kerkelijk contact is de pastoor of de dominee. Ach ja, die dominee, jong, vol enthousiasme, een en al oog voor Josien. Maar Josien zegt: 'Ja, als ik gek ben, zo'n zielenknijper.'

Josien, intelligent, sluw, trots, een fantast, engelachtig lief, maar als het haar niet zint een kreng, de enige die ze adoreert en met heel haar hart aanhangt is Atze, en hij is ook de enige die haar opvliegende dominantie kan afzwakken tot een kalme meegaandheid, wat haar en Arien steeds weer verwondert en Gesien doet opmerken: 'Wij als bejaarden nog een jonge dochter, daar zit de fout, ik draag dat als een dagelijkse last met me mee.'

En Arien: 'Ik weet het, maar het is toch goed dat wij oudjes ons aan haar jeugd kunnen warmen?'

Zij, met nadruk: 'Het zal altijd goed zijn, als je nooit wat wilt zien.'

Arien, met een brede grijns: 'Je slaat de spijker op zijn kop, maar wat geeft het als ik wel wat zie, wordt het er dan beter door?'

Inderdaad, wordt het er dan beter door? Maar wat Josien betreft, verstaat Arien de kunst alle zorgen weg te lachen. Arien, hij is dol op zijn dochter, hecht met hart en ziel aan haar en ziet zichzelf in haar terug, en ook dat is wat Gesiens leven zo moeilijk maakt.

De deur gaat open. Arien, glimmend van de wasbeurt, wordt monter en fris naar binnen gereden. Lachend kijkt hij haar aan en zegt: 'In de voorwas, in de hoofdwas, en klaar voor de zondag.' En, met een olijke blik naar het zustertje: 'Dat lieve kind is haar gewicht in goud waard.'

Een schaterlach. 'Dat is mijn werk, meneer Verbrugge.'

En Gesien, een en al oog voor het lachende gezichtje, vraagt: 'Wilt u een kopje thee?' Ze denkt: een verademing, na die zuurpruim van een zuster Willems.

Het zustertje bedankt, het is goed bedoeld, maar het werk wacht, al is het zondag, en weg is zuster Vlier, met fladderende rokken.

'Een schat van een meid,' zegt Arien. Pas als de woorden eruit zijn, denkt hij dat hij zich tegenover dat zustertje beter onverschillig had kunnen houden, zijn sympathie voor haar niet zo bloot moet geven. In het verleden heeft hij Gesien daar te veel mee bezeerd.

Gesien fronst haar wenkbrauwen en vraagt: 'Wil je thee, Arien?' Pal daarop zegt ze: 'Ja, het is een lief kind. Hier, je thee.' Ze knoopt zijn servet om, duwt de beker in zijn handen. 'Zo goed?'

Een bittere grijns op zijn gezicht. Een grotemensenslab; hij kan zijn thee niet drinken zonder te kwijlen, zijn eten niet zonder te morsen, zijn billen en hielen worden alle dagen ingewreven met zalf tegen het doorliggen, en elke dag heeft hij het gevoel een stukje eigenwaarde prijs te moeten geven. Was doodgaan bij dat herseninfarct niet beter geweest? De dood, we hebben er in ons leven een aangeboren vrees voor, willen er niets over horen, werpen het ver van ons af. Maar als je je verdere leven in zo'n rolstoel zit, zoals hij, en leven moet tegen je zin en gemoed in, dan komt de dood als een vriend. En in de dood ben je veilig voor het leven, dat is veel gewonnen.

'Wil je een beschuit, Arien?'

'Nee, dat knarst te veel tussen mijn kiezen, en pak die beker 's aan.' Tik, de beker staat op tafel.

'Wat dan, een boterham?'

'Ja, doe maar.'

'Jam erop?'

'Dat plakt aan mijn gebit.'

'Een plakje kaas?'

O, die verbitterde trek op dat kleurloze gezicht, het snijdt door haar ziel.

'Kaas krijg ik moeilijk weg, smeer d'r maar een lik stroop op.'

'Appel- of perenstroop?'

'Doe maar wat, als het maar glijdt.' Beng, negen heldere slagen weergalmen in zijn oren. Verstoord kijkt hij op. 'Waar blijft Josien?

'Een weekendje uit, bij een vriendin.'

'Ken ik haar?'

'Nee, en ik ook niet.'

'En dat neem jij zomaar?'

Een schamper lachje. 'Nemen? Wij? Ze gaat toch d'r eigen gang.'

O, die onmacht in hem, en die strakke, koele houding van Gesien als het tussen hen over Josien gaat. Het is hem even te veel, wrevelig valt hij uit: 'Hebben wij helemaal niets meer te vertellen?'

Vertellen, ze zou zoveel kunnen vertellen, dat het vroeger al zo was en nog zo is, omdat door de ouderdom hun krachten afnemen, en bij conflicten met Josien zij altijd de onderliggende partij zullen zijn. Met moeite houdt ze zich in, schuift haar stoel aan tafel bij en zegt geforceerd kalm: 'Ze vertelt het je straks zelf wel, en wat wil je nog, een kopje thee of een beker melk?' 'Melk, melk? Ik ben geen kraamvrouw...' Verdomme, waar hangt die meid uit, ze kan toch wel wat zeggen. Als kind had hij haar harder aan moeten pakken. Hij kon het niet; zijn mooie dochtertje, rijk was hij met haar. Gesien, ja, die wel. Zij mopperen, Josien in tranen, en ruzie. Hij verweet haar openlijk van alles waar Josien bij stond. Gesien trok spierwit weg, en met een blik op Josien, die met grote verwonderde ogen van de een naar de ander keek, viel ze scherp uit: 'Moet dat allemaal? Kleine potjes, grote oren.' Gesien kreeg gelijk en nu kwelt hem dat besef des te meer.

Gesien streelt door zijn haren. 'Hier, je thee, en lijkt het je wat als we vanmiddag een stukje gaan rijden?'

Nee, het lijkt hem niks, elke zondag – indien het weer het toelaat – rijden over het erf, door de tuin, door de boomgaard, hier staan, daar zitten, en door de oprijlaan weer naar huis toe. Gesien bedoelt het goed, maar voor hem is het een kwelling, hij vindt in die ritjes geen bevrediging, maar om Gesien te plezieren... Gesien, altijd weer Gesien, als Josien nu eens... Maar Josien haat ziekte en zeer, en Rogier noemt ze een aasgier die het op de Deo Gloria heeft voorzien.

Gesien, ondanks het gebeuren met Rogier in het verleden, voelde zich door die woorden gekrenkt in haar moedertrots, en viel scherp tegen haar dochter uit. 'Mijn zoon heeft de Deo Gloria niet nodig, na het overlijden van zijn vader heeft hij een aanzienlijk kapitaaltje geërfd, en als hoofdingenieur verdient hij een topsalaris, dus matig je voortaan in je oordeel, Josien.'

Getjilp van mussen, hij slaat een blik door het raam. Luid kwetterend zitten ze op de takken van de goudenregen. Mussen en kinderzieltjes. Hij vraagt zich af: zou Josien daar nog wel 's aan terugdenken?

Vanaf het land dringt het ronkende geluid van een tractor tot hen door. Het doorbreekt de zondagsstilte; dat irriteert Gesien, ze voelt behoefte tot praten.

'Moet dat nu, Arien, werken op zondag? En dat met een nieuwe week in het vooruitzicht?'

Hij zucht. De laatste jaren is Gesien een engel voor hem, maar een boerin zal ze nooit worden, en hij kent haar aversie tegen werken op zondag, maar toch, die enkele keer, hij schudt zijn hoofd en zegt: 'Het kan wel 's zo uitkomen en Atze zegt ook...'

Atze, haar kleinzoon, al had ze het jaren verzwegen, ze kan nog steeds niet aan het idee wennen. Atze, die stoere, zwijgzame knul, op die bewuste dag kreeg ze hem met kousen en schoenen aan, en het woordje 'grootmoeder' is nog nooit over zijn lippen gekomen. Ook niet nadat Rogier weer naar Afrika was vertrokken en ze hem zijn kamer aanbood, als haar kleinzoon was zijn plaats nu op de Deo Gloria. Hij weigerde vriendelijk maar beslist, en ze moest het hem maar niet kwalijk nemen, alles moest blijven zoals het was, doordeweeks sliep hij in zijn kamertje op de hooizolder en in het weekend ging hij naar zijn eigen huis. En nu zegt Arien dat Atze...

Ze zegt stroef: 'Atze, hem zegt de zondagsrust niets. Maar jij...'

Hij kent haar grief en vroeger dacht hij net zo, maar sinds hij door dat herseninfarct aan zijn rolstoel zit gekluisterd, worstelt hij soms met God en kerk, en vraagt zich af: waarom, als God van zijn kinderen houdt, waarom dan dat hij Arien...? In zijn ontreddering heeft hij het eerst aan de dominee en daarna aan de pastoor gevraagd, maar van geen van beiden kreeg hij een redelijk antwoord. Ja, een zalvende preek, en dat een mens in zijn lot moest berusten.

'Donder op,' was hij opgestoven. 'Makkelijk praten met je gezonde benen, en ik met een paar lamme poten!' En zo is het, en zich maar groot houden en elke dag een beetje de clown uithangen, dat zijn afhankelijkheid hem niks doet. Zachtjes zegt hij: 'Als jij erop staat, zal ik hem straks zeggen dat-ie met kulen moet ophouden.'

Ze knikt hem vriendelijk toe. 'Laat hem nu het werk maar afmaken. En veeg je mond 's af.'

Daar is-ie weer een kwijlebabbel, en hij voelt het niet eens. Met een gejaagde, schokkende beweging tast hij naar zijn zakdoek.

Wat is dat? Verhip, die brief van Rogier, stom, hij was het helemaal vergeten.

'Gesien, kijk 's: een brief van Rogier.'

Verwondering. 'Een brief? En jij...?' Gistermiddag heeft Arien in het zonnetje gezeten, misschien dat de postbode toen kwam, daar heb je het al, net wat ze dacht.

'Ik heb de brief aangepakt en was het helemaal vergeten.'

Dat gebeurt hem de laatste tijd wel meer; dat-ie wat vergeet, dan voelt zijn kop zo dof aan, net alsof er een prop watten in zit.

'Ik ben benieuwd wat-ie schrijft, dertig jaar geen teken en nu om de maand een brief.'

'Dat weten we gauw genoeg.' Ze scheurt de envelop open, leest, fronst haar wenkbrauwen, haar verbijstering stijgt bij elk geschreven woord, en sprakeloos laat ze de brief zakken.

'Is er wat?' vraagt Arien bezorgd.

'Ik zou het wel denken.' Met gejaagde bewegingen schenkt ze zich een kop thee in.

Dat zit niet goed, flitst het door hem heen, zelden toont ze zo haar gevoelens. Hij sust: 'Zo erg kan het toch niet zijn?'

'Niet voor hem, wel voor mij.'

Hij ziet de onrustige, harde blik in haar ogen en vraagt zich af wat ze nu weer met haar zoon beleeft, net nu alles is rechtgezet.

Ze reikt hem de brief. 'Hier, kun je hem lezen.'

'Vertel het me maar.'

'Hij is getrouwd.'

'Nou en? Hij heeft er de leeftijd voor.'

'Je denkt er nogal nuchter over.'

'Hij is oud en wijs genoeg, Gesien.'

'Oud wel, maar wijs...? Ik ben het nog niet vergeten: eerst die situatie met Ertzebet, daarna met Iet Bartels. Als moeder denk je je zoon te kennen. Eigen bloed, jawel, maar hoe weinig heb ik hem gekend! En nu dit.'

En weer sust hij: 'Dat moet je niet aanhalen, Gesien, dat hebben we met z'n allen besproken en uitgepraat.'

'Juist, nu zeg je het ware, en nu komt hij met vrouw nummer

drie op de proppen: Abigaïl, een zwarte en dochter van een stamhoofd, bekeerd tot christen. En over drie maanden word ik opnieuw grootmoeder.' Bij het zien van zijn onthutste gezicht huilt ze bijna: 'Fraai, hè? Zo'n onbevlekt familieleven…'
De hand waarin ze de brief houdt, trilt als een rietje.

HOOFDSTUK 12

Atze Bartels, zachtjes fluitend tussen zijn tanden, keert de tractor, schakelt in, en ploegt in een kaarsrechte voor op de Deo
Gloria aan, de gevel van de boerderij is opnieuw blinkend
groen geschilderd, en in de grote, brede ramen waarvoor helder witte gordijnen hangen, weerkaatst het zonlicht. Opeens
denkt hij aan Klaske. Ze heeft veel werk te doen op de Deo
Gloria. Klaske, vriendelijk, bescheiden en wat terughoudend;
hij staat wel sympathiek tegenover haar, al loopt hij niet met
haar weg. Klaske, weduwe met een kind, dan heb je het als
jonge vrouw niet makkelijk en dan zou je toch denken... Maar
Klaske loopt heel de dag zachtjes te neuriën, met af en toe een
zacht tralala. Klaske, in haar eenvoudige nederigheid, waar rust
van uitgaat. Marie ging, Klaske kwam en voor Atze is het een
verademing. Marie had een oogje op hem, maar hij niet op haar,
en op Klaske evenmin, al denkt Josien van wel, en ze zei het
hem helder en duidelijk.
Onthutst keek hij haar aan, schoot in de lach en zei: 'Ach, meid,
je bent niet lekker.'
Josien, met boze ogen: 'Zo lekker zal jij zijn.'
Josien, een kind van stemmingen, zo hemelhoog juichend, zo in
zak en as. Houd daar je verstand maar 's bij.
Hij slaat een blik opzij, op de nabijgelegen akker schiet de
rogge hoog op. Het enige stukje schrale grond op de Deo
Gloria, waar weinig wil groeien. Hij wou dat hij het voor het
zeggen had, maar dat is nog altijd Verbrugge, en na hem komt
Josien op de troon, en zijn instinct zegt hem dat het dan gedaan
is met de Deo Gloria. Josien is een luxepaardje en ze heeft geen
spat kennis van boeren. Josien, met haar verwarde ziel, elke
avond loopt ze te flaneren met die jonge dominee, lacht, praat,
flirt, neemt hem openlijk in de maling, tot ergernis van Gesien
Verbrugge.
Gesien, sinds drie jaar is ze zijn grootmoeder, maar nog altijd
zegt het hem niks.
Gisteravond stond ze plotseling voor hem: een koele, gedistingeerde vrouw waar rust van uitgaat, ze reikte hem een brief en

zei: 'Een schrijven van je vader, wil je het lezen?'

Stilletjes keek hij haar aan, terwijl hij dacht: ik heb nu ook een vader ergens in Afrika. Een grootmoeder hier, een vader daar, en Atze zit ertussenin. Hij negeerde de brief en vroeg: 'Heeft-ie nieuws?'

Ze knikte. 'Hij is getrouwd.'

Hij stoof op. 'Alweer? Die kerel doet maar.' Tegelijk vroeg hij zich af: waarom ergert mij haar antwoord zo? Hij gaf toch geen zier om die vent?

Zwijgend keken ze elkaar een poosje aan, en toen klonk het zacht: 'Ja, getrouwd met een zwarte, en binnenkort wordt hij vader.'

Hij, verwonderd: 'Wat? Alweer?' En met een korte aarzeling: 'Over de vijftig en nog een kindje maken, waar zit het die kerel?'

'Ja,' viel ze hem bij, 'het viel mij ook koud op mijn dak.'

Hij, met koude onverschilligheid: 'Ach, u moet maar zo denken: alles went, ook dat.'

'Nee.' Heftig schudde ze haar hoofd. 'Dat went niet, zoiets ongemakkelijks: een zwarte vrouw, daar ben ik te oud voor.'

Hij las de smart op haar gezicht, zag tranen in haar ogen, wat moest hij zeggen? Plots, als bij intuïtie, viel het uit zijn mond: 'U heeft mij toch nog?'

'Jou?'

'Ja,' ging hij tegen zijn eigen gemoed in. 'U moet proberen zo te denken.'

'Aan je denken als mijn kleinzoon?'

Hij voelde dat door die vraag het bloed naar zijn wangen steeg en hij zei stroef: 'Dat zoekt u zelf maar uit.'

Er lag verwondering in haar blik, en het klonk zachtjes: 'Mijn kleinzoon.' Ze draaide zich om en liep bij hem vandaan, lang bleef hem dat moment bij en hij vroeg zich af: gunde ze hem op dat ogenblik een blik in haar hart?

Ho, maar wat is dat? Op het rechte stuk staat de sloot zo goed als droog, hier en daar een plas water en de rest modder. Drift welt in hem op; die eeuwige touwtrekkerij bij de boeren onderling, de een wil de waterstand hoog, de ander laag. Toen

Verbrugge aan het roer stond, had je dat niet, die overtrof met zijn grote bek alles en iedereen, en hield de sloot op peil. Maar Verbrugge is uitgeteld, wordt elke dag hulpelozer en moet meer en meer geholpen worden, dan door zijn vrouw, dan door de wijkzuster. En Verbrugge, alles meer dan zat, zei in vertrouwen tegen Atze: 'Als ik de moed had, maakte ik d'r een end an. Maar daar ben ik een te grote lafbek voor.'

Hij, met de situatie verlegen, wist zo gauw geen antwoord en zei: 'Heb een beetje geduld, Verbrugge.'

Verbrugge, met een flauw lachje: 'Geduld, geduld en nog 's geduld. Wie dan ook, ik hoor niet anders. Nee, jongen, er is geen redden meer aan.' En plots op andere toon: 'Wat denk jij? Als ik de kraaienmars heb geblazen, en Josien zwaait hier de scepter, zal ze het redden?'

Hij, plots nerveus en pijnlijk aangedaan door die vraag, antwoordde: 'Wat denkt Verbrugge zelf?'

Verbrugge glimlachte. 'Overrompel ik je ermee?'

Hij, met het beeld van Josien voor ogen, zei: 'Zo makkelijk is ze niet.'

Verbrugge, heel kalm: 'Vertel mij wat, ze is geen katje om zonder handschoenen aan te pakken, maar onder jouw leiding redt ze het wel.'

Hij, plots onzeker: 'Zullen we het over wat anders hebben?'

Verbrugge fronste zijn zware wenkbrauwen. 'Verveel ik je met m'n gepraat?'

Hij, kortaf: 'We hebben andere zaken te bespreken.'

Verbrugge: 'Brand los, ik ben één en al oor.'

Verbrugge en Josien; vader en dochter, de beelden branden in zijn kop, vooral dat van Josien.

Hij herinnert zich: als kleuter hing ze al vertrouwelijk over zijn knie, babbelde honderduit, over levende poppen en mussen met kinderzieltjes. Hij, haar fantasie aanvoelend, ging in haar praat mee, plots veranderde ze van toon en zei met een ernstig snuitje: 'Ik heb een brief aan een engel geschreven en hem gezegd dat-ie goed op de kinderzieltjes moet passen, en heel lief voor de mussen moet zijn.' Ze praatte en praatte en hij luisterde heel ontroerd naar de tedere klank in het kinderstemmetje, streelde haar blonde krullen, de smalle kinderschouders en in hem trilde een wonderlijk gevoel van heimwee, geluk, smart, en hij vroeg zich af: betrof die smart hemzelf of was het angst om haar?

Dat was toen, nu is alles anders, is die kleuter een zelfbewuste jonge meid geworden, die flirt met de dominee, en als de engel met het brandende zwaard waakt over haar erfrecht: de Deo Gloria.

'Atze!'

De heldere stem van Josien, ze staat op het kop-end en zwaait naar hem, houdt in de andere hand een mandje. Hij kijkt op zijn horloge; schafttijd, ze komt hem brood brengen. Als hij van de tractor stapt, holt ze hem tegemoet. 'Ik kom je brood en drinken brengen.'

'Da's lief van je.'

'Ja, je vergeet de tijd.'

'Mis, het werk moet af, eten kan altijd nog.'

'Dat werk ligt er over honderd jaar nog.'

'Mits het goed bestuurd wordt.' Lief ziet ze eruit in dat rode truitje.

'Is dat een steek onder water?'

'Ik zou niet durven, jij straks eigenaar van de Deo Gloria, je trapt me subiet het erf af.'

Vertrouwelijk geeft ze hem een arm, kijkt naar hem op: 'Nooit van m'n leven.'

'Zeg nooit nooit, en: nieuwe meesters, nieuwe wetten.'

'Je bent gek, jij. Ik jou wegsturen? Als kind hield ik al van je, en dat doe ik nog.'

Wat moet hij zeggen? Dat weet ik, en dat bezwaart me? Maar hij zegt: 'Bij jou vergeleken ben ik een ouwe kerel.'

'Al was je tachtig, dan nog.'

'Je kletst onzin, wil je daar zitten bij die hooiopper?'

'Mij best.' Ze zitten met hun rug tegen het hooi, de benen gestrekt, het mandje tussen hen in. Hij slaat het deksel op: 'Wat wil je, een snee brood met kaas of een met ham?'

'Geef maar wat.'

Stilte tussen hen, hij eet een snee brood met ham, zij een met kaas. Een kevertje trippelt over het gras, een vlinder fladdert boven een paardenbloem, een veldleeuwerik trilt zijn liedje in het hemelblauw; dit alles als een glimlach van God, die de aarde zegent. Josien pakt een appel uit het mandje, zet haar tanden erin, wrijft met een grassprietje over haar knie, ze heeft een paar stevige benen met krachtige kuiten en haar kleine voeten steken in rode muiltjes. Hoe oud zou ze zijn? Zeventien, achttien? Josien, met haar overgevoelige, nerveuze karakter, haar oplaaiende, nietsontziende drift, waar ze geen halt aan weet toe te roepen. Wat Gesien Verbrugge nog altijd afschrikt, en waar Verbrugge zijn hoofd over breekt. En Atze ziet het ook wel, maar zonder vertedering kan hij niet aan haar denken, een vertedering zonder een spoor van erotiek. Soms daagt ze hem uit tot een stoeipartij en dan houdt hij haar plagend vast, en zij trommelt met haar kleine, stevige vuisten driftig tegen zijn borst.

'Waar denk je aan?' Haar vleiende stem in zijn oor.

'Aan jou.'

'Da's heerlijk. En wat dacht je van me?'

'Wil je dat werkelijk weten?' Hij voelt de charme die van haar afstraalt.

'Ja.'

'Misschien zou je schrikken.' Hij past wel op haar te zeggen dat hij soms in vertedering aan haar denkt. Het zou voor hem alleen maar last geven.

Een spottend lachje. 'Ik schrik niet zo gauw.'

'Jij niet, nee.'

Ze zet het mandje opzij, schuift vertrouwelijk naar hem toe.

'Nou, zeg het dan.'

Over zijn tedere gevoelens voor haar? Hij past wel op, ze mocht in een verkeerde veronderstelling haar eigen conclusies eraan verbinden, hij kent haar, dan is de ellende niet te overzien en hij zegt: 'Je moet niet zo openlijk flirten met die dominee.'

'Haha! Jij bent jaloers!'

Hij voelt ergernis. 'Welnee, hoe kom je daarbij?'

Ze pruilt. 'Ik wilde dat het wel zo was.'

Hij weet, ze schaamt zich niet voor de waarheid, en dat is het oprechte in haar, en een last voor hem.

'Vergeet het dan maar gauw, en om op die dominee terug te komen, je moet hem geen hoop geven, daar bezeer je een man mee.'

'Man? Hij is een sufferd, een kwijlebabbel, een belegen baby.'

'Nou, nou, het is maar goed dat hij het niet hoort.'

'En wat dan nog? Ik heb hem niet nodig.'

Hij ergert zich aan haar woorden. Zij niet, nee. Zij, de rijke erfgenaam van de Deo Gloria, zit niet om het magere salaris van een kandidaat-dominee verlegen, laat staan om de dominee zelf. Wat zegt ze nou?

'Ik weet het wel, ik ben voor hem de toegang tot de Deo Gloria, in zijn hart loert hij daarop. Net als jij.'

Als een blad aan de boom is ze omgeslagen, kijkt hem aan alsof hij haar ergste vijand is, en nors valt hij uit: 'Jij met je idee-fixe over de Deo Gloria, niemand loert op dat bedrijf.'

'En die vent dan, die halsoverkop uit Afrika kwam?'

'Je bedoelt mijn vader?' Voor het eerst valt dat woord spontaan uit zijn mond.

'Jouw vader, ja, en waar dacht je waar het hem om was begonnen?'

'Niet om de Deo Gloria. Trouwens, je wilde bij het gesprek niet aanwezig zijn.'

'Nee, ik had het hem al goed onder zijn neus gewreven.'

'Hoor 's, waar praat je dan over? En waarom doe je zo lelijk?'

Ja, waarom? Omdat hij met Klaske praat? Of vrolijk met haar schertst? Dan slaat een vlaag jaloezie als een scherp mes door haar heen, houdt ze de handen voor haar oren om hun gelach niet te horen, en blijft de vraag hangen waarom hij met Klaske anders omgaat dan toen met Marie. Ze was verkikkerd op hem, maar hij zag haar niet staan, maar die trut van een Klaske…?

Maar niemand, niemand krijgt Atze Bartels, nooit heeft in de geest iemand zo dicht naast haar gestaan als hij, als kind hield ze al van hem, en nu nog.

In zwoele gevoelsverwarring kan ze aan hem denken, vloeien hun beeltenissen in innige omstrengeling in elkaar, weet ze: dit is de diepste waarheid van mijn leven, en als ik gedwongen werd te kiezen, koos ik voor hem en niet voor de Deo Gloria. Ze springt op, slaat het hooi van haar rok, kijkt op hem neer en zegt: 'Als je met mij trouwt, word je mede-eigenaar van de Deo Gloria.'

Met scherpe aandacht neemt hij haar op: het blozende, bruine, lachende gezichtje omringd door blonde krullen, diepblauwe ogen, stevige, kleine borsten, wiegende heupen; hij wil ook wel geloven dat het domineetje hoteldebotel van haar is, en het steekt Atze meer dan hij wil toegeven. Maar van Josien houden, zoals zij het graag wil? Nee…

Hij pakt het mandje, komt overeind en zegt: 'Dus als ik het goed begrijp, zet jij de Deo Gloria in als lokaas en moet ik jou op de koop toe nemen?'

Waarom zegt hij dat? Ze heeft het gevoel alsof hij de band tussen hen moedwillig laat glippen. Ze slaat haar armen om zijn hals, kijkt naar zijn stoere gezicht, het beeld dat onuitwisbaar in haar hart zit gegrift, en zegt: 'Als jij het zo ziet: ja.'

Hij verbijt een lach om haar kinderlijke jaloezie, duwt haar van zich weg en zegt: 'Je bent en blijft een groot kind.'

Als altijd kwetst zijn kalme, zelfbewuste optreden haar. In wat voor situatie ook, altijd heeft hij zichzelf onder controle. Ze zou hem kunnen schoppen en slaan tegelijk en snauwt: 'Een kind, hè? En Klaske, die tuttebel, hoe zie je haar?' O, als die meid hier was, dan zou ze haar… Ja, wat? De ogen uit haar kop krabben, ja, dat zou ze.

En Atze, die de overspannen toon in haar stem hoort, denkt: Josien kan mij niet aan zich binden, nu niet en vroeger niet, maar ze boeit me altijd. En op haar praat ingaand, zegt hij: 'Klaske, hoe ik haar zie? Als een hardwerkende vrouw en een lieve moeder voor haar kind.'

'Ja, hè?' zegt ze opgelucht, haar ogen helder in de zijne. 'Zo denk ik ook.'

Bijna zou hij lachen om die doorzichtige leugen, maar glimlachend als tegen een opstandig kind zegt hij kortaf: 'Gelukkig maar, dan denken we beiden hetzelfde.' En pal daarop: 'Hier, pak het mandje 's aan, en zeg tegen je vader dat het vanavond een latertje wordt, ik maak eerst het werk af.'

Ze pruilt: 'Heb je zo'n haast om weg te komen?'
Hij klautert op de tractor, kijkt op haar neer, en een tikkeltje smalend zegt hij: 'Wat begrijp jij er nu van?' Hij schakelt in, geeft gas, en rijdt zonder nog een keer om te kijken bij haar weg.
Staand op het kop-end kijkt ze hem na, zucht, draait zich om en loopt moedeloos weg.

Langzaam duwt Gesien de rolstoel met daarin Arien over het grindpad dat zich door de uitgestrekte tuin slingert, kiezel-steentjes springen weg onder de rubberen banden, Arien is zwaar en het voortduwen van de rolstoel kost haar iedere keer meer inspanning. Ze staat stil, schudt het hoofdkussentje wat op, en streelt zijn dunner wordende witte, pluizige haren. Arien had vroeger een pruik als een schapendoes, en nu? 'Naar je zin, Arien?'
Zijn zin? Haar zin! 'Je moet er 's uit, Arien, een frisse neus halen.' Maar toch, nu hij in de tuin is... Hij knikt verstrooid, streelt haar hand, het flonkeren van een diamant: de trouwring die hij haar gaf. Hij kent haar liefde voor sieraden, kijkt naar haar op en zegt: 'Je bent lief.'
'Dank je, Arien.' Ze stopt de plaid wat steviger in. O, zo mager als hij geworden is, hij is letterlijk vel over been. Ze staart voor zich uit, glijdt terug in de herinnering: Arien was vroeger een beer van een kerel, en nu...
'Scheelt er wat aan?' Zijn stem klinkt bezorgd.
'Wat zou er zijn?' Vooral niet laten merken dat ze over hem tobt en haar angst voor een toekomst zonder hem, want hoe zal het verdergaan op de Deo Gloria? In Josien heeft ze geen enkel ver-trouwen. En al wil Atze Bartels Arien niet passeren, Arien en Gesien zijn zich er terdege van bewust dat de Deo Gloria drijft op de bedrijfsleider, Atze, die meer en meer de teugels over-neemt.
Zwijgend duwt ze de rolstoel voort, een merel, opgeschrikt door het knarsen van het grind, vliegt luid kwetterend op uit de goudenregen, scheert over de vijver, hipt door het gras, pikt driftig met zijn snavel in de grond. Hebbes, een worm, hij

schrokt hem schielijk naar binnen, vliegt terug in de boom. De serene rust in de tuin is als een lafenis, het zonlicht weeerspiegelt in de vijver, waarop wit bloeiende waterlelies drijven en in al hun schoonheid pronken.

Goddank, ze zijn bij de tuinbank. Ze zet de stoel op de rem en zegt met een verontschuldigend lachje tegen Arien: 'Even rusten.'

Waarop hij antwoordt: 'Ik weet het wel, dit alles wordt je te zwaar.' En hij kijkt haar aan met iets in zijn ogen dat haar pijn doet, en opnieuw is in haar de vrees: hoelang gunt God Arien Verbrugge nog het leven? En dan te weten dat er in hun huwelijk momenten zijn geweest waarop ze hem haatte, en nu is er de wanhoop bij het zien van dit pijnlijke en stomme lijden, waar geen genezing voor is.

'Gesien?'

'Ja?'

'Wat denk jij van Josien en die dominee?'

'Dat hij het meent, en dat zij het ziet als een beetje afleiding.'

'Ja,' gaat hij er peinzend op in. 'Vrouwen voelen het anders aan dan een man, maar wat tracht ze ermee te winnen?'

'Atze Bartels.'

'Hè?' roept hij verbaasd uit. 'Zij, verliefd op Atze Bartels?' Even stokken zijn gedachten, Atze is van moederszijde een armeluiskind, en een jongen met een geheel andere aard dan de hunne, maar trouwen met Josien, daar is het laatste woord nog niet over gesproken, en hij zegt: 'Verliefd... 't Kan zijn, maar de Deo Gloria is niet voor iedereen.'

'Ach...' Ze haalt haar schouder op. 'Bij hem zal het zo'n vaart niet lopen. En ik vraag me af: wat is verliefd? Een eendagsvlieg? Een dag zon in ons hart? Maar misschien is het Josien die tot hysterie neigt. Als die haar zinnen eenmaal op iets of iemand heeft gezet...'

Josien is anders bepaald geen vroom zieltje dat bloeit en lijdt in het verborgene, denkt Verbrugge, en beslist geen berustende ziel die zich gelaten onderwerpt aan haar lot. Josien, die zo ver van het ware leven af staat, en ook van hem en Gesien, beiden hebben er in het verleden veel verdriet van gehad, en nog. Atze, ja, nu hij erover doordenkt, hij was de enige die in haar fantasie meeging, haar daarin begreep. Zou ze daarom op Atze Bartels…?

Hij schuift wat heen en weer; gevoelloze benen en toch pijn, hoe verklaar je dat? En hij heeft eelt op zijn billen van het zitten, hij spant zich in Gesien niets te laten merken, de laatste jaren gaat het goed tussen hen, geen nauten geen grauwten, maar hij kan zich niet herinneren dat hij haar ooit in een omhelzing in de armen heeft genomen.

Een mus hipt op het grindpad, strekt zijn vleugels uit, vliegt op, cirkelt een paar maal om hem heen, strijkt neer op de armleuning van zijn rolstoel. Nou, nou, dat is een brutaaltje. Mussen, je ziet ze steeds minder. Toen Josien nog een kleuter was, zag je ze overal: op de daken, in de schuren en in de paardenstal, ze nestelden bij bosjes en was het een getjilp van heb ik jou daar. Hup, daar gaat-ie weer, met aandacht kijkt hij het grauwbruine vogeltje na, wendt zich tot Gesien, spreekt zijn gedachten uit: 'Zie jij nog wel 's mussen?'

'Mussen?' Een verwonderde blik. 'Nee, nu je het zegt.'

Mussen, ze combineert het woord met Josien en heeft er geen prettige herinneringen aan. Mussen en kinderzieltjes. Ze richt haar blik op de stralend blauwe hemel, wazige windveren tekenen zich af. Ze wijst erop en zegt: 'Kijk, de lucht werkt naar onweer.'

'Onweer, maar dan toch tegen de avond.' En met een glimlach op zijn gezicht: 'In al die jaren heb je toch wat boerenkennis opgedaan.'

Ach, lieve God, wat voelt hij zich toch moe en afgemat, maar zoals vandaag… Niets laten merken. Gesien zal dan denken: die ouwe met zijn zure gezicht, en daar doe je nu alles voor.

Een aai over zijn wang. 'Valt je mee, hè? Je vrouw is niet zo dom als ze eruitziet.'

Hij pakt haar hand, kijkt naar haar op, ziet de diepblauwe kringen onder haar ogen en zegt: 'Zou je niet even gaan zitten, die bank staat er niet voor niks.'

Zij, radend dat hij het begrijpt, zakt op de bank neer, en zegt met een pijnlijk lachje: 'De jaren gaan tellen.'

Hij, schertsend: 'Jij oud? Mens, je lijkt wel achttien!'

'Mag jij jokken, Arien Verbrugge? De spiegel vertelt me iedere ochtend een heel ander verhaal. Nee, jongen, we worden oude kneusjes.'

Hij, quasivrolijk: 'Oud, maar met een jong hart.' Ach, lieve God, ze moest eens weten hoe afgetakeld hij zich voelt.

Ze kan niets zeggen, onafgebroken kijkt ze hem aan, en hij zegt, pijnlijk schertsend: 'Kijk al het moois niet van me af.'

Ze lacht. 'Verbeeld je maar niks, Arien Verbrugge.' En ze beseft dat door zijn handicap ze zich met heel haar hart aan hem heeft gehecht en dat er iets tussen hen is ontstaan waar beiden zich over verwonderen, en waar ze zich niet van los kunnen maken. Een te laten liefde? Ze zucht en vraagt zich af: kan deze liefde hem misschien nieuwe kracht geven?

Af en toe praten ze tegen elkaar, een verstild geluid tegen de serene rust van de zondag. Hij denkt aan het land, de akkers, de tarwe, de rogge, de suikerbieten, de aardappelen. De vruchten van de aarde, die ze zaaien en poten en waar de boer langsloopt met hoop en vrees in zijn hart, en met dankbaarheid aan de Schepper als de oogst mag slagen. Een steek door zijn hart, hij loopt niet meer over zijn land, dat doet Atze Bartels, Gesiens kleinzoon. Hoe wonderlijk is toch het leven. En Rogier is weer getrouwd, nu met een zwarte vrouw, en Gesien is er verre van gelukkig mee.

Hij slaat een blik opzij. Gesien, met de kin op haar borst, doet een dutje. De slaap is een stilstand in de tijd. Gesiens slaap is mooi, haar gezicht is nu ontspannen, er ligt warempel een blos op, en de gekrulde oogwimpers liggen als een fluwelen bandje op haar wangen. Gesien is altijd een mooie vrouw geweest, dat wel, maar hij mocht er vóór zijn ziekte ook zijn. Ze hebben nu grijze haren, een onderkin, rimpels in het gezicht, en bij hem hangt er af en toe een druppel aan zijn neus. Wat zei Gesien ook weer over Josien en de dominee en Atze Bartels? Zijn gedachten stokken, het is alsof er een muur optrekt tussen het heden en verleden waar hij niet overheen kan zien. Roerloos luisterend zit hij in zijn rolstoel, niets, geen geluid om hem heen. Een wonderlijke stilte. Kijk daar, warempel, daar heb je die mus

weer. Tsjilp, tsjilp, een indringend geluidje. Hij hipt dichterbij, houdt zijn kopje scheef, de kleine kraaloogjes kijken hem aan. Tsjilp, tsjilp, steeds harder, steeds indringender. Een korte ademstoot. Ja, ja, ik hoor je wel, kleine vogel, en Josien zei… Dan knapt er iets in hem, valt hij zwaar in zijn rolstoel terug. Een luide kreet: 'O, mijn God, Arien!' Gesien, opgeschrokken uit haar slaap, die zich over hem heen buigt, hem ophoudt in haar armen.
'Gesien… ik…'
Haar gezicht, hem het liefst van alles, kan nog even zijn aandacht vasthouden. Dan zakt zijn hoofd opzij, een zucht en dan niets meer.

Alweer ruim een jaar, denkt Gesien, dat Arien bij ons weg is, en ik ben voor de tweede keer weduwe. Hoe zei Arien het ook weer? 'De boer zaait het gras, en de tijd maakt er hooi van.' Ja, dat zei hij, en wat is een mensenleven op de eeuwigheid? Niets, nul komma nul.
Ze staat voor het brede keukenraam dat uitzicht biedt op de akkers pal achter het huis. Dagen is het al broeiend heet, snakt het land naar water, en de coöperatie kan het met beregenen niet aan. Vandaag komt er een weersomslag, een zware donderbui kleurt de hemel loodgrijs, een donkere schaduw schuift dreigend over het land en een opstekende wind doet de breed uitwaaierende kastanjekruinen ritselen, opstuivend zand dwarrelt over het erf, ketst tegen het keukenraam.
'Kom bij het raam vandaan, moeder.' Josiens bezorgde stem.
Ze kijkt om, ziet het slanke figuurtje in de schemer en zegt: 'Het wordt helemaal donker, steek het licht 's op, kind.' Ze wendt zich weer naar het raam in haar onrust en peinst hardop, meer tegen zichzelf dan tegen Josien: 'Waar blijft Atze toch? Je vader zei altijd: 'Met onweer iedereen het land af.''
'Vader is dood, moeder, en Atze moet zelf maar zien wat hij doet, en ga bij het raam vandaan.'
'Je bent toch niet bang voor onweer?' Josien, als kind danste ze in de stromende regen op blote voeten door het gras, luidop zingend.

Ons lief Heertje,
geef mooi weertje,
geef mooi dag
dat het zonnetje weer schijnen mag.

Plots stond ze stil, hief haar gebalde vuist omhoog en schreeuwde: 'En als je het niet doet, steek ik de hemel in brand.'
Josien, in haar doen en laten een onbegrijpelijk wezen, en al komt Gesien er niet ruiterlijk voor uit, soms is ze bang voor haar eigen kind, en onder het volk van de Deo Gloria loopt de een hoog met haar en een ander kan haar bloed wel drinken, ook Klaske.
Gesien heeft Klaske zonder aanwijsbare reden op staande voet ontslagen. Pas veel later drong het tot haar door, door half verstane of vaag begrepen woorden van Josien: Klaske is niet zuiver op de graat, eentje die de kat in het donker knijpt, waardoor de naam van de Deo Gloria wordt besmeurd.
'Is het zo erg?' twijfelde ze.
Josien drong aan: 'Dat laat je toch niet over je kant gaan, moeder?'
Ze zwichtte en om van het gezeur af te zijn, riep ze Klaske op het matje en nam haar als het ware een verhoor af.
Klaske, diep beledigd, ontkende heftig, maar ze begreep wel waar het praatje vandaan kwam. Josien had haar een paar maal met Atze door het dorp zien lopen, en dat was de reden om haar zwart te maken.
Gesien, wrevelig omdat Klaske het doorhad, kon Josien niet vernederen tegenover het dienstpersoneel, en in stugge hooghartigheid en tegen beter weten in ontsloeg ze haar op staande voet. 's Avonds vertelde ze het aan Josien.
'Je hebt je zin, ik heb Klaske ontslagen.'
Een glimlach van intense tevredenheid gleed over Josiens gezicht, terwijl ze schimpte: 'Net goed voor die boerentrut.'
Ze voelde zich onbehaaglijk, schudde bedenkelijk haar hoofd en zei: 'Kind, kind, waarom toch die haat, ze heeft je nooit iets gedaan.'

Een felle, verbeten blik: 'Meer dan u denkt.'

Zij, voorzichtig aftastend: 'Draait dit alles om Atze?'

Een schamper lachje: 'Wat denkt u zelf?'

Ja, wat dacht ze? Rogier, Atze, Josien, mensen die deel uitmaken van Gesiens leven, en toch krijgt ze geen vat op hen.

'Nou, moeder?' Josien drong aan: 'Laat 's horen.'

Ze laat het horen. 'Hoe wil je dat combineren, mijn kleinzoon en jouw liefde voor hem, even absurd als onbegrijpelijk. En hijzelf? Hoe staat hij tegenover jou? Wees 's eerlijk.'

Een vraag die haar bitter kwelt; ze weet het maar al te goed, hij houdt niet van haar zoals zij van hem. Hij, de diepste waarheid van haar leven. En hoe andere mensen daarover denken, laat haar koud, niets kan het haar schelen, hij is van haar, en wee degene die daar zijn handen naar uitsteekt. Op een heel voorzichtig, ietwat verdrietig toontje zegt ze: 'Hij mag me wel.'

Goddank, nu Josien dat zegt, valt er een hele zorg van haar af. Atze is een redelijk denkend mens en dat is voor Gesien een hele geruststelling, en een tikkeltje opgelucht zegt ze: 'Het moet me van het hart, hij is verstandiger dan jij.'

'En uw dochter is een stommerd, dat bedoelt u toch?'

Een hooghartig glimlachje. 'Ik pas wel op zoiets te zeggen.'

Plots, onbeheerst driftig viel ze uit: 'Daar heeft u ook het recht niet toe. Hierin heb ik alleen met mezelf te maken.'

'Juist, daarom maakte je Klaske zwart, dupeer je haar, da's een mentaliteit die je moeder niet ligt.'

Een triomfantelijk lachje. 'En toch koos u mijn kant, en ontsloeg u haar.'

'Wat kon ik anders? Mijn eigen dochter… Maar onwaardig blijft het.'

'Toe, toe, alsof u een doodzonde heeft begaan.'

'In jouw ogen niet, in de mijne wel.' Plots viel een diepe moedeloosheid over haar. Ze zeggen: tussen moeder en kind is een bloedband waardoor ze elkaar verstaan en begrijpen, maar tussen haar en Josien is er niets, goed noch kwaad, ze gaat haar eigen weg, niet geplaagd door het geweten der volgzamen en braven.

Maar toch, na Ariens dood is ze wat Josien betreft het anders gaan zien. Josien, een leven van hem en haar, een laatste band met hem?

Ze voelt behoefte tot praten en zegt: 'Denk je nog wel 's aan vader?'

Een schouderophaling. 'Soms.'

'Soms, dat is wel heel magertjes.' Josien, waarom die onverschilligheid, ze was zijn oogappel, zijn alles.

'Hij hield veel van je.' Bijna zou ze zeggen: 'Meer dan van mij.'

'Hij is dood, moeder, al ruim een jaar.' Zijn beeltenis op haar netvlies, hield ze van hem, ja, als kind, maar dat had zijn reden. Als ze straf verdiende, was hij altijd op haar hand, koos partij voor haar, stelde zijn vrouw bij zijn dochter achter en gaf Josien een intens gevoel van macht. Vader was als was in haar handen, ze kon hem kneden zoals zij het wilde, en moeder telde niet mee, zij kwam er niet op aan. Nu, na vaders dood, telt ze wel mee, erft ze de Deo Gloria, plus een kindsdeel; een weten dat aan Josien vreet, nooit in haar leven heeft ze iets gedeeld dat ze wil vasthouden, toen niet, nu niet. Haar komt de Deo Gloria toe, en niemand anders. En die Rogier, al zit-ie hoog en droog in Afrika, hem vertrouwt ze ook voor geen cent.

En moeder kletst maar door, van de doden niets dan goeds. Narrig en onverschillig valt ze uit: 'Hè, schei toch uit met dat idiote geklets. Vader is dood, die komt niet meer terug, en Atze is er toch?'

Juist, en met Atze kwam de grote verandering, met zijn overzicht leidt hij het bedrijf met strakke hand en Gesien legt zich bij zijn leiding neer, weet van zichzelf: al is ze de boerin van de Deo Gloria, in haar hart heeft ze nooit iets met het boerenleven op gehad, en nog niet. En over Josien heeft ze haar bange twijfels. Josien, het kind van hoop en vrees, en zoals ze nu over Arien praat, dat snijdt Gesien door het hart. Zachtjes zegt ze: 'Ik zou willen dat je wat vriendelijker over je vader praat; als er een van je heeft gehouden, is hij het.'

'Hè, hè.' Tartend schiet Josiens stem uit. 'En heel mijn leven zou ik uit dankbaarheid op mijn knieën moeten liggen?' En met een grauw: 'Voor vader kwam de dood als een vriend, hoe vaak moet ik u dat nog zeggen?'

'Voor vader wel.' Ze ziet het strakke gezicht van haar moeder en denkt: hoe kan ik dat tegen haar zeggen? Maar haar instinct zegt het haar, zoals in alles, en haar instinct liegt niet. Vrees en hoop overspannen ons leven, waarin de glimlach van God, die geeft en neemt, en als de mensen dat 's beter begrepen, waren ze al een eind op weg.

Voetstappen in de gang, haar hart springt op: 'Daar is Atze.' Ze holt de gang in, valt hem opgelucht om de hals. 'Waar bleef je nou, we zaten in angst om je.'

Hij glimlacht. 'Onkruid vergaat niet.'

'Onkruid vergaat wel.' Dat is Gesien, ze loopt haar dochter na, dat gedoe van Josien bevalt haar niet, ze wendt zich tot Atze en zegt: 'Een dom mens die het onweer tart.'

Hij begrijpt haar angst, gaat zoetjes in haar praat mee. 'Ik begrijp uw bezorgdheid, maar een onweersbui overvalt mij niet.'

Ze bitst: 'Als het je overvalt, is het te laat.' Ze legt haar hand op zijn arm, kijkt naar hem op en smeekt als het ware: 'Dat moet je niet meer doen, Atze, hier op het bedrijf hebben we alleen elkaar nog maar.'

Zijn blik glijdt langs haar heen, een tengere, oude vrouw die voor hem staat, hij denkt: het verwerken van het verdriet om Arien Verbrugge moet zijn tijd hebben, en hij zegt zachtjes: 'Ik zal er voortaan aan denken, gerustgesteld?'

Een flauwe glimlach. 'Ik houd je aan je woord.'

'Hè, moeder, zanik niet zo.' Josien, ze hangt aan Atzes arm, kijkt in verering naar hem op.

Dat zint Gesien niet en ze bitst: 'Ga 's op je eigen benen staan.' En tot Atze: 'Dat jij niet wijzer bent...' Plots flitst de gedachte door haar heen: zal zij dan toch moeten bukken voor die twee? Al kan ze het van Josien wel begrijpen, Atze heeft alles mee, niets tegen. Ze bitst: 'Jij, zoveel jaar ouder, dan mag ik toch wel veronderstellen...'

In hem trilt de ergernis dat Gesien Verbrugge zo over hem denkt. Het is nog altijd de pijnlijk harde strijd tussen moeder en dochter, waar hij beroerd tussen zit. Toegegeven, hij mag Josien wel, maar naarmate haar verliefdheid voor hem toeneemt, voelt hij dat meer en meer als een last, maar hij laat zijn positie als bedrijfsleider op de Deo Gloria niet in de war sturen door een mallotige kalverliefde. Josien, ze leeft op de grens van twee uitersten. Daar staan ze dan, met hun drieën in de gang, en het begrip voor elkaar is verder weg dan ooit.

Plots een bliksemflits, een wit, blauwachtig licht dat de mensen in de gang verblindt, pal daarop de donder die verratelt aan de einder. Gesien slaat bij het losbrekend natuurgeweld een kruis, een waterval van regen klettert tegen het vastzittende gang-raam, overspoelt velden en akkers.

Plots het angstig piepen en gefladder van een vogel tegen het raam, alle drie kijken ze op.

'Een musje!' roept Josien geschrokken. 'O, God, een musje!' Weer een lichtflits, een krakende donderslag, en zonder zich te bedenken, holt ze weg.

'Wil je hier blijven!' De luid bevelende stem van Atze. Ze hoort het niet, slechts één ding is voor haar van belang: de mus red-den.

Ze rukt de deur open, rent naar buiten, kijkt links en rechts, geen mus te zien. Waar is het? O, lieve God, laat het niet... Ze moet het redden, ze moet.... Radeloos kijkt ze om zich heen. Een felle lichtflits, een ratelende donderslag, een harde duw in haar rug. Ze valt voorover, snakt naar adem, iemand wiegt haar in zijn armen, een stem vlak bij haar oor: 'Josien.'

Ze slaat haar ogen op, zijn stoere gezicht heel dichtbij, alleen van hem heeft ze gehouden, ze wil het hem zeggen, ze kan het niet. Pijn, pijn in haar borst. O, kijk, daar is het musje, het tsjilpt tegen haar. Ze hoort het heel duidelijk.

'Ga je mee, Josien, naar je vader? Je bent zijn hartekind, dat weet je toch?'

En daar is moeder ook, ze wil iets zeggen, strekt haar hand uit, maar kan het niet, ze stijgt hoger en hoger, een diepe zucht, een trilling van de oogwimpers, dan niets meer.

Gesien kijkt op haar dochter neer, maar ze kan niet huilen. Twee doden pal achter elkaar, en in haar is slechts een gedach-te: God geeft en God neemt. Zijn wil geschiede.

Seizoenen verglijden en jaren gaan voorbij, vier volle jaren na dat noodlottige ongeval met Josien, vier jaren met hun wel en wee van opstaan en verdergaan, zowel voor Atze Bartels als voor Gesien Verbrugge, wier verdriet om Josien haar wezen had verstild, en hij, Atze, dit leed niet langer kunnen aanziend, dacht bij zichzelf: ik zie maar één uitweg: Rogier, als ik hem eens schrijf, hem vraag hiernaartoe te komen, misschien dat hij kans ziet zijn moeder te ontrukken aan haar emotionele getob dat haar geestelijk ondermijnt, waardoor ze nergens meer belangstelling voor heeft.

Toen hij dat met zichzelf was overeengekomen, vroeg hij Gesien het adres van Rogier, zag haar gezicht, strak en bleek van verborgen emotie toen ze kortaf vroeg: 'Waarom?'

Hij draaide er niet omheen, zei het haar. Zij luisterde, ging op zijn praat niet in, staarde langs hem heen, toen plots met een beving in haar stem, omdat ze zich niet geheel beheersen kon, zei ze: 'Rogier? Zou dat hier iets aan de situatie veranderen?'

Hij, zonderling kalm, ging er gewoontjes pratend op door en zei: 'Drie weten meer dan twee, en dan nog iets, Rogier is wel uw zoon en mijn vader.'

Weer zei ze niets, zat ze verzonken in eigen gedachten, plots stond ze op, liep naar het schrijfbureau, trok een geheim laatje open, pakte het adres eruit, ging weer in haar stoel zitten, gaf het hem en zei op een geprikkeld toontje: 'Dit is het adres. Je kunt hem schrijven, en ik begrijp jou wel, jij probeert door hem hier uit te nodigen de trieste toestand te doorbreken, maar of hij daar de aangewezen persoon voor is... Enfin, het is te proberen.'

Hij schreef, en het resultaat was dat Rogier was gekomen, lang hadden beiden met elkaar gesproken, waarbij hij het woord voerde en Rogier aandachtig luisterde, en aan het eind van zijn relaas antwoordde Rogier met een koele, vastberaden stem, die nooit zijn invloed op wie of wat dan ook had gemist: 'En wat wil je nu? Je grootmoeder, zoals ik haar ken, was altijd een verstandige, evenwichtige vrouw, die het leven kalm en rustig overzag, zelfs haar huwelijk met Arien Verbrugge.'

'Het gaat niet om Arien Verbrugge,' zei Atze kortaf. 'Het is de plotselinge dood van Josien.'

Josien, met haar weifelende, zoekende, melancholieke karak-ter, ze had van hem gehouden, was met heel haar jonge hart aan hem gehecht. Hij wist dat, maar kon haar toch niet geven wat ze wou, misschien lag het aan het te grote leeftijdsverschil tus-sen hem en haar, was dat voor hem een barrière geweest, Ach, wat doet het ertoe. Josien, verleden tijd, en het leven gaat door. En Rogier zei lachend: 'Aha, ons aller Josientje, ze heeft me toen bij mijn allereerste bezoek er nadrukkelijk op gewezen dat alleen zij de wettige erfgenaam was van de Deo Gloria, en dan te bedenken dat ik niets voor dat agrarische gedoe voel.' En met een schamel lachje: 'Ja, ja, dat werd me eventjes fijntjes onder de neus gewreven.'

'En nu?' vroeg hij. 'Nu je de veranderde situatie hier kent, hoe denk je er nu over?'

'Hoe ik erover denk? Da's gauw gezegd. De Deo Gloria, hierin beslist mijn moeder, ik ga mijn eigen weg, da's Afrika, mijn vrouw, mijn kind, daar hoor ik, niet hier. Maar nu we het er toch over hebben, wanneer zie ik je 's bij mij thuis? Begrijp goed, ik dwing je tot niets, maar ik zou er wel verguld mee zijn, en mijn vrouw ook wel.'

Afrika, het lag zo ver buiten Atzes eigen wereld, maar toch, de bitterheid uit het verleden, zijn moeder door Rogier aangedaan, verdween voorgoed naar de horizon, en zachtjes ging hij erop in: 'Als ik het met het werk op het bedrijf kan schikken, mis-schien dan.'

'Kijk,' lachte Rogier, 'da's al een hele stap vooruit, en indien je wilt, neem ook je grootmoeder mee.'

Grootmoeder, het woord bleef haken, in al die jaren voelde hij nog steeds die schroom tegenover haar en zei: 'Ze is oud, en dan moet ze nog willen.'

'Vanzelf,' antwoordde Rogier. 'Ze moet zelf willen, aan haar de keus.'

Hij denkt aan dat gesprek terug, hier zittend op de bank achter het huis, genietend van de zoele lentelucht, die als een lafenis over het erf hangt. Rogier rookt een pijp, en Gesien bekijkt voor de zoveelste keer de meegebrachte foto's uit Afrika en verwondert zich in stilte, zij zo oud en dan nog een kleinkind ver weg in Afrika.

Baktay heet ze, denkt Gesien. Baktay, vernoemd naar de stammoeder van de Juwanda's, wat haar totaal niets zegt. En Gesien bekijkt opnieuw de foto van Rogiers vrouw, Abigaïl, een opvallend mooie vrouw, maar zwart, waar Gesien maar niet aan kan wennen. Maar blank, zwart, bruin, wij allen zijn kinderen van een Vader. Abigaïl, van wie Rogier zegt: 'Ze geeft bijbelcursus op de missie.' Dat is voor Gesien een verademing te meer. Nieuwe aspecten in een nieuw leven, die haar worden opgedrongen en die in haar geest nog steeds verwerkt moeten worden, maar toch de pijn om Josien wat verlichten.

Over het erf loopt Klaske. Klaske, door Gesien persoonlijk met duizend excuses teruggehaald op de Deo Gloria.

Klaske, niet haatdragend, zei: 'Ik begrijp het wel.' Ze kwam terug met haar, dochtertje, een lief kind dat op het erf met een pinkelhoutje speelt. Maartje, met haar onbevangen kinderlijke gepraat waarmee ze het hart vertedert van Gesien Verbrugge, zodat er tussen haar en het kind een warme genegenheid is ontstaan. Om Klaske zelf hangt nog altijd de sfeer van eenzaamheid die Atze ontroert, Klaske, van wie Rogier met kennersoog zei: 'Klaske, dat is de vrouw voor jou.'

Hij, gepikeerd en worstelend met een onverklaarbaar gevoel van gêne dat Rogier dat zei, norst: 'Dat maak ik zelf wel uit.'

'Vanzelf,' lachte Rogier. 'Maar wacht niet te lang. Hoe oud ben je? Vier-, vijfendertig? Het wordt tijd dat jij een eigen huishouden op gaat zetten.'

Maartje komt huppelend over het erf naar hen toe. 'Kijk 's, oma, ik heb bloemen voor u geplukt.'

Een weemoedig glimlachje: 'Da's lief van je, kindje.' Ze streelt Maartje over de haren. 'Alles goed met je, kindje?'

'Ja, oma.' Ze wijst omhoog. 'Kijk 's, oma, daar vliegt een musje.'

'Ja, liefje, ik zie het.' Josien danst door haar geest, Josien daar onder de grond, alleen in die witgelakte kist. Ze wrijft met haar hand langs haar ogen. Niet aan denken, niet aan denken. Arien, Josien, voorbij en in de dood zijn we allen een. En Zijn dood is de vergeving voor al onze zonden, en tegelijk is de dood het lot ons allen opgelegd. En het vuur brandend te houden met de gave die Hij je schenkt, dat telt. Maar bij haar tellen de jaren, is het vuur bijna opgebrand op een klein flakkerend vlammetje na, en wat moet zij, Gesien, in het oog van de Allerhoogste alsnog doorgeven? Ze suft een beetje weg. De geluiden om haar heen dringen nauwelijks tot haar door. En opeens weet ze het, als een helle lichtflits schiet het door haar heen: Atze, haar kleinzoon, voor hem is de Deo Gloria. Ze kijkt naar Rogier en zegt: 'Ik heb mijn besluit genomen. De Deo Gloria is voor je zoon, ga je ermee akkoord?' En in een scherpe zelfcontrole voelt ze haar beslissing als een bevrijding van al haar twijfels en weifelingen.

In hem is verwondering, hij neemt zijn bril af, asemt erop, pakt zijn zakdoek, poetst de glazen schoon en zegt op een toontje van hoffelijke onverschilligheid: 'Het is mij om het even, zoon of kleinzoon, de Deo Gloria blijft in de familie en ik mag veronderstellen, dat is toch uw bedoeling, mama?'

'Juist, dat heb je goed geraden, en na wat je zelf beweert, jouw domicilie ligt in Afrika.'

'Al jaren, mama, al jaren. Maar eh, Atze moet nog willen.'

Strak richt ze haar blik op hem. 'Wil jij, jongen? Boer en eigenaar van de Deo Gloria, en die in de naam van Arien Verbrugge hoog houden?'

Het duizelt Atze, zo'n groot geschenk dat hem in de schoot wordt geworpen. Hij, boer-eigenaar van het grootste bedrijf uit de gehele omtrek. Maar plots is op de achtergrond het beeld van zijn moeder, en hij voelt een diepe melancholie, zo zwaar. Hij weet, zij is de waarheid van zijn leven en niet, de Deo Gloria... Tranen springen in zijn ogen als hij zegt: 'Het kan niet, wat u van me vraagt. Ik ben een Bartels en geen Verbrugge.'

Ze knikt, gebaart suggestief met haar handen. 'Da's me bekend. Een Bartels, jawel, maar mijn zoon en ik hebben iets goed te maken tegenover Iet Bartels, jouw moeder. Wij, in ons schijnheilige gedoe over familie-eer, hebben haar van ons weggeworpen en haar leven kapotgemaakt. Een zware zonde en daarom, ook voor mijn eigen zielenrust, laat ik aan jou de Deo Gloria na. En ik smeek je, weiger deze gift niet, zo lang heb ik niet meer te gaan, en ik denk wel dat Arien en Josien het goed zouden vinden. Begrijp je het nu beter, jongen? Jij, mijn kleinzoon, een Bartels, maar met het bloed van een Avenzaethe-Seller.'

Wat moet hij zeggen, wat kan hij zeggen? Alsof er een sluis wordt opengezet, het verleden en heden overspoelen hem en zetten alles in een nieuw licht, dwingen hem een andere richting op te gaan. Hij, straks de eigenaar van de Deo Gloria, een besef dat hem blij en nerveus tegelijk maakt.

'Nou, is het geen kus waard?'

Haar stem is vlakbij, hij buigt zich naar haar toe, drukt een kus op haar wang, proeft het zout van een stil afgegleden traan. Ontroerd fluistert hij: 'Grootmoeder.'

Een vertrouwd tikje op zijn arm, een zachte fluistering: 'Het is goed, jongen, zo is het goed.'

Stilte tussen hen, en Rogier, met een blik op zijn moeder en zoon, denkt: ik heb ademloos geluisterd naar wat ze zei, en het is waar. En zou ik dat kunnen toegeven? En al zou ik het kunnen, zou ik het ooit doen? Misschien, maar dan wel op een andere manier. Mussengetsjilp, een vlinder fladdert langs hem heen, daalt neer op een bloeiende Budleia.

Hij wijst naar het dak van de paardenstal en zegt verwonderd: 'Allemachtig, kijk daar 's, wat een mussen.'

'Mussen zijn standvogels,' antwoordt Atze. 'Elke dag geef ik ze een handjevol tarwekorrels, dan wil het wel.'

Een zacht lachje. 'En die mussen denken ook: waar het goed is, blijf ik.'

Hij gaat op Rogiers gepraat niet in, zijn gedachten omzweven Josien, als kind ging hij mee in haar fantasie, maar naarmate ze ouder werd, trachtte hij haar tegen de pijn van haar eigen fantasie te beschermen. Maar met enige bitterheid moet hij zichzelf bekennen dat het hem nooit is gelukt. En haar zuivere sterke liefde voor de rijpere man, die ze als jong meisje voor hem voelde, heeft voor hem het leven op de Deo Gloria er niet makkelijker op gemaakt. Josien, een 'versmaad hart', dat hij koel en beslist had teruggewezen. En toch, nooit zal die liefde die ze voor hem voelde uit zijn geest verdwijnen, hij zal het met zich mee dragen tot zijn einde.

Mussen, het waren haar favoriete vogeltjes. Hoe zei ze het ook weer? Mussen en kinderzieltjes. Kinderzieltjes, zijn gedachten haken zich erin vast. En al die poppen die ze meesleepte naar een hoekje van de hooizolder. Ze staan, zitten, en liggen daar nog, alsof in al die jaren, in een vreemde schroom, niemand ze ooit heeft durven weghalen.

De stem van Gesien Verbrugge: 'Het waren haar mussen.' Ze staart met een omfloerste blik voor zich uit, tracht iets van de raadselen tussen hemel en aarde te doorgronden. Plots denkt ze aan Arien, hoe zei hij ook weer? 'Zolang we de liefde in ons hart niet smoren, komt het op het lest allemaal goed.' Had zij, Gesien, de liefde voor haar kind in haar hart gesmoord, waardoor ze de geest van Josien nooit heeft begrepen? En met dat weten gaat ze erop door. 'Ik bedoel, ik... eh, hoe moet ik het aan jullie uitleggen?' Ze aarzelt, al vreest ze hun spot, en in haar is een vage heimwee, waarop haar ziel zich spant en ze zegt zachtjes: 'Na al die jaren dat ik haar trachtte te begrijpen, vraag ik me af: als God een deur sluit, zet Hij dan het venster van de hemel open, waardoor het eeuwige licht op aarde neerschijnt?' In haar herinnering de gestalte van Josien, in een geheel nieuw licht, en ze prevelt zachtjes voor zich uit: 'Mussen en een zolder vol zieltjes, en dat wij Zijn levensadem mogen inademen en opnieuw geboren worden.'